Pour l'aimer encore

*

Le rêve de Jessica

DIANNE DRAKE

Pour l'aimer encore

Traduction française de
CÉCILE LOMBARD

BLANCHE

HARLEQUIN

Collection : Blanche

Ce roman a déjà été publié en 2019

Titre original :
SECOND CHANCE WITH HER ARMY DOC

HARPERCOLLINS FRANCE
83-85, boulevard Vincent-Auriol, 75646 PARIS CEDEX 13
Service Clients — www.harlequin.fr
ISBN 978-2-2805-1242-8 — ISSN 0223-5056

Édité par HarperCollins France.
Composition et mise en pages Nord Compo.
Imprimé en septembre 2024 par CPI Black Print (Barcelone)
en utilisant 100% d'électricité renouvelable.
Dépôt légal : octobre 2024.

FSC www.fsc.org
MIXTE
Papier issu de sources responsables
FSC® C159065

Pour limiter l'empreinte environnementale de ses livres, HarperCollins France s'engage à n'utiliser que du papier fabriqué à partir de bois provenant de forêts gérées durablement et de manière responsable.

Prologue

Le sable crissait sous leurs pieds nus, et le globe lumineux de la pleine lune semblait suspendu au-dessus de la plage rien que pour eux.

Une idée romantique comme toutes celles de Carter : survol en ballon des vignobles de Napa Valley, week-end dans un spa avec massage aux pépins de raisin, champagne et bain bouillonnant ou, lors d'une fête de la lumière, envol dans le ciel nocturne d'une lanterne chinoise portant leurs deux noms parmi des centaines d'autres...

Ce soir, ils dansaient au clair de lune à la marée montante, sentant autour de leurs chevilles le doux clapotis de l'eau. Au loin, les lumières du port scintillaient sur le ciel sombre et, en fond sonore, des oiseaux de nuit s'appelaient.

— Tu n'as pas froid, Sloane ?

— Pas du tout.

— On devrait peut-être rentrer ?

Oh non ! Pas encore... Vu leurs plannings respectifs compliqués, ces occasions d'être avec lui étaient rares, et elle entendait profiter de chaque minute.

Elle se blottit dans ses bras, à la place exacte où elle se sentait si bien.

— Au contraire, si nous restions encore un peu ?

En riant, il lui releva les cheveux pour l'embrasser dans le cou.

— Tu es sûre ? murmura-t-il.

Aussitôt, la chair de poule, un frisson...

— Je savais que tu avais froid ! Allons nous mettre au chaud.

Après un nouveau baiser, il fit glisser ses lèvres, remonta vers sa mâchoire.

Ils trouvaient toujours le moyen de se libérer pour s'accorder quelques jours. Le week-end précédent, cela avait été une escalade dans les canyons. Avant, une plongée en bouteille autonome. Une promenade à vélo au crépuscule sur un chemin côtier, un café en terrasse devant le coucher de soleil... Ce soir encore, ils étaient seuls au monde, à profiter pleinement du temps qu'ils avaient à être ensemble, et une fois dans leur chambre d'hôtel, la nuit serait loin d'être terminée...

À nouveau un frisson.

— Encore un peu, s'il te plaît !

Elle s'aperçut que sa voix était rauque.

Carter la souleva dans ses bras.

— Et si on allait danser ailleurs une danse que tu connais très bien ?

Elle ne protesta pas. Elle adorait qu'il la porte. Il était tout en muscles, bâti pour elle.

— Il y aura du vin ?

— Si tu veux.

Et des pétales de rose, et des bougies, et des fraises trempées dans du chocolat : malgré elle, elle avait jeté un coup d'œil à l'addition laissée sur la coiffeuse lorsqu'il était sorti chercher de la glace...

Carter lui réservait sans cesse de nouvelles surprises. C'était une sorte de Noël permanent, où elle vivait en état d'impatience, d'excitation croissante, comme lorsqu'elle était petite fille. Avec son père, cela avait été des poupées, des jeux ou des couronnes de princesse, Avec Carter, c'étaient de petits objets romantiques qui lui faisaient palpiter le cœur : des coupons valables à tout moment pour un baiser, une étreinte... Des poèmes qu'il lui écrivait, maladroits mais venant du cœur, ou des photos d'eux qu'il avait fait encadrer. Il y en avait au moins trente, accrochées dans le couloir qui menait à leur chambre.

— Tu vas ouvrir d'un coup de pied ? susurra-t-elle quand ils approchèrent.

— Ah oui, je vais être brutal ! Et pas seulement avec la porte...

Elle rit, parce qu'il était doux et gentil en toutes circonstances.

Il la déposa sur le lit, et elle tendit les bras...

Sloane s'éveilla dans un sanglot et se redressa, les joues ruisselantes de larmes.

Elle pleurait dans son sommeil. Pour lui, pour eux...

Ce rêve était récurrent, sous une forme ou une autre. Tantôt ils atteignaient la chambre, tantôt ils ne quittaient pas la plage, mais jamais il n'y avait de dénouement — pas plus que pour leur séparation.

Après six ans de vie commune, tout ce qu'il lui restait de Carter, c'était une petite boîte contenant le shrapnel extrait de ses blessures.

Elle essuya ses larmes de colère et de chagrin, prit son téléphone et composa un numéro.

— Bonjour, l'hôtel Red Rock Canyon ? J'aimerais réserver pour deux semaines. Une personne.

Elle réprima un soupir.

Elle se rendrait seule en un lieu qu'ils avaient projeté d'explorer ensemble quand ils en auraient le temps. Eh bien, elle avait le temps, celui qu'elle investissait pour tourner la page.

— J'arriverai demain dans la journée. Donnez-moi votre meilleure chambre, je vous prie.

Elle raccrocha après avoir donné le numéro de sa carte de crédit.

Quelques excursions dans le désert et un peu d'escalade la sortiraient de sa dépression... Ou peut-être pas.

En tout cas, il fallait qu'elle revoie son planning avec son père pour s'assurer qu'elle serait remplacée ces prochains jours, ou ces prochaines semaines. Pour le moment, elle n'avait pas la tête à la chirurgie, ce qui n'était pas très sûr pour les patients qui méritaient toute son attention. Mieux valait qu'elle tente de se ressaisir avant de recommencer à opérer.

Impossible de continuer à vivre en passant ses nuits à subir ces rêves et à pleurer.

1

— Je n'aurais jamais cru que tu en viennes à quitter Sloane... Qu'as-tu fait depuis ?

Carter Holmes était attablé avec son vieil ami Matt McClain dans une taverne de Forgeburn, dans l'Utah, où exerçait Matt. Pendant que celui-ci buvait une nouvelle lampée de bière, il essaya en vain d'écarter le souvenir du texto fatidique.

Navré, Sloane, je ne peux plus continuer ainsi. J'ai besoin de me retrouver par mes propres moyens.

Celle-ci avait fait le maximum pour l'aider. Elle était venue en Allemagne assister à son opération, était restée à son chevet jusqu'à ce qu'il soit assez stable pour être rapatrié à Los Angeles et s'était consacrée totalement à lui les six mois suivants. Elle s'était mise en quête de nouveaux traitements des troubles post-traumatiques et l'avait épaulé quand son père, le Dr Manning, l'avait repris dans son hôpital bien qu'il ne se sentît pas prêt. Cependant, comme c'était à prévoir, il avait été suspendu à cause d'infractions peut-être mineures, mais multiples : désobéissance au règlement, retard chronique, mauvaise volonté...

— Sloane se bornait à chercher parmi les méthodes traditionnelles. Voir un psychologue ou participer à une thérapie de groupe, ça ne me convenait pas. J'ai découvert dans le Tennessee un programme de soins alternatif qui m'a semblé susceptible d'être efficace : le Recovery Project.

— Et alors ?

— J'ai terminé la première partie. Ça n'a pas trop mal marché, apparemment. La thérapeute qui me suit m'a assuré qu'elle ne désespère pas de me sortir de là. Je suis actuellement en attente pour la seconde partie. Ils me convoqueront d'ici deux mois, le temps qu'il faut, selon eux, pour assimiler le début du traitement avant de reprendre. Voilà pourquoi je cherche du travail. Il faut que je m'occupe jusqu'à ce que j'y retourne, que je me concentre sur des activités que je peux maîtriser.

— On dirait que tu vas mieux, non ?

— Hum. Le processus est lent, mais je commence peu à peu à redéfinir qui je suis devenu après…

Les souvenirs affluèrent malgré lui.

Il était piégé depuis des heures et des heures avec Matt dans une grotte en Afghanistan. N'en pouvant plus, il s'était tout à coup précipité dehors sous le feu ennemi. Il avait été grièvement atteint. Il avait perdu la rate et un rein, et Matt était sorti le ramasser au péril de sa vie…

— Figure-toi qu'il s'agit de sauvetage d'ours. On va me confier des oursons abandonnés ou blessés pour que je les prépare à retourner si possible à la vie sauvage. Comme je l'ai fait pour moi lors de la première partie, en me réadaptant à la vie en société et en m'assurant que j'avais les compétences nécessaires. C'est la partie pratique du traitement : on est censé se retrouver soi-même à travers cette responsabilité. Incroyable, non ?

Matt émit un sifflement.

— Des ours ! Je n'aurais jamais imaginé un truc pareil.

— Oh ! juste de petits ours bruns ! Je n'en suis pas encore au stade des grizzlys.

Il rit.

— Quand tu penses que je n'ai même jamais eu de chien de toute mon existence !

— Eh bien, j'ai l'impression que c'est assez efficace, ton truc.

— Je l'espère. Je ne supporte pas de passer ma vie à me demander quand ou si je vais m'en sortir. C'est l'enfer.

Il respira un grand coup avant de poursuivre.

— C'est aussi pour ça que j'ai dû quitter Sloane. Elle était toujours là, prête à me soutenir. Peut-être trop. De toute façon, je lui brisais le cœur.

Par-dessus l'épaule de Matt, il regarda par la fenêtre l'étendue désertique qui les environnait. Si vaste, si vide. Si solitaire... Le sentiment qu'il ressentait la plupart du temps.

Bien qu'il fût encore loin de la guérison, il y voyait à présent assez clair pour être pleinement conscient de son état. Et il avait espoir que, après cette seconde tranche de thérapie, son état s'améliorerait. Du moins, c'était le but qu'il poursuivait.

Il regarda son ami boire une gorgée de bière.

Si Matt était toujours à la bière, lui-même se contentait à présent d'eau gazeuse. L'année précédente, l'alcool était devenu un vrai problème pour lui, ainsi que les médicaments. Mais c'était du passé. Il savait que, s'il rechutait, il serait exclu du Recovery Project. Non que cela ne le tente jamais de boire un verre, mais jusque-là il avait résisté. À quoi bon ? La boisson l'enfonçait dans la dépression, et les drogues, même si elles lui permettaient de glisser momentanément dans l'oubli, le faisaient replonger ensuite dans une réalité encore plus difficile à supporter : c'était très inconfortable de se savoir sur le fil du rasoir. Une simple bêtise pouvait le pousser du mauvais côté.

— J'aimerais que tu me confies de l'ouvrage pour un petit moment, lâcha-t-il. Je n'ai pas trop de garanties à te donner, mais je suis toujours un sacré bon médecin. C'est probablement la seule chose sur laquelle je puisse compter.

— Et c'est sur quoi je compte, Carter.

— Si tu penses que j'en vaux la peine, je travaillerai pour toi jusqu'à ce qu'on me rappelle dans le Tennessee. Comme je te l'ai dit la semaine dernière au téléphone, si je me rétablis et que tu veux encore de moi par la suite, je serai là.

Pas question qu'il reprenne son métier de chirurgien. C'était trop risqué, il ne se sentait pas encore la main assez sûre pour manier le scalpel. Mais, en étant médecin de campagne, il resterait dans la profession et, avec un peu de chance, il serait à l'abri des ennuis.

— Tu juges que tu peux faire la transition entre chirurgien et généraliste ?

— De toute façon, outre mon comportement, il y a pas mal de choses à changer dans ma vie. J'ignore si la salle d'op ne me manquera pas à long terme, mais je sais que ça me serait impossible d'opérer dans l'immédiat.

Matt avala sa dernière gorgée.

— Tu as bien progressé. La dernière fois que je t'ai vu, tu hurlais après Sloane parce que tu ne trouvais pas tes bottes. C'était assez... intense.

— Je reconnais que je l'ai maltraitée...

Il ne se le pardonnerait jamais. Il avait aimé cette femme plus que tout au monde, mais sa présence constante à ses côtés en avait fait son souffre-douleur. Elle était devenue l'exutoire de toutes ses émotions refoulées. Quand la colère montait, c'était elle qui prenait.

— Et ça ne faisait qu'empirer.

— Tu penses que vous pourrez vous retrouver un jour ?

Il secoua la tête.

— Le stress post-traumatique est une sentence à vie. Je peux apprendre à m'en accommoder, à le détourner, mais jamais je n'en serai vraiment débarrassé. Je ne veux pas risquer de la faire souffrir davantage.

— Te sens-tu apte à prendre en charge une partie de mes patients ? Il m'est impossible de te surveiller en permanence. Comme je te l'ai dit, j'ai de plus en plus de monde, et j'aimerais consacrer du temps à ma famille.

Matt chercha son regard.

— Tu es un frère pour moi, mais il faut que je sois sûr de toi pour te confier les touristes. Tu recevras des gens de passage, dont tu n'auras pas le dossier médical et qui ne te renseigneront pas forcément sur leurs antécédents. Bien entendu, je m'efforcerai de venir si tu as vraiment besoin de moi, mais il faudra que tu te débrouilles seul la plupart du temps. Crois-tu que tu vas t'en sortir ?

Carter réfléchit un instant.

Médecin pour touristes à Forgeburn, dans l'Utah...

Comme il n'avait jamais exercé en tant que généraliste, c'était un défi supplémentaire à relever. Mais il n'était pas du genre à se défiler, et il voulait vraiment changer de vie. Cette existence au jour le jour le tuait.

— Mes psys m'en croient capable, sinon ils ne t'auraient pas envoyé de recommandation.

— Mais, toi, qu'en penses-tu ?

— Que je vais faire le maximum. Je ne suis pas devin et je ne peux rien te promettre, mais je veux ce boulot, Matt. Pour t'aider, parce que je te dois la vie, et pour moi parce que j'ai envie de revivre une existence normale. Les opportunités sont rares pour les gens atteints de mon mal, et je ne tiens pas à gâcher celle-là.

— Et Sloane ? Êtes-vous restés en contact, lui as-tu parlé de ton projet ?

— Non. Moins elle s'impliquera avec moi, mieux elle se portera.

C'était la semi-vérité qui lui servait à se persuader qu'il avait eu raison de la quitter. Elle s'était occupée de lui du mieux possible, du moins tant qu'il le lui avait permis. En dépit de sa gentillesse et sa patience, il avait reculé, ne lui laissant pas d'autre choix que d'accepter sa décision.

— Tu ne comptes pas essayer de recoller les morceaux ? Tu sais, après mon Ellie, Sloane est probablement la femme la plus merveilleuse que je connaisse, et j'ai du mal à croire que tu la laisses tomber ainsi, sans regarder en arrière.

— Oh si, je regarde en arrière ! Mais je ne vois que des regrets. Les miens et les siens. C'est impossible, Matt, elle mérite mieux que ça.

— Elle te l'a dit ?

Non, mais il le savait.

— Je la détruisais, c'était visible. Jour après jour. Une femme adorable, doublée d'une cardiologue brillante, dont je suçais la vie tel un vampire. Je me détestais pour ça. Mais elle, c'était... Tiens, ce qu'Edgard Poe écrit dans son *Annabelle*

Lee : « Et cette fille vivait sans autre propos que de m'aimer et d'être aimée de moi. » C'était tout ce qu'elle voulait, Matt. Je n'en pouvais plus.

— Navré d'entendre ça.

— Moi aussi je le déplore, et de tant de façons... Même si je n'en suis pas toujours conscient.

Et d'autres qu'il connaissait bien, qui le tenaient éveillé la nuit. Qui le faisaient pleurer quand il ne parvenait pas à étouffer ses pensées.

— Bref, je suis convaincu qu'elle est mieux sans moi.

— Et toi, es-tu mieux sans elle ?

— Peu importe puisqu'elle ne fait plus partie de ma vie.

— Qu'est-ce que tu appelles ta « vie », Carter, à part le poste que je te donne ici ?

— Pour l'instant je n'en sais fichtre rien. Quand je trouverai, tu seras le premier au courant.

— Tu es si mal que ça ?

— Hum. En voie d'amélioration, j'espère.

— Grâce à ton programme de sauvetage d'ours ?

Il sourit.

— Grâce aux efforts que je vais faire pour réussir cette deuxième épreuve. Parce que, si j'échoue, je dois reprendre la première partie du programme du début, et je n'y tiens pas.

Matt lui tendit la main au-dessus de la table.

— Bon, je constate que tu es très positif. Bienvenue à l'unique cabinet médical de Forgeburn.

Carter prit la main que son ami lui offrait, un peu hésitant. N'était-ce pas trop rapide ? Son moral était bon parce qu'il avait réussi la première partie de son programme, mais serait-il vraiment capable d'effectuer ce travail nouveau pour lui ?

Autrefois, il pouvait définir qui il était. Maintenant, il ne savait plus, et il avait peur. Même s'il lui arrivait de reprendre un peu confiance en lui, il connaissait ces hauts et ces bas caractéristiques de la dépression, où l'on essaie de se dérober à soi-même et de saboter les quelques progrès qu'on a faits.

Pourtant, c'était l'opportunité dont il avait besoin. Il fallait qu'il franchisse ce pas supplémentaire, en espérant que ses troubles ne le fassent pas reculer d'ici deux mois.

— Quand veux-tu que je commence ?

Dans la salle d'embarquement, Sloane consulta ses textos et les messages sur son répondeur. Toujours rien. Elle essayait de joindre Carter depuis des semaines, au moins une fois par jour, voire deux. Non qu'elle ait quelque chose de précis à lui dire, mais elle s'inquiétait pour lui. Bien entendu, elle avait passé la plupart du temps à l'attendre quand il était en mission mais, après six ans vécus avec lui, c'était difficile de se détacher de l'avenir qu'ils avaient envisagé ensemble.

Le jour où il avait été renvoyé de l'hôpital par son père, il avait disparu pratiquement sans prendre de bagages. Sans laisser de lettre d'adieu ni d'explication, à part un vague texto. Leur appartement était soudain devenu si vide, si froid ! Elle ne supportait pas d'y vivre seule. Elle était donc retournée habiter chez son père, attendant un signe.

Mais, trois mois plus tard, elle perdait espoir. Elle n'avait aucune idée de l'endroit où Carter pouvait se trouver. On l'avait vu à Las Vegas un temps, mais ensuite...

Elle soupira.

L'avion dans lequel elle s'apprêtait à monter l'emmènerait à Forgeburn. Elle visiterait seule le désert et les canyons que Carter évoquait si souvent autrefois, avant de tourner la page une bonne fois pour toutes.

— Docteur Sloane Manning ! appela l'employée au micro. Dernier appel pour le Dr Sloane Manning !

Elle sursauta en entendant son nom et se précipita à la porte d'embarquement avant qu'elle ne se referme.

— Navrée, je... J'étais ailleurs.

La jeune femme sourit, lui fit signe de se hâter et reporta son attention sur le groupe de passagers suivant.

Sloane grimpa dans l'appareil, prit sa place au troisième

rang de la section première classe, s'adossa au fauteuil et ferma les paupières.

Si on la croyait endormie, on la laisserait tranquille.

Carter utilisait ce stratagème les premières semaines après son retour, jusqu'à ce qu'il manifeste carrément sa volonté de faire chambre à part. Ils se parlaient à peine quand ils se croisaient dans le couloir, et il ne reconnaissait son existence que lorsque c'était une nécessité.

Le cœur serré, elle revécut une fois de plus cette période atroce : l'apathie de Carter, sa mauvaise humeur, ses outrages, mais surtout la douleur encore inscrite dans chaque fibre de son être, tel un monstre qui l'enserrerait de ses tentacules.

Elle soupira.

— Toujours pas de nouvelles ? lui avait demandé la veille Gemma Hastings, son assistante, lorsqu'elle l'avait prévenue qu'elle partait en vacances.

— C'est fini, Gemma. Je me suis accrochée trop fort et trop longtemps. J'ai l'intention de tourner la page et de prendre une nouvelle direction.

Laquelle, elle l'ignorait, mais si elle n'allait pas de l'avant, elle risquait de rester paralysée à vie. Ses amis et son père l'y poussaient depuis le départ de Carter, et, au bout de trois mois, elle se rendait à leurs raisons : elle devait s'accorder le temps nécessaire pour s'adapter à une existence sans lui.

Bien entendu, il serait plus difficile de cesser de l'aimer que de monter dans un avion pour changer d'air, mais à quoi bon se préoccuper de lui s'il ne donnait plus signe de vie ?

Le pire, c'était qu'il l'ait abandonnée sans souffrance apparente. Elle seule avait souffert de son départ... Sans doute en souvenir du temps où elle était tombée amoureuse du meilleur chirurgien qu'elle ait jamais rencontré, de surcroît un garçon adorable et attentionné. Cette fidélité à son amour perdu n'était peut-être qu'une vieille habitude dont elle ne parvenait pas à se débarrasser ?

À moins qu'elle ne l'aime encore ?

Cette question l'effrayait trop pour qu'elle cherche à y

répondre. Rien n'est plus affreux que de voir l'homme de sa vie se métamorphoser en un inconnu chez qui l'on devine encore, par instants, et bien qu'il s'efforce de ne pas les montrer, certaines facettes de celui qu'il était autrefois.

Elle se remémora sa conversation avec son père juste avant que Carter ne prenne son poste à Manning Hospital.

— Le chirurgien qui nous arrive est censé être le meilleur dans tout ce qu'il entreprend. C'est un risque-tout qui prétend que la pratique des sports extrêmes le préserve de l'ennui. Tout lui est bon : saut en parachute, escalade, moto... Et, si ce qu'on dit est vrai, il plaît beaucoup aux femmes.

— Crois-tu qu'il puisse s'adapter ici, papa ? Le Manning est une modeste clinique traditionnelle où tout le monde se connaît et s'apprécie... »

Mais, en posant le regard sur lui le lendemain matin, elle avait aussitôt oublié cette réputation sulfureuse.

Grand et athlétique, Carter Holmes possédait un charisme étonnant avec ses yeux gris perçants, ses cheveux noir corbeau coupés court et ses joues bleuies par une barbe de trois jours. Elle avait frissonné en imaginant le contact de cette peau sur la sienne. Et ce sourire tellement sexy !

Il avait prouvé aussitôt qu'il était viril et sans complexes : au bout de cinq minutes, il l'avait priée de sortir avec lui. Elle, la fille de son nouveau patron !

Bien entendu, elle avait accepté. Frappée de stupeur au premier regard, attirée au deuxième, et amoureuse au troisième. Dès leur première soirée ensemble, il n'était pas rentré chez lui. Ni le lendemain soir. Et le surlendemain, il emménageait dans son petit appartement, où il semblait aussi à l'aise que s'il y avait toujours vécu.

Elle se souvint de la réaction de Gemma lorsqu'elle lui avait appris qu'il était parti sans une explication.

— Si tu veux mon avis, Sloane, il était fou de toi. Tout le monde le voyait. Alors, s'il réussit à s'en sortir...

S'il réussissait. Mais elle n'allait pas cesser de respirer en attendant.

Plus facile à dire qu'à faire, au point qu'elle avait du mal à se concentrer en salle d'opération. Or, la chirurgie cardiaque ne fait pas bon ménage avec la distraction... Si elle continuait, soit elle devrait décider d'elle-même de quitter son poste, soit son père la mettrait dehors, car le Dr Harlan Manning ne faisait pas de favoritisme lorsque les patients étaient mis en danger. Il fallait donc qu'elle prenne l'air.

Forgeburn n'était pas le centre de l'univers, mais c'était un endroit magnifique aux dires de Matt McClain, ce grand ami de Carter devenu le sien aussi, qui avait choisi d'y être généraliste depuis qu'il avait quitté l'armée et qui avait paru heureux l'autre jour au téléphone qu'elle se propose de lui rendre visite. Le bon air et l'exercice ne pourraient que lui être bénéfiques, et en outre une conversation avec ce bon vieux Matt serait du plus haut intérêt : lui qui connaissait bien Carter, il le lui montrerait sans doute sous un autre éclairage, ce qui l'aiderait à mieux comprendre, à retrouver sa maîtrise d'elle-même et à reprendre ses activités au point où elle les avait laissées avant la maladie de Carter. Du temps où elle avait des objectifs précis, en premier lieu devenir chef du service de chirurgie cardiaque.

Quant à fonder une famille et vivre une vie merveilleuse, c'était très compromis.

— Merci, Carter, murmura-t-elle quand le pilote annonça l'atterrissage. Merci pour rien.

L'hôtel où Carter venait d'entrer devait être le plus miteux à cent lieues à la ronde, mais il n'en avait cure : il était ravi. Selon Matt, le cabinet médical n'en était pas tout proche, ce qui était une bonne chose : il était temps de voir s'il savait encore se servir de ses jambes. La ville en elle-même était minuscule, mais aux alentours s'ouvraient de grands espaces, et c'était idéal pour lui.

Non qu'il soit forcément paré pour tout reprendre à zéro, mais déjà, s'il avait un poste de médecin et un petit salaire...

Le fait de se sentir utile en donnant un coup de main à son meilleur ami était un premier pas dans la bonne direction.

Une direction qui ne menait pas à Sloane, il l'avait répété à Matt.

Il balaya du regard la chambre que Dexter Doyle, le patron, lui destinait.

Un lit à deux places, des toilettes, un mini-réfrigérateur, un four à micro-ondes, un bureau et une chaise. Le tout très démodé. Un équipement complet, mais tellement passé de mode que rien n'était plus reconnaissable.

N'était-ce pas le reflet de sa personnalité ?

Toutefois il n'avait pas le droit de se plaindre, ayant quitté de son plein gré ce qu'il avait jamais eu de mieux...

Il jeta son sac sur le lit, pas trop fort pour ne pas déranger les punaises.

— Y a-t-il un magasin de spiritueux près d'ici, monsieur Doyle ?

— Un peu plus haut dans la rue.

— Pas de téléviseur ?

— Il est en réparation.

— Je suppose que vous ne vous chargez pas de réveiller vos clients le matin ?

Sloane le réveillait avec le sourire, un baiser et une tasse de café... Souvent beaucoup plus. Il se souvint du contact de sa peau, de ses cheveux cuivrés qui lui frôlaient le visage, de son haleine mentholée quand elle l'embrassait. Des matins où se réveiller était le moment le plus merveilleux de la journée.

Dexter désigna le vieux réveil posé sur la table de chevet.

— Vous avez ce qu'il faut.

— D'accord.

Carter s'assit sur le lit pour le tester. Comme il s'y attendait, il était bancal, et les ressorts grinçaient.

— Eh bien, on dirait que je suis chez moi. Pour un petit moment, en tout cas.

Pour être franc, il était impatient de retourner dans le

Tennessee pour avancer vers la prochaine étape de son existence, quelle qu'elle soit.

Il se mit en devoir de s'installer tout en réfléchissant à sa situation.

À l'évidence, il progressait, même Matt s'en était aperçu. Surtout depuis qu'il s'était éloigné de Sloane. Mais s'il en éprouvait une agréable sensation de liberté, il devait reconnaître qu'elle lui manquait toujours. La souffrance avait creusé en lui un gouffre qui ne se comblerait jamais... Pourtant il devrait le supporter et aller de l'avant. Pour Sloane, même si elle ne faisait plus partie de sa vie parce que c'était mieux pour elle.

Et du fait que cet amour total avait fait le vide autour de lui, son destin était scellé : il serait solitaire.

En découvrant son nouveau lieu de travail de bon matin, il ne ressentit que de l'indifférence. Comme pour tout le reste, sauf quand il faisait un énorme effort pour la surmonter.

Pour l'instant, à quoi bon lutter ? Il ne combattrait ce détachement total qu'au moment où il devrait vraiment trouver sa voie, où il serait forcé de ne plus rester à la croisée des chemins.

Accompagné de la réceptionniste – Marcie, une fille d'une vingtaine d'années dont le père était le propriétaire de l'immeuble et dont c'était visiblement le premier job –, il fit le tour du cabinet médical.

C'était basique, mais bien équipé et d'une propreté méticuleuse. La peinture venait d'être refaite. Tout ce blanc le déconcerta un peu, mais l'essentiel était d'avoir le matériel nécessaire à disposition. En fin de compte, le local était plutôt bien agencé : une zone de réception, deux salles d'examen, un rangement spacieux et un bureau. Durant ces deux mois, le loyer et sa chambre d'hôtel seraient pris en charge par Matt, mais si jamais il revenait définitivement après la fin de sa thérapie — à condition qu'elle réussisse —, il assumerait lui-même les frais et rachèterait à son ami la clientèle touristique qu'il lui avait confiée.

Et sinon...

Eh bien, il continuerait de suivre le conseil de sa psy : « Prenez un jour après l'autre en vous efforçant de faire de chacun le meilleur de tous. »

En d'autres termes, inutile de se tracasser pour l'avenir lorsqu'on n'est jamais sûr d'aller au bout de la journée.

Une règle plutôt sensée, d'autant que le simple fait de se projeter dans le futur était susceptible de lui déclencher une crise d'angoisse.

Quand cela le prenait, il commençait par se mettre à trembler et avait du mal à respirer. Puis il sentait une sorte de flash dans ses veines, sa vue se brouillait et sa tête semblait prête à exploser. C'était à ce moment-là, tel un dragon crachant le feu et soufflant par les naseaux, qu'il se préparait à son prochain combat, qu'il perdait infailliblement.

Ce trouble incontrôlable lui avait coûté cher : son poste au Manning Hospital, et l'amour de sa vie.

Il inspira à fond.

Il était à Forgeburn, à la tête d'un cabinet médical destiné aux touristes, et peut-être à une poignée d'habitants du lieu qui le préféreraient à Matt pour des raisons de proximité.

Il croisa les doigts pour arriver jusqu'au lendemain.

En avisant la blouse neuve amidonnée accrochée à la poignée de la porte de la pièce nommée « Bureau », il sourit, peut-être pour la première fois depuis des mois.

Il avait au moins la possibilité d'exercer le métier qu'il adorait, qu'il avait choisi dès l'enfance !

À l'âge de neuf ans, alors que ses copains voulaient devenir soit pompier soit policier, ou autre profession dont le côté héroïque les attirait, il avait décidé d'être médecin. Son frère James, de deux ans son cadet, était en train de mourir de mucoviscidose, et il lui avait promis de découvrir un traitement pour le guérir.

James, comme tout enfant, avait des rêves, entre autres celui de servir dans l'armée, mais il avait passé sa brève existence à entrer à l'hôpital et à en sortir. Il n'avait jamais eu la force de parcourir plus de quelques mètres, ni respiré assez bien pour pouvoir partager les jeux des autres à l'extérieur. Pour lui, la vie avait été une succession d'examens et de traitements. Carter, avec la pensée magique de ses neuf ans, s'était figuré que cette simple promesse suffirait à le sauver. Hélas, une semaine plus tard en rentrant de l'école, il avait trouvé son père en train de pleurer sur les marches du perron...

Il s'était reproché de n'avoir rien pu faire et en avait voulu au monde entier de lui avoir pris son petit frère. Et aussi aux médecins qui avaient toujours prédit cette fin inéluctable. Il avait attendu d'eux un miracle. Pourquoi ne tentaient-ils rien, pourquoi n'offraient-ils pas d'espoir à leur patient et à sa famille au lieu de les décourager ?

Il était devenu chirurgien pour réparer leur faute.

Naturellement, plus il avançait dans ses études et plus il mesurait que ce n'était pas toujours possible, que perdre des patients faisait partie du métier. Mais on réussissait tout de même à guérir la plupart.

Et voilà que, à présent, il était généraliste et, au fond, satisfait de son sort !

Il se tourna vers Marcie qui l'avait suivi de pièce en pièce.

— Le décor est très agréable !

Elle ne leva même pas le nez des messages qui défilaient sur l'écran de son téléphone portable.

— Hum, papa a tout fait repeindre.

Il l'examina à la dérobée.

Cheveux orange vif, jupe courte, veste longue et cuissardes. Pas très professionnel comme image. Mais elle faisait partie du lot, son père avait fait comprendre à Matt que c'était à prendre ou à laisser. Il ne lui restait plus qu'à s'en accommoder.

Il réprima un sourire.

Si sa condition actuelle n'avait pas été si minable, il aurait pu trouver ça drôle... Par chance, il avait confiance en ses propres compétences, et il s'efforcerait de ne pas gâcher son dernier atout.

— Parfait, Marcie. Et si nous ouvrions le cabinet demain matin ?

Elle approuva de la tête, toujours sans détacher le regard de son écran.

Dans quelle chanson, déjà, était-il question de bien s'arrimer en vue d'un parcours difficile ? Eh bien, le moment était venu pour lui de commencer ce parcours, même s'il n'était pas sûr d'être très solidement attaché.

Le temps le dirait sans doute.

2

Tout en prenant du carburant pour sa voiture de location, Sloane observa la grand-rue.

Elle ne pouvait s'empêcher de se sentir déçue : ainsi, c'était cela, Forgeburn ? Une si petite agglomération... De la station-service située au milieu, on voyait les deux extrémités de la ville !

Mais les alentours lui conféraient un certain charme, reconnut-elle. Son regard s'arrêta sur une falaise tentante, qui semblait attendre un grimpeur expérimenté.

De l'argile rouge, pas trop raide mais assez pour qu'elle s'y essaie. Elle relèverait sans doute le défi au cours des deux semaines qu'elle passerait ici. Elle se sentait de taille à le faire maintenant que Carter l'avait initiée à ce sport.

Cela faisait longtemps qu'elle n'en avait pas pratiqué... Et de toute façon jamais seule. Avant de le rencontrer, elle n'avait jamais eu envie de marcher dans le désert, d'escalader des rochers ou de descendre explorer un profond canyon. À présent elle adorait cela, ainsi que la plongée en bouteille autonome, le parachute ascensionnel, le mountain-bike et bien d'autres activités.

Le cœur serré, elle se rappela comment il la prenait dans ses bras pour la féliciter d'une réussite ou la consoler d'un échec. Son étreinte et son baiser, puis la course jusqu'à leur chambre...

Elle devait admettre que cette émotion, cette joie, ce contact physique lui manquaient.

Elle comprenait pourquoi, bien qu'il fût citadin comme elle, il parlait de Forgeburn avec un tel enthousiasme. Ils s'étaient promis d'y venir dès qu'ils en auraient la possibilité, car leurs deux ou trois jours de liberté habituels n'étaient pas suffisants pour profiter de tous les loisirs que proposait la région.

Et voilà qu'elle venait d'y arriver, avec devant elle tout le temps du monde. Mais sans lui.

Elle raccrocha la pompe en soupirant, alla payer et jeta un dernier regard circulaire avant de descendre la rue en direction du Red Rock Canyon où elle avait réservé une chambre.

En fait, elle aurait pu aller prendre l'air n'importe où ailleurs. Ici, où tout lui rappelait ce qu'elle avait perdu, arriverait-elle à se mettre dans la tête qu'elle l'avait perdu lui aussi ? Son séjour ici serait-il vraiment bénéfique ?

Pour l'instant, elle n'éprouvait rien. Elle se sentait vide, solitaire. Elle comprenait enfin Carter, qui se disait indifférent à tout depuis son retour d'Afghanistan.

De toute façon c'était trop tard pour faire marche arrière, et elle était certaine que les activités proposées aux touristes suffiraient à occuper son temps. Si elle le souhaitait, car rien ne l'empêchait de rester à paresser sur un transat au bord de la piscine.

Le ciel de ce soir promettait des milliers d'étoiles...

Elle soupira.

N'importe comment, elle serait privée de ce qu'elle désirait le plus : dormir à la belle étoile en écoutant hurler les coyotes, blottie contre Carter dans un unique sac de couchage, et faire l'amour sous la voûte étoilée.

Elle gara sa voiture sur le parking de l'hôtel, entra et donna son nom à l'accueil.

Le réceptionniste lui remit la carte qui ouvrait la porte de sa chambre.

— Merci. Pouvez-vous me dire si vous organisez des randonnées de nuit dans le désert ?

— Nous avons justement un départ dans une heure. Il s'agit d'observer plusieurs constellations qui sont invisibles d'ici à cause de l'éclairage public.

L'homme la regarda d'un air hésitant.

— C'est une marche de huit kilomètres aller-retour, il vous faut un équipement solide mais, à cette heure-ci, notre boutique de location est fermée.

— J'ai tout le nécessaire. Ça m'a l'air passionnant. S'il reste une place, je suis preneuse.

— Nous avons d'autres balades moins difficiles prévues pour demain matin. Voulez-vous attendre, *señorita* ?

— Merci, mais je préfère partir tout de suite, j'aime l'effort physique.

— Dans ce cas, je communique votre nom à notre guide. Il va vous contacter pour vous fournir la liste de ce que vous devez emporter.

Tout son équipement lui avait été offert par Carter. Pourvu que les souvenirs ne viennent pas l'assaillir...

Mais, lorsqu'elle se mit en tenue, ce fut toute la dernière période qui lui revint d'un coup.

Après leur retour d'Allemagne, la vie était devenue totalement chaotique. Les accès de mauvaise humeur de Carter étaient de plus en plus fréquents, elle ne savait jamais à quoi s'attendre. De plus, comme il refusait de consulter un néphrologue au sujet de son rein unique, elle se rongeait d'inquiétude pour sa santé. Au lieu de se ménager, on aurait dit qu'il prenait un malin plaisir à faire tout ce qui lui était déconseillé, comme s'il voulait se détruire.

Les accès de colère irraisonnés, les crises de panique déclenchées par un fracas inattendu, les cauchemars, les flash-back... Et, enfin, cette méfiance croissante qu'il lui manifestait.

Elle n'avait pas mis longtemps à s'apercevoir qu'il ne lui faisait plus aucune confiance, et elle avait fini par se demander si c'était prudent de l'épouser. Comment lier son sort à un homme qui doutait d'elle sans cesse ? Elle ferait sans doute mieux d'attendre de voir comment évoluaient les choses. Après tout, ils avaient déjà vécu six ans ensemble, elle pouvait patienter un an de plus... Pourtant, même s'il devenait de plus en plus clair que leurs sentiments s'érodaient, elle était incapable de s'éloigner de lui, car elle se rappelait l'homme qu'il était autrefois, celui qu'elle avait aimé… Mais, avant qu'elle n'ait pris une décision, il avait réglé le problème en la quittant sans un mot d'explication.

Et elle était venue à Forgeburn en espérant découvrir ce qui l'éloignerait de lui une bonne fois pour toutes.

Après avoir lacé ses chaussures de marche, rempli les poches de son gilet et attaché ses cheveux en queue-de-cheval, elle s'observa dans le miroir.

Pas encore de rides en dépit de l'angoisse permanente qu'elle éprouvait, mais des cernes profonds, qu'elle devait dissimuler sous du maquillage… Oui, elle avait vraiment besoin de vacances.

Elle eut un haussement d'épaules.

À peine arrivée, elle partait en excursion observer les étoiles. Elle avait besoin de repos, de temps pour réfléchir, et elle se précipitait déjà vers une activité…

Pour ne pas avoir le temps de penser, justement.

Elle se coiffa d'une casquette et se dirigea vers la porte.

Quand Sloane entra dans le cabinet médical, la réceptionniste aux cheveux carotte ne leva même pas les yeux de l'écran de son téléphone.

— Vous avez rendez-vous ?

Elle souleva le bas de son pantalon.

— Non, je suis touriste. J'ai une entaille au mollet qu'il faudrait recoudre.

Dans son enthousiasme à mieux voir la conjonction Vénus-Mars-Jupiter, un compagnon de randonnée l'avait projetée contre un rocher pointu.

Une conjonction par ailleurs magnifique ! Vénus brillait de tous ses feux, et elle n'avait pu s'empêcher de l'assimiler à la déesse de l'amour et de la beauté… C'était alors que ce type l'avait bousculée. Et à présent elle avait besoin d'antibiotiques et de points de sutures.

La réceptionniste se pencha au-dessus du comptoir pour évaluer la gravité de la blessure et se rassit.

— Je vous inscris sur la liste, il vous verra dès qu'il le pourra. Asseyez-vous.

Elle obéit et regarda autour d'elle : dans ce cabinet médical d'une ennuyeuse banalité, rien n'accrochait le regard, et l'odeur de peinture fraîche dominait.

Elle avait préféré ne pas demander l'aide de Matt, qu'elle n'avait pas le courage de voir si tôt. Elle ne se sentait pas prête à parler de Carter, et Matt et lui étaient si proches qu'elle doutait qu'ils puissent éviter le sujet. Bien sûr, elle le contacterait, mais pas tout de suite. Elle s'était donc enquise de l'adresse du médecin le plus proche.

Elle se tourna vers la jeune fille rousse.

— Vous êtes ici depuis longtemps ?

— Nous avons ouvert ce matin.

— Qui est le médecin, le Dr McClain ?

— Non. Lui, il soigne les cow-boys. Nous nous occupons surtout des vacanciers qui se sont blessés lors de leurs activités, comme vous.

— Voulez-vous mon nom pour vos dossiers ?

— Le médecin s'en chargera.

— Ainsi que de mes papiers d'assurance ?

— Eh bien, il ne veut pas que je m'en mêle, alors oui.

Quel drôle de cabinet médical, songea-t-elle. Vraiment bizarre… Si elle avait eu quelque chose de plus grave, elle serait repartie chercher où travaillait Matt. Mais maintenant qu'elle était là… Elle n'avait pas vu d'autres voitures sur le parking, elle n'attendrait sans doute pas longtemps.

En effet, la réceptionniste lui fit bientôt signe en lui désignant le couloir.

Elle avança, trouva la salle d'examen, s'assit sur la table et attendit. Une minute plus tard, elle entendit quelqu'un approcher…

Et son sang se figea dans ses veines, car elle aurait reconnu ce pas entre mille.

Son cœur battait la chamade lorsque Carter — c'était bien lui — franchit le seuil.

— Que fais-tu ici ?

— Sloane ? Je peux te retourner la question !

Il referma la porte mais resta immobile.

— C'est moi qui l'ai posée la première.

— Eh bien, j'essaie de recommencer à vivre. C'est Matt qui m'a fourni ce poste. Et maintenant, à toi.

— J'ai décidé de prendre des vacances, et j'ai choisi Forgeburn parce que... J'ignorais que tu t'y trouverais, je te croyais à Vegas.

— Hum. J'y suis resté un moment, en effet, mais ensuite je suis parti dans le Tennessee.

— Et maintenant tu travailles ici ? C'est sérieux ?

— Autant que ça peut l'être. Bien, je suppose que tu veux que je suture cette entaille ?

Le choc lui avait presque fait oublier le motif de sa visite.

— Euh, oui. Je suis partie en excursion hier soir pour observer les étoiles, et j'ai heurté un rocher coupant.

Carter se décida enfin à s'approcher de la table d'examen.

— Depuis quand t'intéresses-tu aux étoiles ?

— Depuis cette nuit.

— Et qu'as-tu appris d'intéressant ?

— Que Vénus est la plus brillante, et qu'il vaut mieux être à l'écart pour la regarder. Certains évaluent mal les distances.

— C'est-à-dire ?

Elle haussa les épaules.

— Je me suis fait bousculer, c'est pour ça que je suis ici. Ça m'apprendra à jouer les touristes... Et toi ? Matt t'a proposé ce poste, dis-tu ? J'en conclus que tu es là en tant que généraliste ?

— C'est ça.

Il se pencha pour examiner la plaie.

— Mais tu n'as jamais exercé !

Il leva la tête et croisa son regard.

— Et toi, tu n'avais jamais observé les étoiles. Il faut bien commencer un jour, non ?

Il glissa la paume le long de son mollet. Elle frissonna et eut un léger mouvement de recul.

— Qu'est-ce que tu fais ?

Il ôta sa main et se redressa en souriant.

— Rien que mon boulot. Je vérifiais que ta jambe n'était pas chaude, qu'il n'y avait pas d'infection.

— Je sais désinfecter une plaie ! Je te rappelle que je suis médecin.

— Moi aussi, et j'essaie de bien faire mon métier.

— Personne n'en a jamais douté. Ce n'est pas ça qui a motivé ton renvoi de l'hôpital.

— Mais mon comportement ?

Elle poussa un profond soupir.

Elle n'était pas venue ici pour recommencer ce genre de discussions stériles, mais au contraire pour les oublier. C'était mal parti. Si elle avait pu imaginer...

— Carter, nous avons eu cette conversation mille fois. Parlons plutôt points de suture.

— D'accord. Je préfère le sparadrap au fil, ça t'évitera de garder une cicatrice. Ton dernier vaccin contre le tétanos remonte à quand ?

Elle leva les yeux au ciel.

Elle avait oublié. En revanche, elle se rappelait parfaitement la date où elle lui avait fait l'injection de gammaglobulines.

Cela s'était passé exactement un mois et treize jours avant son départ pour l'Afghanistan. Carter venait d'injecter un sédatif à un enfant qu'il allait opérer de l'appendicite et qui était devenu agressif. Juste après, le garçonnet s'était agité davantage et lui avait agrippé la main alors qu'il tenait toujours la seringue et l'aiguille hypodermique usagée. Bien que la plaie fût sans gravité, l'administration avait exigé qu'il reçoive des gammaglobulines pour renforcer son système immunitaire. Il avait baissé son pantalon en se déhanchant de façon sensuelle pour lui présenter sa fesse. Ce jour-là, s'ils n'avaient pas été sur leur lieu de travail...

Elle se sentit devenir écarlate.

— Euh... Mon vaccin contre le tétanos ? Aucune idée.

Par chance, Carter lui tournait le dos pour sortir le matériel d'un placard.

— Et à part ça, comment vas-tu ?

— Je me sens très lasse, je suis venue pour me reposer.

Il se tourna vers elle et sourit.

— Tu as pourtant des couleurs ! Ça me rappelle...

— Non, Carter ! Évitons d'évoquer le passé, je te prie. J'ai besoin de soins et d'un sérum antitétanique. Si tu n'es pas disposé à t'en charger, je m'adresserai à Matt.

— À propos, je suppose que tu l'as prévenu que tu venais ? Curieux qu'il ne t'ait pas mise au courant que j'étais là ! C'est vrai que les chances que tu tombes sur moi dans ce bout du monde étaient presque nulles...

Il lui passa du désinfectant sur la plaie.

— Quand je t'ai vue, j'ai cru que tu étais venue me retrouver...

— Crois-moi, tu es la dernière personne que je m'attendais à voir ici. En effet, Matt ne m'a rien dit.

Carter avait raison de se poser la question. Leur ami essaierait-il de les rabibocher ? De provoquer une rencontre surprise dans le désert ?

Peu importe. Tout ce qu'elle voulait, c'était que Carter la soigne vite pour pouvoir sortir d'ici.

Carter était sous le choc.

Bon sang, aussi incroyable que cela paraisse, Sloane était à Forgeburn ! Comment se comporter vis-à-vis d'elle ? Tout faire pour l'éviter ou laisser s'installer un minimum de cordialité entre eux ? Ils n'étaient pas des étrangers qui se rencontraient par hasard... Elle méritait mieux qu'une conversation sur la météo, mais de quoi d'autre lui parler sans la faire souffrir davantage ?

Son seul espoir était qu'elle ne s'attarde pas. Si elle pouvait repartir dans l'heure...

— L'entaille est nette, dit-il en examinant la plaie. Je vais utiliser dix strips et recouvrir de gaze. Si tu es toujours là dans un jour ou deux, j'aimerais vérifier que la cicatrisation se fait bien. Sinon, adresse-toi à ton généraliste en rentrant.

— J'ai réservé pour quinze jours. Ce sont mes premières vacances depuis... Eh bien, depuis la semaine où tu es venu en permission et où nous sommes partis en croisière jusqu'à la côte mexicaine, il y a... quatre ans, je crois. Je ne sais plus.

Lui, il le savait. Mais pas question de laisser émerger le souvenir qu'il en avait. Ils étaient devenus si proches sur ce paquebot ! Encore plus qu'après leurs deux ans de vie commune. Il avait commencé à faire des allusions du genre : « Si je te demandais de devenir ma femme, tu accepterais ? »

En fait, il avait attendu deux ans de plus pour faire sa demande officielle par téléphone satellite. Il l'avait appelée pour lui souhaiter un bon anniversaire alors que la maison était pleine d'invités, de musique et de rires. Il s'était senti à l'écart et avait rappelé plus tard, espérant que ses amis seraient partis. C'était à ce moment-là que la question était sortie toute seule, le surprenant presque autant qu'elle.

Pourtant, il avait toujours voulu l'épouser, cette femme splendide, hors du commun. Depuis leur première rencontre, il était décidé à ne plus la perdre. Mais il avait rêvé de se déclarer lors d'un week-end romantique en bord de mer, ou dans la région des vignobles, à l'aube plutôt qu'au crépuscule. Ils marcheraient main dans la main et, lorsqu'ils feraient une pause, il sortirait de sa poche un écrin contenant une bague de fiançailles. Ou alors, au moment où ils prendraient un brunch à une terrasse, il glisserait discrètement la petite boîte sur la table...

Il réprima un soupir.

Tout cela était bien loin. Le nouveau Carter Holmes n'avait pas une once de romantisme en lui.

— Je te prescris un antibiotique, tu trouveras une pharmacie plus bas dans la rue. Si je me souviens bien, tu es allergique à...

Bon sang, pourquoi se rappelait-il tous ces détails ? Certains jours il parvenait à oublier, puis tout lui revenait, c'était agaçant.

— La pénicilline.

Sloane se laissa glisser de la table, se pencha pour redescendre la jambe de son pantalon puis le regarda droit dans les yeux.

— Combien je te dois ?

— Tu plaisantes ! Tu pensais que j'allais te faire payer ?

— Franchement, Carter, j'ignore tout de tes intentions. Je ne m'attendais pas à ce que tu me quittes sans explication, et tu l'as fait. Ni à ce que tu ne répondes pas à mes appels et à mes messages depuis trois mois, et tu l'as fait. Je n'aurais jamais supposé que tu t'engagerais un jour dans l'armée, et pourtant tu l'as fait. Comment pourrais-je prévoir ?

— Je sais, je n'ai pas été correct, mais...

S'il lui disait qu'il était parti pour son bien à elle, elle ne le croirait pas.

— Mais, maintenant, il est trop tard pour y changer quoi que ce soit. On ne change pas le passé.

— C'est sûr...

Elle se dirigea vers la porte, puis se retourna pour le regarder.

— Écoute, on s'est retrouvés ici par pure coïncidence mais, puisque c'est ainsi, pourrions-nous trouver un moment pour nous parler ? J'ai des questions à te poser, et j'estime que tu me dois des réponses.

— Laisse-moi le temps de consulter mon planning, et je t'appelle. Tu as toujours le même numéro ?

— Je n'ai pas changé, Carter. Oui, je l'ai gardé. J'espérais que tu finirais par reprendre un jour contact avec moi.

Comment se justifier ? Durant son séjour à Vegas il avait passé son temps à jouer et à boire. S'il avait répondu, elle aurait compris qu'il était en train de s'enfoncer.

Puis, pendant la première session de sa thérapie, on leur avait confisqué leur téléphone. On ne le leur rendait qu'une heure par semaine pour leur permettre d'appeler leur famille ou leur compagne. N'ayant ni famille ni compagne, il n'avait jamais réclamé le sien.

— C'était grossier de ne pas te répondre, je regrette. En vérité, je n'étais pas en situation de joindre quelqu'un par téléphone.

— Et maintenant, tu peux ?

— C'est compliqué, Sloane.

Impossible de lui promettre quoi que ce soit, et pas même de lui parler de ses progrès, puisqu'il risquait à tout moment de régresser. S'il guérissait, ce serait par étapes, avec le temps...

Et surtout dans un nouvel environnement. Comment lui faire comprendre qu'elle appartenait au passé qu'il tentait de fuir ?

Sloane observa Carter : il ne semblait pas amer, plutôt apathique, comme s'il avait abandonné la lutte.

— La vie est compliquée pour tout le monde, Carter. Tu as renoncé à te battre pour t'en sortir ?

— Au contraire. Simplement, il faut que je touche le fond pour rebondir...

Il fit deux pas vers elle et stoppa net, comme devant une barrière.

— Et tu comprendras que je préfère n'entraîner personne avec moi.

— Tu me dois tout de même une explication.

— Que veux-tu que je t'explique ? Que j'ai perdu la rate et un rein dans une embuscade, que je suis atteint de TPST après trop de combats, trop de morts, trop de gens à sauver pour moi tout seul... C'est ça que tu veux entendre ? Je l'ai déjà assez rabâché, et regarde où ça m'a mené.

Elle sentit un étau se resserrer autour de sa poitrine.

S'il pouvait au moins exprimer une émotion ! Mais il avait l'air si détaché, si résigné... Elle ne connaissait pas ce Carter-là, elle ne le comprenait pas. Elle avait l'impression qu'il calculait chaque expression de son visage et chaque mot qu'il prononçait.

Elle tenta de refouler ses larmes.

— Tu bois toujours ?

— Non, et je ne prends plus de cachets non plus. J'ai compris que le soulagement qu'ils procurent ne dure pas, que l'angoisse revient dès que l'effet est passé.

Il lui jeta un regard scrutateur.

— Que fais-tu ici, en réalité ? Tu essaies encore de me sauver de moi-même ?

— Je te répète que je suis en vacances.

Était-ce vraiment sincère ? Dans le fond, elle avait choisi Forgeburn non pas en espérant le retrouver ici, mais pour se rapprocher du Carter d'autrefois, de celui qui avait projeté des marches dans le désert et des escalades avec Matt. De celui qui parlait si souvent de retrouver ses racines, même s'il était né à Los Angeles comme elle.

Peut-être était-il en quête d'un sentiment d'appartenance ?

Et elle, se pouvait-il qu'elle soit venue en espérant inconsciemment le trouver, lui ?

Elle chercha son regard.

— Tu évoquais si souvent cette région... J'ai pensé que, pour tourner la page, je devais la visiter, tenter de savoir pourquoi tu l'aimais tant... Tu m'as fait souffrir, tu sais.

— Oui, je sais, dit Carter d'une voix résignée. Je n'ai jamais voulu faire souffrir personne, et encore moins toi. Mais c'est arrivé quand même.

Elle croisa son regard et crut un bref instant y lire du regret, une profonde tristesse.

Elle venait d'apercevoir le Carter d'autrefois. Elle était sûre de l'avoir reconnu ! Son cœur battit plus vite et elle se surprit à espérer, non pour leur relation mais pour lui.

Elle s'était juré de ne pas pleurer, mais elle sentit sa lèvre trembler. Les larmes menaçaient vraiment...

Sur une impulsion, elle se haussa sur la pointe des pieds et lui frôla la joue d'un baiser.

— La seule chose dont j'étais sûre, c'était que je t'aimais encore alors que tu ne m'aimais plus. C'est difficile à admettre après tant d'années. Je regrette de n'avoir pas pu mieux te soutenir... Mais qu'est-ce que ça change que je te le dise maintenant, puisque tu as décidé tout seul de briser notre couple ?

Assise dans sa voiture devant le cabinet médical, Sloane se sentait perdue : où aller, dans l'immédiat ?

Elle n'aurait jamais dû embrasser Carter. Ce baiser lui avait révélé une chose qu'elle n'était pas prête à admettre : elle l'aimait toujours. Peut-être pas avec la passion du début, mais d'une façon plus profonde, qu'elle avait du mal à comprendre.

Il avait minci et semblait en forme. Pour la première fois depuis qu'il avait été blessé, il lui avait paru... tonique. S'était-il remis à faire de l'exercice ?

Sa beauté l'avait toujours attirée. Il faisait tourner les têtes au sens propre. Quand il entrait dans le hall de l'hôpital, toutes les femmes le suivaient du regard... Il en était conscient et s'en amusait. Il adorait avoir autour de lui une cour qui se demandait s'il était un vrai voyou ou simplement un être narcissique. En fait, il n'était ni l'un ni l'autre, il jouissait de la vie et prônait le naturel en toutes circonstances. Et il lui avait appris à faire de même, à être spontanée, à vivre l'instant...

Après la mort de sa mère, Sloane avait été élevée par un père aimant, mais grave. On ne plaisantait jamais chez elle. C'était Carter qui lui avait appris à rire... C'était si loin à présent qu'elle se demandait si elle n'avait pas rêvé. Rien ne lui semblait plus réel depuis si longtemps ! Même cette rencontre à Forgeburn lui semblait procéder d'une réalité parallèle à laquelle elle avait du mal à trouver du sens.

Tout à coup, elle sentit monter la colère.

C'était tellement absurde ! Quand elle avait appelé Matt pour lui annoncer son intention de venir, pourquoi ne lui avait-il pas dit que Carter était ici ?

Elle vérifia l'adresse de son cabinet médical sur Internet et démarra en trombe pour lui réclamer des explications.

Lorsqu'elle eut posé la question, Matt ne put dissimuler son air gêné.

— Je ne voulais pas remuer le couteau dans la plaie.

— Tu as donc préféré me laisser tomber sur lui par hasard ?

— Rien n'assurait que tu allais le rencontrer...

— Nous sommes à Forgeburn, Matt ! Il faut dix minutes pour traverser la ville en voiture.

Matt poussa un soupir et détourna les yeux vers sa salle d'attente bondée.

— Écoute, Sloane... Quand tu m'as parlé de venir pour tes

vacances, rien n'était encore arrêté entre lui et moi. D'ailleurs, ni l'un ni l'autre n'a précisé que ça allait si mal entre vous. Carter a évoqué des problèmes mais, le jour où il m'a annoncé qu'il t'avait quittée, tu étais déjà en route. Ne me mets pas cette responsabilité sur le dos, et ne me demande pas de prendre parti. Je ne suis qu'un observateur.

Elle sentit sa colère refluer. Elle comprenait sa position, il était donc inutile qu'elle compte sur lui pour la conseiller.

Elle se leva, remonta dans sa voiture, rentra à l'hôtel et s'enferma dans sa chambre pour réfléchir.

Que faire ?

Elle avait envie de rester, peut-être simplement par curiosité, pour avoir une occasion de comprendre avant de boucler la boucle. En revanche, si elle partait, elle aurait au moins la satisfaction d'avoir cette fois pris l'initiative...

Non, ce n'était pas son genre. Elle aimait Carter depuis trop longtemps pour avoir envie de le faire souffrir — si toutefois son départ était susceptible de l'affecter.

Et elle, en souffrirait-elle moins ?

Elle était incapable d'en juger. La seule chose dont elle ne doutait pas, c'était que, malgré tous ses efforts, la pensée de Carter l'obsédait toujours.

Si elle restait, ne courait-elle pas le risque de se retrouver au point où elle était trois mois plus tôt ? Maintenant qu'elle le savait si proche, son intention de tourner la page n'était-elle pas compromise ?

Elle espérait que non, mais rien n'était moins sûr.

3

Carter vida dans l'évier le whisky bon marché qu'il venait d'acheter puis posa la bouteille et la regarda fixement.

La première partie du programme du Recovery Project lui avait rendu un peu de son optimisme. Juste assez pour l'aider à franchir les étapes nécessaires.

Il pouvait boire son premier verre n'importe quand, personne ne le saurait, et cela ne dérangerait personne. Cette bouteille vide lui rappellerait tout ce qu'il avait perdu sans espoir de retour, mais aussi qu'il existait une sortie possible. Cette sacrée bouteille représentait l'épreuve à passer, la victoire à conquérir, et elle resterait là à le tenter tant qu'il aurait besoin de l'être. Si c'était jusqu'à la fin de ses jours, tant pis.

Il savait qu'il se retrouverait à certains moments au fond du trou, avec l'impression de devoir se borner à attendre d'être anéanti par une maladie plus grave que celle qu'il combattait, et cette ambivalence le renverrait à l'étape précédente. Pourtant, chaque fois, l'espoir resurgirait, ce minuscule espoir caché au plus profond de lui.

Un espoir qui ne devait en aucun cas concerner sa relation avec Sloane !

En fait, il se sentait très nerveux. Déjà parce qu'il débutait une nouvelle existence qui servirait de test pour la poursuite de sa thérapie, et ensuite à cause de l'apparition de Sloane dans le décor.

Une heure durant, il arpenta sa chambre comme un lion en cage, espérant se fatiguer assez pour s'endormir.

Quand il cessa de marcher, il était bel et bien épuisé, mais ses nerfs n'étaient pas calmés pour autant : son cerveau bouillonnait de pensées qui continuaient à le tourmenter. Des souvenirs de Sloane et de lui, de ce qu'ils avaient vécu ou avaient projeté de vivre ensemble : fonder une famille, acheter une maison, faire la grasse matinée le dimanche matin, prendre un bain moussant à deux, partir en promenade...

Il s'assit sur le bord du lit et se prit la tête dans les mains.

— Pourquoi ? gémit-il.

Selon sa psy de thérapie cognitive, il n'existait pas de réponse à cette question. Il le savait d'ailleurs déjà pour l'avoir souvent entendue de la bouche de ses patients ou de leurs proches : « pourquoi ai-je un cancer ? », « pourquoi ma fille est-elle morte ? »

La voix de sa thérapeute résonna dans sa tête : « au lieu de chercher des causes à une épreuve que vous subissez, demandez-vous plutôt comment vous allez en sortir ».

Comment se sortir de cette confrontation inattendue avec Sloane ? Une minute après l'autre, une heure après l'autre, un jour après l'autre ? Pouvait-il la prier de s'en aller en lui expliquant que sa simple présence l'effrayait plus que les tirs qu'il avait essuyés en Afghanistan ?

Naturellement il n'avait pas de réponse. Une seule chose était sûre : sa présence ici l'obsédait. Il fallait qu'il se trouve une occupation, qu'il se concentre sur autre chose.

Un tour à moto, voilà ce qu'il lui fallait.

Il se releva d'un bond.

Bien qu'on fût à la mi-novembre, il faisait encore assez chaud dehors. Il passa son blouson de cuir, prit son casque et sa trousse médicale, et sortit.

Son téléphone sonna avant qu'il n'ait enfourché sa moto, et deux minutes après il prenait la route de l'hôtel Red Rock Canyon, où on lui signalait une intoxication alimentaire ayant fait pour l'instant quatorze victimes.

Il éprouva un petit rush d'adrénaline à l'idée d'être occupé pour un moment. Et de se sentir utile, ce qui ne lui était pas arrivé depuis très longtemps.

Un homme se précipita sur Carter dès l'entrée.

— Docteur Holmes ? Je suis Paul Jacob, le gérant de l'hôtel. On en est à vingt et un, maintenant !

Le pauvre homme était si pâle et crispé que l'idée de lui administrer un sédatif l'effleura.

— Quelles mesures avez-vous prises pour l'instant, monsieur Jacob ?

— Nous avons prié les malades de rester confinés dans leur chambre pour éviter une éventuelle contagion, mais quelques-uns ne peuvent s'empêcher de descendre à la réception pour poser des questions...

Paul essuya la sueur qui coulait sur son front.

— Mon équipe de nuit essaie de rassurer tout le monde, mais le bruit s'est répandu, et je crains que certains ne soient pas très coopératifs. Il y en a même qui sont déjà partis !

En tant que chirurgien, Carter n'avait pour ainsi dire jamais été confronté à ce genre de problème, sauf une fois, il y avait longtemps, durant son internat.

Il existait de nombreuses formes différentes d'intoxications alimentaires. Il les avait récapitulées sur le parking avant d'entrer dans l'hôtel et, grâce à son téléphone il avait pu effectuer des vérifications sur Internet.

— Ce n'est pas très grave, ne vous inquiétez pas. S'il s'agit bien d'une intoxication alimentaire, ce n'est pas contagieux. Vous pensez qu'un plat de votre menu pourrait être en cause ?

— J'ai prié mon personnel d'enquêter à ce sujet. Il semblerait que l'unique chose qu'aient mangée tous les malades sans exception soit un éclair au chocolat au dessert. Je ne sais pas si ça peut vous aider, mais...

— À la crème pâtissière ?

— Oui, confectionnés aujourd'hui. Mais tous les ingrédients étaient frais, je ne vois pas comment...

— Pour contaminer de la nourriture il suffit d'un éternuement ou d'une quinte de toux, ou de mains mal lavées après s'être mouché. Le virus peut se transmettre simplement par la peau.

S'il avait bien deviné...

— Je suppose qu'ils se sont plaints de nausées, de vomissements et de diarrhées, et ce immédiatement après le repas ?

Paul parut un peu surpris et approuva de la tête.

— Exact. Vous savez quelle forme c'est ?

Carter opina.

C'était bien ce qu'il pensait. L'intoxication au staphylocoque, la plus rapide, se déclenche en principe au bout d'une demi-heure après l'ingestion de la nourriture contaminée. Il n'y avait aucun médicament, aucun traitement à prescrire. Si son diagnostic était bon, les malaises devraient disparaître au bout de vingt-quatre heures, et les victimes n'étaient pas en danger, à moins d'être affaiblies par l'âge ou par une autre maladie. Sa tâche serait de surveiller le degré de déshydratation de chacun et d'y remédier.

— Pouvez-vous me donner les numéros de chambre et les noms des malades, monsieur Jacob ?

— Bien sûr. Mais la résidence comprend quatre cent cinquante chambres, et il risque d'y en avoir de nouveaux qui ne se sont pas encore manifestés...

Carter sentit monter l'adrénaline. Si jamais un malade plus faible s'était évanoui avant d'avoir pu prévenir...

— Avez-vous un moyen de vérifier ? De faire appeler tout le monde au téléphone et d'envoyer quelqu'un si vous n'obtenez pas de réponse ? Combien de clients avez-vous en ce moment ?

Paul consulta l'écran de son ordinateur.

— Officiellement, près de six cents. Mais certains font entrer une personne ou deux de plus sans les enregistrer, croyant faire des économies. C'est idiot, parce que le prix de la chambre est fixe quel que soit le nombre d'hôtes qui l'occupent.

Il lui tendit la feuille qu'il venait d'imprimer.

— Voici ce que vous m'avez demandé.

Carter éprouva un pincement de cœur.

Six cents personnes susceptibles d'avoir dégusté un éclair au chocolat au dessert ! Et il ne pouvait examiner que les vingt et un de sa liste, ceux qui avaient signalé être intoxiqués. Il y en avait certainement beaucoup plus...

Son excitation se mua en inquiétude.

Justement, un jeune homme qui s'était visiblement habillé à la hâte s'avança vers le comptoir en titubant, pâle et défait, les yeux agrandis par l'angoisse.

— Je voudrais voir un médecin d'urgence. Je ne sais pas ce qui m'arrive, j'ai de violentes crampes d'estomac...

Carter l'attrapa par le bras et se tourna vers Paul.

— Je crois que je vais commencer par celui-ci.

Il regarda le jeune homme.

— Je suis médecin. Venez, montons dans votre chambre pour que je vous examine.

Pauvre gars, songea-t-il en le conduisant vers les ascenseurs. Il était totalement affolé... Il n'avait rien de grave, mais s'il le lui assurait maintenant il ne le croirait pas.

— Vous avez pris un éclair au chocolat au dessert, n'est-ce pas ?

— Deux, gémit le jeune homme. Ils étaient délicieux...

Carter réprima un soupir.

Parti comme c'était, il en avait pour la nuit.

Sloane descendit tard pour le dîner et trouva la salle à manger fermée. Un panneau annonçait qu'on ne servait plus de repas jusqu'à nouvel ordre.

Une intoxication, sans doute...

On fournissait une liste de restaurants proches et un numéro à appeler pour se faire livrer des pizzas.

Comme elle n'avait aucune envie de sortir et n'était pas fan de pizza, elle remonta dans sa chambre après avoir acheté un sachet de bretzels au distributeur.

De toute façon elle n'avait pas beaucoup d'appétit. Depuis le départ de Carter, il lui arrivait de sauter un repas sans s'en apercevoir.

Autrefois, lorsque leurs emplois du temps correspondaient, elle adorait cuisiner pour lui. Même si elle n'avait préparé qu'une salade de pâtes, il savait créer l'ambiance : des bougies, du vin d'une cave qu'il avait visitée, des lumières tamisées, de la musique douce — Ella Fitzgerald, Frank Sinatra, Nat King Cole...

C'était un romantique, elle l'avait découvert quelques jours après leur rencontre, le soir où il l'avait emmenée pique-niquer sur cette plage au clair de lune...

Elle était déjà un peu amoureuse de lui mais, quand il l'avait invitée à danser sur le sable, cela l'avait conquise.

Elle croqua dans un bretzel en secouant la tête.

Tous ces souvenirs inutiles... Elle ferait mieux de redescendre chercher une bouteille d'eau minérale, au cas où l'intoxication serait due à l'eau du robinet.

Elle ressortit et longea le couloir en direction des ascenseurs.

À mi-chemin, elle s'arrêta net : une silhouette familière approchait à pas pressés.

Non, elle avait la berlue ! Carter, encore ?

Elle prit garde de ne pas trop s'approcher de lui. Pas question qu'il s'imagine qu'elle avait des intentions d'ordre privé.

— Que se passe-t-il ?

— Je viens de voir trente-six patients en deux heures !

Il paraissait excité, comme autrefois à l'hôpital avant d'entreprendre une intervention complexe.

— De quoi souffrent-ils ?

— Un genre de staphylocoque, je suppose. Je ne peux que leur assurer qu'ils iront mieux demain et vérifier qu'ils ne sont pas trop déshydratés.

— Des conséquences graves ?

— Pour l'instant non. Mais on vient de m'apprendre que, quelque part dans ce couloir, il y a une diabétique de type 1. Si jamais son taux de sucre descend...

— Je peux t'aider ?

— Ce n'est pas de refus, si ça ne te dérange pas.

Un peu indécise, elle le suivit, s'arrêta derrière lui et attendit qu'il ait frappé.

Ils n'avaient jamais travaillé ensemble, en équipe.

— Tu m'indiqueras ce que tu veux que je fasse ?

— J'aimerais bien le savoir… Je n'ai pas l'habitude de ce genre de cas.

— Et moi, tu crois que j'ai l'habitude ?

Il s'esclaffa.

— Rien de mieux que deux éminents chirurgiens pour annoncer à une patiente qu'elle n'a pas besoin de traitement. et que son malaise aura disparu dans quelques heures !

Il sourit à la fillette à l'air méfiant qui venait d'entrebâiller la porte sans ôter la chaîne de sécurité.

— Bonsoir, nous sommes médecins tous les deux. C'est toi qui as appelé pour prévenir que ta maman était malade ?

— Oui. Et cette fois, elle est vraiment plus mal que d'habitude. Elle sait qu'elle n'a pas droit au sucre, mais elle a quand même mangé un éclair.

— Nous permets-tu d'entrer ?

La fillette leur jeta un regard inquiet.

— Maman m'interdit d'ouvrir aux inconnus.

— Comment t'appelles-tu ?

— Molly.

— Eh bien, Molly, je ne te mens pas, regarde ma trousse médicale.

Après avoir jeté un coup d'œil à l'intérieur, la fillette ôta la chaîne avec réticence.

— Maman est à la salle de bains, elle vomit…

Sloane se précipita sans attendre les instructions de Carter.

La malade gisait sur le sol, sans connaissance.

— Appelle une ambulance, vite !

Elle s'agenouilla et mesura le pouls de la jeune femme.

C'était bien ce qu'elle craignait : il était faible, erratique.

Elle regarda Molly qui l'avait suivie.

— Comment s'appelle ta maman ?

— Jeannie.

— Jeannie, vous m'entendez ?

Elle se tourna vers Carter qui venait de les rejoindre.

— Peux-tu me passer le tensiomètre, s'il te plaît ?

Il le sortit de sa trousse et le lui tendit.

— L'ambulance sera là dans une heure, peut-être plus.

— Pardon ?

Il haussa les épaules.

— Ici, c'est comme ça. Selon Matt, les services sont insuffisants pour couvrir toute la zone.

— Y a-t-il un autre moyen de la transporter à l'hôpital ?

— Il m'a indiqué un certain Cruz Montoya qui promène les touristes en hélico, mais aussi des malades si nécessaire.

Après lui avoir tendu un glucomètre, Carter composa le numéro qu'il avait enregistré.

Sloane l'étudia à la dérobée.

Jusque-là, il semblait en bonne forme. Meilleure que les dernières semaines où il avait travaillé à l'hôpital. Curieusement, elle reconnaissait en lui des traits de l'ancien Carter, concentré, efficace, responsable.

— Jeannie, vous m'entendez ? Je vous pique le bout du doigt. Je prélève un échantillon.

Elle laissa tomber la goutte de sang sur la bande puis l'introduisit dans le compteur.

750 !

Elle se pencha pour humer l'haleine de la patiente et perçut l'odeur de vernis à ongles caractéristique de la cétoacidose : manque d'insuline et taux de sucre élevé.

À ce stade, Jeannie risquait d'avoir les reins endommagés, voire une crise cardiaque.

— L'hélico arrive dans un quart d'heure, annonça Carter. Il lui faut quinze minutes pour atteindre la clinique de Whipple Creek et quarante pour rejoindre l'hôpital de Salt Lake City.

— Le taux de sucre est à 750. Elle doit à tout prix aller à l'hôpital.

Il acquiesça de la tête, puis passa un bras autour des épaules de la fillette.

— Sloane, sais-tu que Molly a dix ans ? Elle est en sixième

et a de bonnes notes, sauf en math où elle est quand même en dessus de la moyenne. Pas mal, non ?

Incroyable tout ce qu'il avait déjà appris ! Il était ainsi, autrefois : aimable et communicatif, surtout avec les enfants.

— Comment sais-tu tout ça ?

Il haussa les épaules en souriant.

— J'ai un don, je suppose.

Ce sourire lui fit chaud au cœur, mais elle devait s'interdire d'espérer. Elle avait trop pleuré.

Elle regarda la fillette.

— Dis-moi, Molly, est-ce que ta maman suit bien son régime ?

— Euh... Elle fait attention dans la journée mais, le soir, elle mange une sucrerie en récompense.

Jeannie absorbait donc régulièrement une quantité modérée de sucre. Son diabète n'était donc jamais stable.

— Pas plus, tu es certaine ?

— En tout cas, pas autant qu'avant. Deux, peut-être.

Ils avaient sur les bras une diabétique de type 1 victime d'une intoxication alimentaire, qui absorbait du sucre une fois par jour, sinon deux. En coma. C'était grave.

Carter hocha la tête.

— Elle était sans doute déjà déshydratée, et l'intoxication n'a fait qu'aggraver la situation. On la met sous perfusion.

— Tu as ce qu'il faut ?

— Oui, dans la malle de ma moto.

Il n'avait pas fini sa phrase qu'il était sorti de la chambre.

Sloane vit le petit visage de la fillette se chiffonner. Celle-ci avait dû deviner la gravité de l'état de sa mère, elle était sur le point de pleurer.

— Molly ? dit-elle doucement. Viens, assieds-toi et prends la main de ta maman, je suis sûre qu'elle aimerait que tu le fasses.

Comme elle-même aurait aimé que Carter prenne la sienne...

4

Cruz Montoya, le pilote de l'hélicoptère, aida Carter à installer Jeannie sur un brancard. Selon Matt, c'était un ancien médecin militaire qui avait évacué des soldats blessés dans les pires circonstances. En effet, il paraissait avoir une sacrée habitude...

— Est-elle stable, docteur Holmes ?

— Malheureusement non. Son taux de sucre ne se réduit pas, aucun signe n'indique qu'elle va sortir du coma.

— Alors, que fait-on ?

Cruz regarda Molly qui s'était mise en retrait.

— Qui va s'occuper de la petite fille ?

— Sa grand-mère sera là demain. Pour ce soir, une cliente de l'hôtel, une maman de trois enfants, veut bien la garder. C'est le mieux que nous puissions faire.

— Au cas où, ma mère est là. Je suis sûr qu'elle s'en chargerait volontiers.

— Merci, je m'en souviendrai.

Sloane, qui préparait la patiente au transport, leva la tête et leur jeta un regard inquiet.

— Tu te sens capable de l'accompagner, Carter ?

C'était justement la question qu'il se posait. Pourrait-il seulement supporter le bruit de l'appareil ?

— Eh bien, nous ne tarderons pas à le savoir...

— Vous n'aimez pas les hélicos ? demanda Cruz.

Il secoua la tête.

— Ça, et pas mal d'autres choses. J'ai été grièvement blessé en Afghanistan.

Le pilote hocha la tête d'un air compréhensif.

— Je vois. J'essaierai de ne pas trop vous brusquer. Vous suivez une thérapie ?

— Hum, dans le Tennessee. Le Recovery Project.

— Ah, celui où on travaille avec des ours ? J'en ai entendu parler, il paraît que ça donne de bons résultats. J'espère que ce sera le cas pour vous.

— Moi aussi.

Il surprit le regard curieux de Sloane, mais il n'avait pas le temps de s'étendre. Il aida Cruz à charger le brancard dans l'appareil et grimpa pour s'asseoir à côté de sa patiente.

Son pouls battait à cent à l'heure, et il commençait à trembler. Il aurait vraiment eu besoin de Diazépam ou autre calmant... Mais il avait la responsabilité d'une patiente. Un sédatif risquait de lui faire tourner la tête ou, pire, de l'endormir. Il ne pouvait se le permettre, pas plus que de reculer devant l'épreuve.

— Combien de temps avez-vous dit que ça prendrait ?

— Quarante minutes.

— OK, je pense que je peux tenir.

S'il feignait d'en être assuré, il le serait peut-être...

— Docteur ? Je précise que c'est quarante pour l'aller et quarante pour le retour. Toujours d'accord ?

Il déglutit avec peine. Quatre-vingts minutes...

« Il faut affronter vos peurs, Holmes. » Une phrase qu'il avait entendue d'innombrables fois au cours de la première partie du programme.

Eh bien, c'était l'occasion de mettre le conseil en pratique !

Une fois que Sloane eut regagné sa chambre, elle alluma son smartphone.

— Le Recovery Project, murmura-t-elle en surfant sur Internet.

Carter avait préféré ne pas lui en parler mais, à présent qu'elle avait surpris sa conversation avec le pilote, elle était curieuse d'en savoir plus.

Cruz avait parlé de travailler avec des ours…

S'agissait-il de confier des oursons aux patients pour qu'ils les prennent en charge, les nourrissent, vivent avec eux et les préparent à leur retour à la vie sauvage ?

Elle ne s'était pas trompée.

Cette thérapie alternative semblait intéressante. Selon ce qu'elle lisait, on y traitait toutes les formes de TSPS et on obtenait de bons résultats avec le trouble de stress aigu dont souffrait Carter. Ce programme offrait des solutions originales : l'un des objectifs premiers était de procurer au malade un environnement où il se sente en sécurité et de réveiller ses émotions par le biais de la relation humain-animal.

Elle sourit en l'imaginant entouré d'un groupe d'oursons.

Aussi étrange que cela puisse paraître, elle souhaitait que Carter réussisse. Mais pourquoi n'en avait-il rien dit ? Si elle était fière qu'il ait franchi ce pas tout seul, elle se sentait déçue qu'il l'ait tenue à l'écart de son projet.

Se méfiait-il toujours d'elle ? Avait-elle trahi sa confiance sans le vouloir, sans en avoir conscience ?

Cette pensée lui retournait l'estomac.

Carter hésita à l'entrée du salon de l'hôtel.

Visiblement, Sloane l'attendait.

En définitive, le voyage en hélico s'était bien passé. Pas de crise, pas de choc, rien ne l'avait troublé. Concentré à fond sur sa patiente comme il devrait se concentrer sur ses oursons, il avait à peine remarqué le bruit dont il avait la phobie depuis l'Afghanistan ! Une stratégie apparemment efficace. Bref, il venait de faire un pas de plus dans la bonne direction.

Il la vit s'avancer à sa rencontre.

— Tout va bien, Carter ?

— Pas de problème. J'ai accompagné Jeannie jusqu'aux

urgences, j'ai bu un café, et je suis rentré avec Cruz. Merci pour ton aide.

Il la regarda dans les yeux.

— Tu te rends compte que c'était la première fois que nous travaillions ensemble ? Nous avons formé une bonne équipe, non ?

Trop bonne, peut-être. Pourvu qu'elle ne se fasse pas d'idées !

— Je suis contente que tout se soit bien passé. J'ai examiné quatre autres patients en t'attendant. Rien d'inquiétant pour ceux-là, les choses suivent leur cours.

— Paul Jacob m'a fait signe dans le hall pour me demander de voir encore un malade. Je pense que je vais rester par là cette nuit, au cas où.

— C'est plus prudent, en effet.

Elle lui jeta un regard scrutateur.

— Dis-moi... Je t'ai entendu en parler avec Cruz. Matt est au courant, pour ta thérapie ?

— Oui.

— Alors il n'y a qu'à moi que tu l'as cachée ?

Il haussa les épaules.

— Nous ne sommes plus ensemble, Sloane ! Qu'est-ce qui te fait penser que je veux t'entraîner dans ce chaos ?

— J'ai trouvé des renseignements sur Internet, c'est un excellent programme. Puisque j'ai tant cherché celui qui te conviendrait, tu aurais pu penser que ça m'intéresserait...

— J'ignore ce qui t'intéresse, grommela-t-il, mal à l'aise. Je te le répète, nous ne sommes plus ensemble. Par conséquent, je ne suis pas obligé de te signaler tous mes faits et gestes.

Il se détestait de lui parler ainsi mais, s'il la laissait approcher trop près, elle risquait de souffrir encore.

Sloane redressa le menton, l'air blessé.

— Même quand nous vivions ensemble, je ne t'y ai jamais forcé, je n'ai jamais rien exigé. Tu ne me disais que ce que tu voulais me dire !

Il réprima un frisson.

Voilà qu'ils replongeaient dans leurs disputes passées.

En fait, elle avait placé la barre trop haut. Elle l'avait mis sur un piédestal, et il ne se sentait pas toujours à la hauteur. La crainte de la décevoir déclenchait infailliblement une crise, ainsi que la conscience qu'il avait de la faire souffrir sans pouvoir s'en empêcher. Et le tout avait conduit à l'échec retentissant de leur couple.

— Je le sais bien. Sloane, nous attendions peut-être trop l'un de l'autre. Surtout toi. Et la crise se déclenchait...

— As-tu déjà essayé de réfléchir là-dessus ? Moi oui. Au début, quand tu as recommencé à opérer, tu avais l'air sûr de toi. Ce n'est qu'ensuite que tu t'es mis à douter de toi-même... Est-ce que par hasard ce serait ma faute, Carter ? Ai-je fait ou dit quelque chose qu'il ne fallait pas ? Parce que si c'est le cas...

Il l'interrompit d'un signe.

— Écoute, viens boire un verre au bar, nous serons plus à l'aise pour discuter.

Elle leva un sourcil.

— Au bar ? C'est comme ça que tu règles tes problèmes, en les noyant dans l'alcool ?

— Tu prendras un chablis si tu veux, moi je suis à l'eau gazeuse limée. Ce n'est pas toujours facile, mais je parviens à maîtriser ce démon-là.

— J'en suis heureuse. Tu sais ce qu'on dit au sujet des petits pas qui mènent aux grands. Tu as toujours été discipliné quand tu voulais. Et le reste ? Tu fumais beaucoup et tu prenais pas mal de cachets... Tiens, je crois que je vais boire de l'eau gazeuse, moi aussi. Je pars en excursion tout à l'heure, mieux vaut que j'aie l'esprit clair.

— Excellente idée. Et sinon, comme je te l'ai dit, je n'ai plus rien pris depuis trois mois. Je travaille aussi là-dessus.

— Super ! Beaucoup de gens n'ont pas ta détermination. J'ai l'impression que ce programme te réussit, et je m'en réjouis. J'espère que tu iras de mieux en mieux, parce que j'aimerais pouvoir rester ton amie. Je n'oublie pas que c'est fini entre nous, mais j'ai toujours accordé de la valeur à ton amitié.

— Je croise les doigts, Sloane.

Oui, il croisait les doigts pour pas mal de choses, mais pas pour leur couple. Impossible d'aller aussi loin. Elle avait déjà tant souffert ! Et il n'avait aucune confiance en sa propre capacité de reprendre un jour une relation harmonieuse.

Il fixa le lustre, dont les milliers de petits cristaux scintillaient au-dessus de leur tête et renvoyaient la lumière comme des éclats de miroir brisé.

C'était ainsi qu'il se sentait : brisé et se reflétant dans des milliers d'éclats de miroir.

— Je n'ai peut-être pas toutes les réponses et je suis loin de tout maîtriser, mais je maîtrise certaines choses. Pour l'instant, mon objectif est d'aller au bout du programme. Ensuite, j'aviserai.

— Tu comptes devenir sauveteur d'ours ?

Il s'esclaffa.

— Pourquoi pas, après tout ? Je n'envisageais pas d'être généraliste un jour, et je le suis.

— Si c'est ce que tu veux, tu devrais t'accrocher. Fais ce qui te rend heureux, c'est sans doute le meilleur traitement.

Il s'imagina installé avec elle dans un chalet de montagne, en train de gérer leur propre entreprise de sauvetage, peut-être même d'organiser un programme de thérapie des troubles post-traumatiques. Un style de vie radicalement différent, mais qui lui conviendrait...

Zut, il venait d'oublier qu'il n'y avait plus de Sloane dans sa vie !

Le rêve s'évanouit aussi vite qu'il était apparu.

— J'ai toujours la même volonté de soigner. Et au moins, avec les ours, on ne risque pas de rencontrer des gens comme Jeannie, qui se détruisent la santé en ne respectant pas les ordres du médecin.

Ils allèrent commander leur boisson et bavardèrent encore un moment de choses et d'autres en évitant le sujet de sa maladie.

Ce n'était pas aussi facile qu'il l'aurait souhaité, mais pas aussi difficile qu'il le craignait. Le temps passa vite, et Sloane se leva trop tôt à son goût.

— Le devoir m'appelle. Ce n'est pas encore l'heure de mon excursion, mais j'ai promis de voir encore un ou deux patients avant de partir. Je te laisse, si ça ne te fait rien.

— Pas de problème. Je vais examiner ce dernier patient que le gérant m'a signalé et faire un tour chez les autres, puis je rentrerai à mon hôtel dormir un peu avant de revenir. Qu'est-ce qui t'a aiguillée sur les excursions de nuit ? Il me semble que, lorsque nous en parlions, j'étais nettement plus emballé que toi par ce genre d'activité.

Elle sourit.

— C'est nouveau pour moi de faire des découvertes toute seule. En général c'était toi le pionnier et moi qui suivais. Maintenant, c'est différent. De plus, on m'a placée dans un groupe avancé où on va plus loin pour voir plus de choses. Au fait, puisque je n'y serai pas, pourquoi ne pas profiter de ma chambre, plutôt que de faire cet aller-retour jusque chez toi ?

Elle prit sa carte dans sa poche et la lui tendit.

Le contact de ses doigts sur sa peau lui envoya des frissons dans l'épine dorsale. Il retira sa main un peu trop lentement. Tant de bons souvenirs avaient surgi qu'il était réticent à briser le contact. Il retrouvait la Sloane d'autrefois : rien ne les avait changés, rien ne les avait séparés…

Mais ce n'était qu'un fantasme, et les sensations agréables disparurent dès que le contact se rompit.

Il inspira à fond et expira lentement.

— Tu es sûre ? Tu n'aurais pas l'impression que je profite de la situation ? Et si jamais tu rentrais plus tôt que prévu ? Tu n'aurais pas peur que je fouine dans tes affaires ?

Elle rit.

— Ce sont toujours les mêmes, tu les connais par cœur.

Il la considéra un instant.

Elle était toujours aussi belle, mais son regard était inquiet. À cause de lui, même s'il s'était évertué à lui conseiller de ne pas s'en faire en arguant qu'il pouvait s'en sortir tout seul. Ce qui était évidemment faux. Plus cela devenait évident, plus elle s'inquiétait. Jusqu'à ce qu'il parvienne enfin à prendre son destin en main.

Il croisa son regard.

— Sloane… Ce n'est peut-être pas une bonne idée, dit-il en lui rendant sa carte.

— De quoi faire ?

— D'essayer de nous entendre. Mieux vaut avancer à petits pas vers les grands, comme tu le disais. Je ne veux pas redevenir celui que tu maternes et qui résiste à tous tes efforts.

Bien qu'il fût sûr d'être aimé, il s'était senti piégé.

— C'était suffocant. Ce n'était pas ta faute, mais je me sentais étouffé, par toi et par tous ces psys chez qui tu m'envoyais et qui ne me plaisaient pas. Je sais que c'était une fausse impression, que je n'étais pas prêt à admettre certaines choses, à faire face à certaines émotions.

— Je regrette que tu te sois senti ainsi, c'était l'opposé de ce que je souhaitais. Pourquoi ne m'en as-tu rien dit ?

— Je ne disais pas grand-chose, je ne savais plus qui j'étais…

— Tu me laissais imaginer toutes sortes d'horreurs et essayer d'agencer les pièces du puzzle. Plus tu t'éloignais de moi et plus je tentais de te garder…

— C'est toi qui aurais dû partir. Pourquoi es-tu restée ?

— Parce que j'apercevais de temps à autre une bribe de l'homme que tu étais avant, et que j'espérais. Je t'aimais, Carter. Je refusais d'abandonner parce que j'étais certaine que tu avais besoin de moi. Ou parce que je voulais que tu aies besoin de moi. Mais je me trompais, n'est-ce pas ?

— Je n'ai pas de réponse. Comment aurais-tu pu savoir qui j'étais, puisque je ne le savais pas moi-même ? Mais peut-être que, inconsciemment, je te le reprochais, comme si, toi au moins, tu aurais dû savoir ?

Il secoua la tête.

— Je ne peux toujours pas nommer ce qui me rendait hargneux à ce point. La frustration, la colère, la peur… Je me détestais, Sloane. Bien que je sache pertinemment que c'était faux, je m'acharnais à prouver que j'étais toujours moi-même. Mais le pire, c'étaient les horreurs que je te disais sans pouvoir me maîtriser. Tu étais devenue mon souffre-douleur.

— Ne m'en parle pas… Tout ce que j'avais à quoi me raccrocher, c'était le souvenir du Carter d'autrefois qui ne se serait pas comporté de cette façon.

Elle avait raison. Mais le Carter d'autrefois n'était jamais rentré d'Afghanistan, il était en quelque sorte mort là-bas. Et celui qui l'avait remplacé n'était plus l'homme qu'elle aimait. Mais à quoi bon poursuivre cette discussion ? Mieux valait conclure.

— Bien. Encore merci de m'avoir proposé ta chambre.

— C'était de bon cœur et sans arrière-pensée. J'essayais juste de te faciliter les choses pour les prochaines heures, mais c'est toi qui vois.

Il jeta un regard d'envie à la carte qu'il venait de rendre. Pour être franc, il aurait aimé pouvoir en profiter, mais ce n'était pas prudent. Même si le geste de Sloane était innocent, elle le tentait trop, il devait rester sur ses gardes.

— J'apprécie beaucoup, mais je dois passer au cabinet médical où j'ai quelques rendez-vous en soirée. Ensuite, je pense que je rentrerai à mon hôtel comme prévu.

Ils retournèrent lentement vers le hall.

— Tu sais, il y a encore pas mal de choses qui ne tournent pas rond chez moi, murmura-t-il comme malgré lui.

Sloane eut un sourire sans joie et hocha la tête.

— De toute façon, ceux chez qui elles tournent rond n'en sont pas pour autant récompensés. Cela dit, je suis réellement heureuse de tes progrès. Quoi qu'il se passe entre nous, je souhaite ton succès autant que toi. Comme je l'ai toujours souhaité.

Il lui prit la main et lui donna une petite pression.

— Fais-moi confiance. Une étape franchie sur mon parcours imposé, c'est assez motivant. Je n'en ai pas encore franchi beaucoup, mais j'ai l'intention de m'accrocher.

— J'y compte bien.

— Promis.

Il était sincère. Même si leur relation d'autrefois n'était plus possible, ils pouvaient peut-être en établir une nouvelle… La perspective de vivre sans elle lui laissait un grand vide dans le cœur. Il avait tant envie de sa compagnie, de la savoir à ses côtés !

Il devrait lutter pour garder ses distances comme il avait

lutté pour cesser de boire. Ce qui ne se ferait pas sans mal, car ses impulsions prenaient encore souvent le dessus.

— Alors, ces patients ? demanda Carter quand Sloane revint peu après.

— Tout se déroule comme prévu : tout le monde se remet gentiment. Je te donnerai leurs dossiers plus tard, d'accord ?

— Rien ne presse. Ma réceptionniste ne sait pas taper, il me faut des heures pour tout enregistrer.

Elle rit.

— Où l'as-tu dénichée, celle-ci ? Elle n'a vraiment pas la tête de l'emploi !

Il haussa les épaules.

— Elle fait partie de la location, c'était tout ou rien. Et comme je ne suis ici que pour deux mois...

— Ah ?

— Ensuite, il sera temps de passer à la partie pratique du programme : m'occuper de mes oursons. Si je passe cette étape avec succès, bien sûr. Sinon, je devrais reprendre la thérapie du début, la partie théorique où on nous forme à les soigner. Là je fais un break durant lequel les psys vérifient que je réagis bien et repèrent les obstacles qui avaient pu passer inaperçus. Comme tu le sais, pas mal de malades souffrant de TPST ont tendance à dissimuler certains aspects de leur maladie...

— Dois-je comprendre que tes thérapeutes te surveillent en ce moment ?

— Pas vingt-quatre heures sur vingt-quatre. C'est à moi de voir si je peux mettre en pratique ce que j'ai appris. Mais je les appelle deux fois par jour et, s'ils jugent que je suis incapable de résoudre seul certains problèmes, ils me guident et cherchent avec moi quels sont mes besoins. C'est un programme strict, fondé sur la confiance en soi mais surtout sur la confiance en général.

— On dirait que tu es vraiment motivé !

— Mais oui. Quand ce sera terminé, j'espère pouvoir revenir

au cabinet médical et racheter mes patients à Matt. Et peut-être, dans l'avenir, voir aussi ce que je peux faire pour aider d'autres malades atteints de TSPT. Avec ses grands espaces, Forgeburn a du potentiel, c'est un endroit idéal pour se découvrir. Si ça marche pour moi, ça peut marcher pour d'autres, non ?

Elle haussa les épaules.

— Je suppose que je m'attendais à ce que tu reviennes travailler au Manning Hospital... Mais ça me paraît une bonne idée. Tu as des projets, et j'en suis contente pour toi.

— Merci. Je ne suis pas censé en faire, et je sais que ce sera long, mais petit à petit...

— Crois-tu que tu referas de la chirurgie ?

— Pas tout de suite, en tout cas. C'est trop stressant, et mes psys me conseillent d'éviter ce genre de situations qui risquent de déclencher des crises. Pour le moment, je préfère ne pas tirer de plans sur la comète.

— Tu sais que papa te reprendrait si tu te décidais, n'est-ce pas ?

Il ne doutait pas de ses bonnes intentions, mais retourner d'où il venait n'était pas compatible avec son projet d'aller de l'avant.

Il secoua la tête.

— Remercie-le pour moi. Je crois que je suis loin d'y être prêt. Je n'y songe même pas, je me concentre sur Forgeburn. J'espère qu'il ne me garde pas le poste en pensant qu'un jour je vais guérir par miracle, parce que rien ne va me guérir, Sloane. Je peux apprendre à me maîtriser, mais la guérison complète est impossible. Je ne peux rien prévoir.

— Tu as fait pas mal de chemin en trois mois. J'aimerais au moins que nous restions en contact, que tu me tiennes au courant de la suite. Je regrette juste de ne pas avoir trouvé de bonne thérapie plus tôt... Si tout va bien pour toi maintenant, j'ai confiance.

Elle avait mis beaucoup de conviction dans ces derniers mots mais, vu son air perdu, il doutait qu'elle en soit aussi sûre. Elle était triste et désemparée à cause de lui, et il en était sincèrement désolé. C'était une des raisons pour lesquelles il était parti : pour lui permettre d'oublier ce qu'il lui avait fait subir et de prendre un nouveau départ. Cela aurait été égoïste de rester. Ça ne signifiait pas qu'il ne l'aimait plus. Au contraire, il l'aimait comme au premier jour...

Après les moments épouvantables qu'ils avaient vécus, pouvaient-ils encore s'aimer avec la passion des premiers temps ? Ce n'était pas évident. Rien ne serait plus pareil désormais...

— Ça n'a pas été facile, mais je suis optimiste. Je sens que je suis sur la bonne voie.

— C'était mon vœu le plus cher. Je suppose que je me croyais vraiment capable de t'aider.

— Sloane, ta présence m'aidait. J'avais besoin que tu sois à mes côtés, que tu me soutiennes. Mais pas que tu essaies à toute force de me guérir. C'est mon combat, et ma seule chance de le gagner, c'est d'inventer moi-même les stratégies.

Ils sortirent sur la terrasse et s'assirent sur un muret de pierre qui donnait sur un jardin de cactées méticuleusement sculpté, aux couleurs vibrantes, où les arbres de Josué voisinaient avec des figuiers de Barbarie à fleurs roses et des cactus-hérissons écarlates.

Carter suivit des yeux un autre couple qui longeait le bord du jardin, main dans la main, absorbé en lui-même comme si le reste du monde n'existait pas, et il réprima un soupir.

Sloane et lui avaient été semblables à eux, mais à présent ils s'étaient éloignés l'un de l'autre, et il ignorait s'il était possible d'y remédier.

— Sloane, je suis parti pour échapper aux schémas qui exacerbaient mon stress. Je détestais te voir souffrir, ton angoisse augmentait la mienne. Je te voyais me surveiller, attendre, tenter d'anticiper mon prochain geste, alors qu'avec le TSPT rien n'est prévisible. À long terme, cela aurait fini par nous détruire tous les deux. Tu ne méritais pas ça. Je ne pouvais ni le supporter ni faire quoi que ce soit pour t'aider.

— Je ne me suis jamais plainte, n'est-ce pas ? Je n'ai jamais rien dit qui puisse te faire penser que je refusais de te soutenir.

— C'était inutile que tu le dises. Je voyais bien que tu souffrais : tu devenais nerveuse, tu étais distraite en salle d'op. Je te mettais en danger. Pire, cela faisait aussi courir des risques à tes patients.

Il lui prit la main et l'attira un peu plus près.

— Dans l'état où j'étais, il m'était impossible de continuer. Je regrette, mais la seule solution était que je parte, et c'était à ce moment-là ou jamais.

— Si au moins tu ne m'avais pas laissée sans explication…

— C'était lâche, et je t'en demande pardon, mais ça avait l'avantage d'être rapide. Si je t'avais parlé, si tu avais pleuré, si tu t'étais accrochée à moi, je n'aurais sûrement pas pu te quitter. Je n'en avais pas la force à cette époque-là. J'ai fait ce que je jugeais le mieux pour nous deux.

— Sans me dire ce qui se passait ni comment tu te sentais ? Pour toi, peut-être, mais pour moi ce n'était pas le mieux, Carter. Après toutes ces années, on aurait pu tenter de régler les problèmes d'une autre manière. Tu ne nous as pas laissé une chance…

Ses yeux s'étaient embués. Voilà qu'il la faisait pleurer à nouveau.

Son cœur se serra à l'étouffer.

Peu importait sa petite personne. Avant sa maladie, Sloane passait d'abord. C'était après qu'il était devenu égoïste : il manquait un repas en sachant qu'elle l'avait préparé pour lui ou rentrait plus tard que prévu, conscient qu'elle s'inquiéterait. Puis il était passé au stade supérieur : ne pas rentrer de la nuit, boire plus que de raison. Mais à présent…

Il s'approcha d'elle, la prit dans ses bras et la laissa sangloter sur son épaule, lui caressant les cheveux et la berçant doucement.

— Écoute, je… J'étais incapable de réfléchir. Tu n'étais pas responsable, j'aurais dû te dire au moins ça, tenter de te le faire comprendre. J'étais perdu, j'avais du mal à mesurer ce que je laissais derrière moi, rien n'avait d'importance.

Sloane tressaillit, sans s'écarter de lui.

— Pour moi, tu étais important. Je voulais lutter pour préserver notre amour. Jusqu'à ce que je reçoive ton texto. Après, je me suis demandé pourquoi je ne t'avais pas quitté la première. J'avais des motifs, au contraire de toi. Mais j'en étais incapable, car j'étais convaincue que mon amour t'aiderait à guérir. À l'évidence, c'était faux, n'est-ce pas ?

— Je n'en sais rien, Sloane.

Enfin, elle le repoussa et essuya ses larmes.

— Nous aurions peut-être pu éviter ce gâchis. Mais ce qui m'empêchait de lâcher prise, c'était le souvenir du couple que nous formions autrefois. Un couple magnifique, Carter. Même à présent, après tout ce que nous avons traversé, tu sais que c'est vrai.

Il eut un demi-sourire.

— Un conte de fées...

— Qui n'a pas eu la fin heureuse qu'il méritait.

— Depuis ce que j'ai vu et subi à l'armée, je sais que le mérite paie rarement.

Il la fixa un instant. Son visage était rouge et gonflé, mais si beau qu'il en éprouva un pincement de cœur. Il l'avait si souvent vu irradier le bonheur et la joie...

— Bon, il se fait tard et j'ai quelques patients qui m'attendent. Si nous avons besoin de parler davantage...

Elle se leva.

— De toute façon c'est aussi l'heure pour moi. Ce n'est pas plus mal de faire une pause, ça nous laissera le temps de digérer ce que nous nous sommes dit.

Comme il se levait à son tour, elle s'approcha pour lui frôler la joue d'un baiser.

— Un conte de fées, murmura-t-elle, avant de tourner les talons.

Il la suivit du regard tandis qu'elle rejoignait le groupe qui s'était rassemblé de l'autre côté du jardin.

Il l'aimait tant...

Pas question de la faire souffrir davantage. Il chercherait un emploi dans un endroit si perdu qu'elle ne le retrouverait pas. Ce n'était pas le dénouement dont il rêvait, mais elle devait passer d'abord.

5

Carter s'observa dans le miroir et fronça les sourcils.

Il avait mauvaise mine et se sentait épuisé de sa nuit de veille suivie d'une longue journée. Par-dessus le marché, il avait très mal au dos. S'était-il froissé un muscle ou heurté quelque part ? Se découvrirait-il un magnifique hématome demain matin ?

En tout cas, il n'aspirait qu'à dormir.

Il se mit au lit, mais ce fut peine perdue. Ses obsessions refusaient de le laisser en paix.

Il se leva, arpenta sa chambre, avala deux cachets de paracétamol. Un antalgique léger pour un type qui avait été accro à la morphine au moment de son opération et à tout ce qu'il pouvait trouver après sa sortie... Mais c'était le seul qu'il s'autorisait, même lorsque la souffrance était aiguë.

Il devrait se forcer à faire de la relaxation pour éliminer les spasmes douloureux. *Médecin, soigne-toi toi-même, d'accord ?*

Ce n'était pas si grave, comparé à ses blessures ! Un rein déchiré qu'on avait dû lui ôter et l'autre qu'il avait fallu réparer. Selon le neurologue, on vivait très bien avec un rein. « Une vie normale et productive. »

Quant à la rate, il s'était à peine aperçu qu'on la lui avait ôtée aussi. Il avait procédé à l'ablation de dizaines de rates et tenu ce même discours à ces patients : « C'est agréable d'avoir une rate, mais pas nécessaire. » En concluant lui aussi par le baratin habituel, la vie « normale et productive ».

Il fallait à tout prix qu'il dorme. D'abord une douche pour

tenter de stopper la montée de l'angoisse, et ensuite au moins quatre heures d'hibernation avant de commencer sa journée, avec interdiction de penser à Sloane.

Hélas, il n'y parvint pas plus sous la douche que dans son lit, ni dans le petit fauteuil crasseux qu'il avait recouvert d'un drap. Plus il luttait, plus l'angoisse croissait.

S'il avait accepté son offre de disposer de sa chambre la nuit dernière, qu'aurait-il éprouvé ? Avait-il simplement caressé l'idée de dormir dans son lit, la tête sur son oreiller ? N'aurait-il pas inconsciemment souhaité qu'elle revienne plus tôt que prévu ?

Il n'en savait rien, mais il en avait été remué...

Il se remit à arpenter la pièce. De toute façon, il ne lui restait plus qu'une heure avant la sonnerie du réveil...

N'essayait-il pas de se leurrer lorsqu'il parlait d'amitié ? Pouvait-il essayer de regagner son cœur ?

Cette question en appelait une autre, une question effrayante : l'aimait-elle encore ? Si c'était le cas et qu'il ne parvenait pas à respecter ses distances, il se retrouverait au point zéro. Or, il était bien placé pour savoir que l'amour, au lieu de l'aider, avait plutôt tendance à aggraver son état.

Parfait, il devenait raisonnable : il était conscient que toute réconciliation était impossible. Il n'était pas prêt, et de son côté elle n'avait pas digéré les humiliations qu'il lui avait imposées. Donc, il avait sa réponse.

Qui avait dit, déjà, que lorsqu'on aime quelqu'un on doit le laisser libre ? Il ne se souvenait pas, mais il comprenait : puisqu'il aimait Sloane, il était temps de lâcher prise et de la laisser tranquille.

Pourquoi était-ce si dur ? Pourquoi ses sentiments pour elle le faisaient-ils tant souffrir ?

Parce que ce que ses désirs ne correspondaient pas à sa volonté, voilà pourquoi. « Faites taire vos pensées », lui disait sa psy quand il sentait que l'angoisse était proche. « Concentrez-vous sur autre chose ». Eh bien, il suivrait son conseil.

Il sortit son téléphone et consulta son planning du jour : six patients ce matin au cabinet médical et deux visites à domicile.

Pas mal, pour s'occuper l'esprit. Le problème, c'était qu'il lui restait deux heures à tuer avant qu'un seul habitant de Forgeburn n'émerge du sommeil. Et le temps à tuer était son pire ennemi. En général, c'était dans ces moments-là que le processus se mettait en marche...

Il prendrait son petit déjeuner tôt ou ferait une simple promenade, mais tout serait mieux que de rester dans cette chambre hideuse envahie par les blattes.

Il sortit des vêtements propres, les enfila et sortit.

Il se ressentait de cette seconde nuit sans sommeil. Par chance, les spasmes douloureux avaient cessé, sinon il n'aurait pas pu enfourcher sa moto et aller boire un café au Red Rock Inn sans être vu de Sloane.

Une fois installé sur la banquette à rayures bleues et noires, il comprit que, pour la discrétion, c'était raté : Sloane se tenait sur le seuil, d'où elle ne pouvait le manquer, d'autant que, à cette heure matinale, ils étaient les deux seuls clients.

Au lieu de s'asseoir à côté de lui, elle s'avança au comptoir pour commander un café au lait.

— Salut ! Tu t'es levé tôt, ou tu ne t'es pas couché ?

— Moitié-moitié, je suppose. Quand on n'a pas fermé l'œil, en général on ne traîne pas au lit.

Elle, en revanche, avait le regard vif et paraissait en pleine forme.

— Alors, cette excursion, c'était intéressant ? Tu t'es régalée ? demanda-t-il tout de même.

— C'était super ! Nous étions trois plus le guide, et nous avons découvert des endroits incroyables. Nous avons entendu des coyotes. Nous ne nous sommes pas trop approchés pour ne pas les faire fuir, mais assez pour voir luire leurs prunelles. Il faisait frais, heureusement, car nous avons marché une bonne quinzaine de kilomètres. C'est plein de bestioles, là-bas : des mammifères, des oiseaux, des insectes nocturnes. Oh ! Et aussi des reptiles qui se réchauffaient sur les rochers avant de partir chasser. On ne croirait jamais que le désert est aussi peuplé la nuit ! J'espère que mes photos sont bonnes. J'ai pris des serpents, des skunks, des scorpions, des rats kangourous, des lièvres, des chouettes, et même un lynx roux.

— Ce n'était pas dangereux, au moins ?

La connaissant, il s'inquiétait : elle était capable de s'enthousiasmer au point d'en oublier toute précaution. Quand il lui apprenait à faire du mountain-bike, elle dévalait les pentes en regardant à peine devant elle…

— Pas du tout. Avant de partir, le guide nous a donné quelques règles de base et nous a prévenus que, si nous ne les respections pas, il nous ramènerait aussitôt à l'hôtel.

Elle reprit son souffle et poursuivit, toujours rose d'excitation.

— Je comprends que tu aimes cette région ! Si je n'étais pas une citadine, je m'installerais ici juste pour le décor. J'aurais aimé que tu nous accompagnes. Je suis sûre que ça t'aurait plu !

— Une prochaine fois, peut-être.

Bien entendu, il n'y aurait pas de prochaine fois.

Il la regarda approcher de sa table, son café au lait à la main. Elle hésitait, comme si elle ne tenait pas à le revoir si tôt et aurait préféré remettre leur rencontre à plus tard.

Elle l'observa un instant d'un air inquiet.

— Je te trouve mauvaise mine, Carter.

Heureusement qu'il s'était changé après sa douche. Ses vêtements, au moins, avaient fière allure.

— Mon nouveau look ne te plaît pas ?

— Je parle de toi, pas de ta façon de t'habiller.

— Je n'ai pas dormi de la nuit, je suis crevé, c'est tout. C'est pourquoi je me rends aussi tôt au cabinet médical. Avec un peu de chance, je pourrai faire un petit somme avant l'arrivée de mes patients.

— Quand tu auras terminé, j'aimerais te montrer quelque chose.

Machinalement, il leva un sourcil avec un sourire espiègle.

— Ah ?

Elle rit.

— Je parle d'un troupeau de mouflons que nous avons aperçu sur le plateau en rentrant. Nous n'avions plus le temps de nous arrêter pour les photographier. Je me demandais si tu voudrais m'y accompagner. Le parcours n'est pas difficile, et le paysage est magnifique.

Elle brandit son appareil photo.

— Alors, tu veux bien venir avec moi, après le déjeuner ?

Malgré ses résolutions, il était ravi de cette proposition, et l'expression de Sloane était si pleine d'espoir qu'il n'eut pas le cœur de la décevoir.

— Pourquoi pas ? Sauf cas d'urgence, j'ai l'après-midi libre. C'est à quelle distance d'ici ?

Il vit ses yeux pétiller et son sourire s'élargir.

— Environ quatre kilomètres. Nous n'étions que trois parce que la piste est assez difficile pour la plupart des clients de l'hôtel, mais pas pour des gens un peu entraînés. Selon le guide, il en existe de plus ardues que j'ai bien envie d'explorer. Peut-être avec toi, si tu es d'accord ?

Il avait toujours aimé marcher avec elle, découvrir des endroits inconnus... Et faire l'amour en plein air, mais il devait éviter d'y penser.

— Volontiers. Préviens-moi quand tu auras décidé quelque chose et, si je suis libre, je t'accompagnerai.

Il savait qu'il prenait des risques... Mais, avant sa maladie, il était incapable de lui refuser quoi que ce soit.

Tout en marchant d'un bon pas, Sloane commençait à s'inquiéter.

Qu'avait donc Carter ? L'idée de l'accompagner n'avait pas paru lui déplaire, ce matin, mais il n'avait pas dit un mot depuis leur départ de l'hôtel.

Il semblait reposé, mais il traînait à deux mètres derrière elle, et elle devinait qu'il était troublé. Peut-être aurait-elle mieux fait de ne pas lui proposer cette balade. Elle s'était laissé emporter par son enthousiasme...

Elle cessa de marcher et se retourna.

— Carter, tout va bien ?

— Oui, pas de problème. Je réfléchis à quelque chose.

— Tu peux m'en parler si tu veux. De toute façon, il est temps de faire une pause.

Elle sortit une bouteille d'eau de son sac isotherme, but à longs traits puis la lui passa.

— Merci... Je doute que ça t'intéresse. J'imaginais à quoi ressemblerait ma vie si je m'installais ici.

— Et ?

— Eh bien, je pense qu'elle me conviendrait. Je n'ai pas envie de retourner vivre en ville. L'espace y est trop restreint.

— Tu envisages de rester dans ce trou perdu jusqu'à la fin de tes jours ?

— Je veux surtout pouvoir compter sur mes propres forces, et si j'en ai l'occasion ici, alors c'est ici que je choisirais d'être.

Elle comprenait. Elle-même avait été étonnée d'apprécier autant le désert, au point qu'elle s'était surprise à songer qu'elle pourrait y vivre.

Malgré elle, elle guettait une allusion qui puisse laisser penser qu'il l'incluait dans ses projets, mais en vain. C'était peut-être aussi bien, parce qu'elle aussi était en train de changer : la femme qu'elle deviendrait ne serait pas celle qui avait aimé Carter à la folie. C'était ce qu'elle avait décidé.

Alors, pourquoi en était-elle attristée ?

— En fait, moi aussi j'apprécie cet endroit. Je le trouve passionnant. S'il te convient, j'en suis heureuse pour toi.

Mais pas pour elle-même.

Où serait-elle pendant qu'il sillonnerait le désert ?

Elle leva la tête et jeta un coup d'œil à la ronde.

Le soleil brillait, l'air était si pur, le ciel si bleu...

En général elle ne remarquait pas ce genre de détails. D'où lui venait cette attention nouvelle ? D'un désir inconscient de rester près de lui ?

Au moment où la piste se rétrécissait en un sentier, elle surprit un petit monstre de Gila, un lézard paresseux qui prenait le soleil sur un rocher et les regardait avec méfiance, comme s'ils étaient là pour lui voler sa place.

— Carter, tu as vu ces couleurs ?

— Hum. Attention, il est magnifique mais venimeux.

— Pas mortel, tout de même ?

— S'il t'attrape, la morsure est horrible, il plante ses dents et ne lâche plus. Et la neurotoxine qu'il te laisse dans le sang est très douloureuse. Toute la zone enfle et ta tension chute.

— Il suffit de ne pas se faire mordre. Regarde, il est si lent dans ses mouvements...

Après plusieurs clichés, le lézard venimeux se décida enfin à s'éloigner.

Elle se tourna vers Carter en riant.

— Tu vois à quelle vitesse il court ?

Elle se rembrunit en le voyant affalé sur un gros rocher, visiblement essoufflé.

Pourtant, ils n'avaient pas fait d'efforts très violents. Peut-être n'était-il pas remis de sa nuit blanche, en fin de compte.

Elle prit un cliché de lui, puis retourna sur le sentier et regarda par-dessus son épaule.

— Reste ici si tu veux, mais ce serpent à sonnette qui se faufile derrière toi m'a tout l'air de lorgner ta place !

Il se leva d'un bond et examina les alentours.

— Qu'est-ce que tu racontes ? Je ne vois rien !

Elle éclata de rire.

— Eh bien, suppose qu'il y en ait eu un ?

Ils avaient toujours adoré se faire des farces. Celle-ci lui était venue spontanément, et elle n'en éprouvait aucun remords. C'était un peu de leur couple qui revenait.

— C'est toi, le serpent, Sloane Manning !

Carter la rattrapa à l'endroit où le sentier devenait si étroit qu'on était forcé de marcher en file indienne. Il la tira par le bras pour l'obliger à lui faire face.

— Passe derrière, femme, je prends la tête.

— Pour deux cents mètres !

Leurs corps se pressèrent l'un contre l'autre, et elle se raidit. Elle était si troublée qu'elle avait du mal à respirer.

Serré contre elle, Carter scrutait son visage comme il le faisait si souvent autrefois. Il prétendait qu'il pouvait lire en elle... Elle devait éviter de croiser son regard. Inutile qu'il sache ce qu'elle éprouvait, il n'en avait plus le droit.

Elle désigna un énorme rocher rouge dont le sommet était un plateau : Flat top.

— C'est là que nous allons, articula-t-elle avec peine. Regarde, les mouflons y sont toujours !

Elle se détourna pour ne pas se laisser piéger.

— Vas-y, passe, dit-elle enfin en se dégageant.

— Sloane... Je reconnais que nous formions un couple magnifique, comme tu l'as dit. Navré de l'avoir détruit.

Elle marchait derrière lui les yeux fixés sur le sentier de terre rouge.

— Que veux-tu, nous nous sommes trompés tous les deux...

Il s'arrêta si brusquement qu'elle se cogna à lui.

— Tu n'es pas responsable, dit-il en se retournant. J'étais incapable de maîtriser quoi que ce soit, ni mes actes ni mes pensées. Ensuite, tout n'a été que réaction.

Elle sentit les larmes ruisseler sur ses joues.

— Je t'aimais tant, Carter...

Il les essuya du pouce et l'attira contre lui.

— Je sais, murmura-t-il. Quand j'étais en Afghanistan, je ne pensais qu'à rentrer pour être avec toi. Mais je ne suis jamais rentré.

Elle leva la tête. Son regard était distant, dans le vague... C'était si triste !

— Qu'est-ce qui t'a pris d'y aller ? Nous vivions ensemble depuis deux ans, ta carrière s'engageait bien, tu recevais des offres mirobolantes de tous les hôpitaux du pays. Bien sûr, c'était ton devoir de patriote, du moins c'est la raison que tu as invoquée, et j'étais fière de toi à l'époque. Mais tu avais un autre motif que tu ne m'as jamais avoué. Pourquoi t'es-tu senti obligé de t'engager dans l'armée ? J'ai le droit de savoir, maintenant que tu es revenu brisé !

Il la saisit par la main, la tira vers un espace qui ouvrait sur des rochers rouges et la fit asseoir sur un rocher.

— Je n'étais pas sûr que tu comprendrais.

Il embrassa sa paume ouverte, un geste qu'elle connaissait bien et qui lui chavira le cœur.

— Tu as raison, tu as le droit de savoir. Je remplissais une obligation vis-à-vis de quelqu'un que j'aimais.

— Une autre femme ?

Il avait eu des maîtresses par le passé, mais cela ne la dérangeait pas parce qu'il avait toujours été loyal. Cependant, elle doutait qu'une femme ait pu l'influencer sur ce plan-là.

— Non.

— Alors qui ?

— Mon petit frère James. Je t'en ai parlé, non ?

— Hum, je me souviens qu'il est mort très jeune de la mucoviscidose, c'est bien ça ?

Les rares fois où Carter l'avait évoqué, il n'était pas entré dans les détails. Elle avait senti que la plaie n'était pas cicatrisée et n'avait pas demandé de précisions.

— Oui. C'était mon cadet de deux ans. Même si sa maladie progressait assez lentement, nous savions qu'il ne resterait pas longtemps avec nous. Pourtant, il possédait une telle force vitale ! Il était toujours content, c'était lui qui nous redonnait du courage quand nous étions abattus et quand nous nous inquiétions pour lui.

Elle vit les yeux de Carter s'embuer.

— Le projet qui lui tenait le plus à cœur était de devenir militaire de carrière pour suivre les traces de notre père. Bien entendu, nous savions que ça n'arriverait jamais, mais c'était si important pour lui ! Je lui ai promis que je deviendrais médecin et que je découvrirais un traitement pour sa maladie. J'étais sincère, persuadé que j'avais le pouvoir de le sauver. Je crois que lui, en revanche, malgré ses sept ans, ne se faisait pas d'illusions...

Il regarda un instant dans le vague.

— Il est mort une semaine plus tard. J'ai eu l'impression que je l'avais trahi, que j'avais failli à ma promesse. J'ai vécu des années avec ce sentiment de culpabilité.

— C'est donc en mémoire de lui que tu t'es engagé ?

— Exact. J'aurais continué à avoir honte de moi si je ne l'avais pas fait.

— Quel noble sentiment ! Je regrette de ne pas l'avoir su.

— Comment aurais-je pu te dire que je partais à la guerre à cause d'une promesse que je n'avais pas tenue dans mon enfance ?

Carter essuya une larme.

— Après la mort de James, pour éviter une trop grande souffrance, mes parents ont choisi de faire comme s'il n'avait jamais existé, de vivre dans le déni. J'ai été forcé de les imiter, et j'admets que ça m'a sans doute aidé à m'arranger avec ma culpabilité. Je suppose que c'est pour cette raison que je t'ai à peine parlé de lui quand je t'ai rencontrée...

Il détourna le regard un instant.

— Navré, j'aurais dû te raconter tout ça avant, mais c'était difficile. Je n'en ai jamais parlé à personne à part toi.

Elle réprima une envie de pleurer.

C'était une histoire si triste ! Carter avait dû être si malheureux de devoir feindre d'ignorer cette perte cruelle pendant tout le reste de son enfance ! Elle qui n'avait pas connu sa mère, elle avait au moins eu un père attentionné qui évoquait souvent sa femme disparue, celle-ci occupait toujours sa place dans leur vie. Non que sa mère ne lui ait pas manqué, bien sûr, mais cela la consolait d'en entendre parler et d'en parler, c'était une façon pour elle de la connaître, et pour tous les deux de la faire revivre. Sans doute était-ce pour cette raison que son père et elle étaient si proches.

— Tu as de la chance de l'avoir eu, même si peu de temps. Je suis sûre qu'il aurait été fier de toi.

— Je l'espère.

Carter poussa un grand soupir, puis elle le vit regarder derrière elle.

— Bon, si tu tiens à photographier un mouflon, j'en vois un qui nous fixe au milieu du sentier. J'ignore ses intentions, mais il a l'air plutôt belliqueux.

Elle se retourna d'un bond.

Il n'y avait pas âme qui vive sur le sentier désert, pas même un lézard.

— Ma revanche pour le serpent à sonnette ! dit-il en riant.

Puis il lui prit la main et l'entraîna, comme autrefois.

Son cœur battit plus vite.

Elle était si heureuse de retrouver cette sensation, même pour peu de temps !

Cette connivence entre eux pouvait-elle durer, pourraient-ils un jour revivre ensemble ? Ou était-il préférable pour tous les deux qu'ils prennent des chemins séparés ?

6

Carter entra dans l'hôtel Cliff Edge où on l'avait appelé d'urgence pour un poignet foulé. Cet hôtel situé à quelques kilomètres du Red Rock Canyon accueillait une catégorie de vacanciers plus âgée et moins active à laquelle devait appartenir sa patiente.

Dommage que la balade ait été écourtée par cet appel. Il s'était senti soulagé d'avoir enfin parlé de James, et par ailleurs il s'était régalé. Sloane et lui avaient été aussi à l'aise ensemble, aussi spontanés qu'autrefois. Il l'aurait bien invitée à dîner ce soir...

Par chance, quand son téléphone avait sonné, ils avaient déjà découvert un petit groupe de mouflons, et Sloane avait pu prendre ses photos. C'était bon de la voir heureuse, d'oublier un instant qu'il lui rappelait de mauvais souvenirs.

Lorsqu'il frappa, il entendit le bruit caractéristique d'un déambulateur, puis la vieille dame entrebâilla la porte de sa chambre et pointa la tête sans défaire la chaîne de sécurité.

— Madame O'Brien ?

— Vous êtes le médecin ?

— Oui, madame. Je m'appelle Carter Holmes.

— Eh bien, il serait temps que vous arriviez ! Il y a plus d'une heure que j'ai appelé.

Quand les gens appelaient un médecin, ils ne pensaient qu'à eux. Inutile de lui expliquer qu'il était au milieu du désert au moment de son appel et qu'il avait couru près de quatre kilomètres aussi vite que possible... Ni qu'il était à moitié déshydraté et que son dos recommençait à le faire souffrir, sans parler de ses courbatures.

— Navré de vous avoir fait attendre, je tâcherai d'être plus rapide la prochaine fois. Qu'est-il arrivé à votre poignet ?

— Je me suis blessée en entrant dans la douche.

— Il y a combien de temps ?

— Hier soir, à peu près à cette heure-ci.

Il réprima un mouvement d'humeur.

Cette vieille dame avait attendu vingt-quatre heures pour l'appeler et gâcher ses projets pour la soirée... Ainsi allait la vie d'un généraliste, il faudrait bien qu'il s'y habitue.

Ce côté imprévisible de son nouveau métier était assez déconcertant mais, en un sens il l'appréciait : quand il opérait à l'hôpital, il y avait une bonne part de routine, tout était planifié et minuté. C'était assez excitant de ne jamais savoir à l'avance quel serait le prochain patient, le prochain cas à traiter.

— Bien, si vous alliez vous asseoir dans votre fauteuil pour que je vous examine ?

— Vous pensez qu'il risque d'être cassé ?

Vu la façon dont elle s'en servait, c'était peu probable.

— Je le saurai dans une minute. Je vais en profiter pour vous ausculter et prendre votre tension.

— Pour un poignet cassé ?

— Mieux vaut être prudent.

Il la regarda traverser la chambre et s'asseoir.

Elle était très alerte avec son déambulateur. En avait-elle vraiment besoin ? De toute façon cela ne le regardait pas, il n'était pas son médecin traitant.

— Je ne dois pas me déshabiller, au moins, docteur ?

Il sortit son stéthoscope de sa trousse.

— Inutile, mais laissez-moi écouter votre cœur.

Elle ne fit pas d'objection. Pour une personne de son âge, songea-t-il, elle était en pleine forme.

— Tout va bien de ce côté-là.

Il prit le poignet blessé qu'elle lui tendait avec précaution et l'examina.

Pas d'hématome, pas d'enflure, et elle ne manifesta aucune douleur quand il le manipula.

— Ce poignet me semble en parfait état. Quels sont les mouvements qui vous font souffrir ?

— Je n'ai pas mal, mais vous l'avez dit vous-même tout à l'heure, mieux vaut être prudent. Alors, je suis prudente.

Et solitaire, probablement. Comme lui, elle devait être seule au monde et avait besoin d'un peu d'attentions, même de la part d'un inconnu. Il comprenait, il était passé par là jusqu'à ce qu'il découvre le Recovery Project.

— Bien. Je vais l'entourer d'une bande élastique par précaution, et je repasserai tous les jours voir comment ça évolue jusqu'à ce que ce soit guéri.

— Vous ne m'interdisez aucune activité ?

— Juste l'escalade et la randonnée dans les canyons.

Il la vit esquisser un sourire.

— Ah, j'oubliais : pas de moto non plus !

Cette fois, son visage s'éclaira tout entier.

— Ça, j'ai arrêté à l'âge de soixante-dix ans. J'ai parcouru tout le pays à moto avec mon mari. Mon meilleur souvenir, c'est le voyage de Seattle à l'Alaska par l'autoroute de la côte. Nous avons tant aimé cet État que nous y avons vécu deux ans.

Ainsi, songea-t-il, elle avait eu une existence aventureuse avec son époux. Il l'enviait presque. En fin de compte, M. et Mme O'Brien avaient eu à peu près les mêmes buts dans la vie que Sloane et lui, du temps où ils s'entendaient bien.

— C'est ce qui vous a fait choisir de passer vos vacances ici ? Votre mari connaissait cet endroit ?

— Bien sûr ! Nous avons exploré ensemble tous les canyons et escaladé toutes les falaises. Je regrette tant de ne pouvoir continuer...

— Eh bien, dans deux ou trois jours, quand votre poignet sera reposé, je vous emmènerai marcher. J'ai vu qu'il existait des parcours assez faciles.

Ses yeux pétillèrent.

— Oh ! J'adorerais ça !

C'était aussi dans ce but qu'il était là : en tant que chirurgien, ses contacts personnels avec ses patients étaient limités. Il voulait soigner autrement, être plus proche de ses malades.

Sloane considérerait sans doute cela comme un progrès... À condition qu'il le lui confie. Ce qu'il ne ferait pas. Il avait pris la décision de garder ses distances une bonne fois pour toutes. Ce serait douloureux, mais il devait s'y tenir s'il voulait l'épargner.

Carter sourit au couple qui attendait son verdict.

— À mon avis, il n'y a pas de problème.

M. et Mme Mallory étaient en vacances avec leur fils atteint de mucoviscidose. À l'évidence, ils souhaitaient lui procurer le plus de joie possible, et ils avaient voulu que Carter l'examine pour savoir si l'état de Kevin lui permettait de faire une balade à dos d'âne dans un canyon.

Naturellement, les souvenirs avaient afflué, et son cœur s'était serré. James aurait tant aimé cette activité !

Ce garçonnet n'était pas aussi frêle que James ni gêné par la toux caractéristique de la maladie. Pour l'instant, ses poumons pouvaient parfaitement supporter un effort physique.

— Il vous faudra être prudents et bien équipés, mais ce petit garçon est assez solide.

— Pourriez-vous nous accompagner, docteur ? demanda Judy Mallory à brûle-pourpoint.

Pourquoi pas ?

Jamais il n'avait considéré son frère comme un handicapé. Malgré la réticence familiale, il l'emmenait aussi souvent que possible sur le terrain de jeux, au parc, ou jouer à des jeux vidéo chez un copain. À l'époque, il en voulait à ses parents de priver son frère de distractions. Il était trop jeune pour comprendre qu'ils ne cherchaient qu'à le protéger. Et maintenant, voilà qu'il rencontrait des parents désireux que leur fils, atteint du même mal, fasse le plus d'expériences possible et profite vraiment de l'existence.

Oui, il les accompagnerait. En mémoire de James, à qui on interdisait tant d'activités.

— Volontiers ! À quelle heure comptez-vous partir ?

— Nous n'avons pas encore prévu la date. Nous organisons les activités de Kevin en fonction de son planning de soins : entre les traitements pour le souffle et la physiothérapie pour ses poumons. Mais ce sera en fin de journée, quand il fait un peu plus frais.

— Mes chaussures de marche sont prêtes, faites-moi signe dès que vous en saurez plus. Vous avez encore des questions ?

— Non, vous avez répondu à toutes, dit Kevin.

Il ébouriffa les cheveux bouclés du gamin.

— Repose-toi avant, suis bien ton traitement, et si tu es toujours aussi en forme, c'est l'aventure garantie !

Son sourire éclatant fut en soi une récompense.

Il eut le cœur serré à la pensée que son frère ne ferait jamais l'expérience qu'allait vivre ce garçonnet. C'était James qui appelait leurs sorties des « aventures ». Chaque fois qu'il quittait la maison, c'en était une.

Il salua les parents et quitta la chambre.

Dans le salon de l'hôtel, il s'affala sur un canapé.

Il ne se sentait ni fatigué ni angoissé. Sa faiblesse n'était pas due au TSPT mais au chagrin qui le terrassait chaque fois qu'il pensait à son frère. Au bout de vingt-six ans, la douleur était toujours aussi vive...

— Ça va, Carter ?

Il redressa la tête : c'était Sloane.

— Oui, mais je viens d'examiner un jeune garçon atteint de mucoviscidose, et ça m'a rappelé... Que fais-tu ici ?

Elle s'assit à côté de lui et lui prit la main.

— Je reviens du spa, j'ai décidé de me gâter un peu. Tu devrais aller y faire un tour, tu as l'air épuisé. Je suis certaine que ça te requinquerait.

Il eut un faible sourire.

— Tu m'as déjà vu aller me faire masser par un inconnu ? Je préférais nettement tes massages à toi.

— Carter... Il faut tout de même que tu t'occupes un peu plus de ta santé.

Il haussa les épaules.

— Ici, je cours contre la montre, je suis de garde vingt-quatre heures sur vingt-quatre. Mais ne t'en fais pas, je vais m'habituer.

— Depuis quand n'as-tu rien mangé ?

— Tu essaies de poser un diagnostic ? Je n'ai pas réclamé de médecin.

— Je te pose la question par simple amitié.

Il secoua la tête.

— Franchement, je ne pourrais pas répondre, je ne me souviens plus. Mais, si tu t'inquiètes en tant qu'amie, invite-moi donc à dîner.

— D'accord. Tu choisis le restaurant et moi le menu ?

— Génial ! On dirait un premier rendez-vous.

Il regretta aussitôt cette réflexion. N'était-il pas un peu trop à l'aise avec elle ? De toute façon, vu qu'elle repartait bientôt, il ne risquait rien à passer un peu de temps avec elle... Et il se sentirait sans doute mieux lorsqu'ils auraient fini de s'expliquer.

— Tu n'as rien contre les relais routiers ?

— Non, pourquoi ?

— L'ambiance est bruyante, les gens dansent, le menu est tout sauf gastronomique, et on n'y va pas pour manger tranquilles.

Bref, parfait pour eux.

— Ça me va très bien.

— Je passe te chercher vers 19 heures ?

— Avec ta moto ?

Il éprouva un léger pincement d'appréhension : il serait pratiquement assis entre ses jambes, et elle lui enlacerait la taille pour se tenir. Risqué. Mais c'était son seul moyen de locomotion.

— Je prendrai un casque chez Matt pour toi.

— OK, dit-elle en se levant.

Avant de s'éloigner, elle lui jeta un long regard.

— Tu es certain que ça te fait plaisir ? Je n'avais pas l'intention de te prendre tout ton temps, et on dirait que je le fais malgré moi. D'autant plus que nous ne sommes plus ensemble...

— Mais nous restons bons amis, non ?

Une phrase convenue, prononcée pas la plupart des gens qui se séparaient. Toutefois cela se réalisait rarement. Qu'en serait-il pour eux ? Se diraient-ils adieu dans les formes, cette fois ? Se reverraient-ils ?

Il espérait que oui, mais leurs vies avaient pris désormais des chemins différents. Trop d'eau avait coulé sous les ponts et, surtout, Sloane était mieux loin de lui.

— Hum, c'est ce qu'on dit toujours dans ces cas-là. Sommes-nous en train de nous séparer pour de bon, Carter ?

— Peut-être.

— Eh bien, au moins, cette fois tu es franc, c'est un progrès !

Elle consulta l'heure sur l'écran de son téléphone.

— Il faut que j'appelle un de mes patients. Et mon père, pour lui assurer que je n'ai pas disparu de la surface du globe. On se retrouve dans le parking à 18 h 30 ?

— Pas de problème.

Juste à ce moment, son portable sonna.

— Pardon, c'est une patiente. Je réponds...

Mme O'Brien s'inquiétait de savoir s'il n'avait pas bandé son poignet trop serré et le priait de passer vérifier.

— J'arrive tout de suite, madame O'Brien.

Il raccrocha et sourit à Sloane.

— C'est vraiment bizarre comme situation, tu ne trouves pas ?

Elle lui effleura la joue d'un baiser.

— Oui, un peu. À tout à l'heure.

Ce serait dur, songea-t-il, mais affronter son passé faisait partie de sa thérapie. Il était sur la voie de la guérison. Et Sloane, qui le connaissait mieux que personne, avait encore envie de dîner avec lui... Ce n'était pas suffisant pour le rendre optimiste, mais c'était plutôt positif.

Tellement que, s'il avait su siffler, il serait sorti de l'hôtel en sifflotant.

À la sortie de l'hôtel, alors qu'ils se dirigeaient vers la moto, Carter laissa Sloane passer devant.

Elle avait constaté dès le jour de leur rencontre qu'il aimait la regarder marcher : dans le couloir de l'hôpital qu'elle lui faisait visiter, il avait stoppé net et l'avait laissée filer. Quand il l'avait rattrapée, il avait totalement oublié le sujet de leur conversation. Elle en avait été flattée, comme elle l'était toujours en ce moment.

— Tu apprécies la vue ?

— Je l'ai toujours appréciée. Voilà au moins une chose qui ne change pas.

Elle s'arrêta et se tourna vers lui avec un sourire espiègle.

— Je parlais du désert. Ce soir, il vibre de toutes ses rouges et ses ors...

— C'est bien de ça que je parlais !

— Je n'en doute pas !

Elle s'approcha de la moto et attendit qu'il la rejoigne.

— Attache ton casque solidement et baisse la visière.

— Comme si c'était la première fois !

— Je me souviens qu'il t'est arrivé de ne pas bien le faire.

Pour vérifier, il passa un doigt entre la sangle et son menton.

Elle inspira à fond.

— Qu'y a-t-il ? C'est trop serré ?

Elle se borna à secouer la tête.

Inutile qu'il perçoive le tremblement de sa voix.

Il y avait longtemps qu'il ne lui avait pas fait un tel effet. Dans les premiers temps, elle frissonnait dès qu'il la touchait. Après le retour d'Afghanistan, cela avait disparu, son contact la laissait froide. Mais à présent elle devait admettre que son corps se réveillait.

— Non, mais je n'aime pas avoir tout ce poids sur la tête...

C'était faux, bien entendu.

— Ça ne te dérange pas que je m'appuie sur toi ?

— Pas de problème. Accroche-toi, fais tout pour te sentir en sécurité.

Elle se sentait en sécurité, mais aussi incroyablement excitée. Pour l'instant leur relation avait été cordiale et aisée, mais soudain cela devenait difficile... Pourvu que le trajet ne soit pas long, car les moyens de garder ses distances à l'arrière d'une moto étaient des plus limités !

Le restaurant était bondé, les gens se tenaient épaule contre épaule devant le comptoir.

La première impulsion de Carter fut de se jeter dans la mêlée pour commander deux bières, mais il se ravisa aussitôt, surpris et heureux de se souvenir qu'il ne buvait plus d'alcool.

— Il y a un box au fond, tu devrais aller t'installer pendant que je commande.

Il avait dû hurler pour dominer le brouhaha ambiant.

— Que veux-tu manger, puisque tu n'aimes pas la pizza ?

— N'importe quelle salade assaisonnée à la vinaigrette fera l'affaire. Vinaigre balsamique, s'il y a.

Il opina et s'approcha du comptoir. Le vacarme ambiant lui vrillait les tympans. Jusqu'à quand supporterait-il ce bruit infernal qui pouvait être un déclencheur ?

Mais il devait prendre sur lui pour démontrer qu'il avait progressé. Il garderait les doigts croisés...

— Je t'ai pris un thé glacé, dit-il en posant le verre devant elle.

Il s'installa sur la banquette opposée, aussi loin d'elle que possible. Décidément, le niveau sonore le gênait, devenait une obsession...

— Tu t'es souvenu, constata-t-elle en souriant.

— Hum, c'est la boisson que tu commandais toujours avec une salade.

Il plaça devant elle une assiette contenant des tranches de citron et quelques sachets d'édulcorant.

— Je connais toutes tes habitudes...

Le tapage devenait intolérable. Il ferma les poings sous la table et se força à poursuivre.

— La chaussure gauche d'abord, une brosse à dents neuve chaque semaine, une glace à la fraise le dimanche. Tes pieds sortis des couvertures, la place de parking la plus éloignée de l'entrée de l'hôpital, y compris les jours de pluie.

En évoquant ces bons souvenirs, il se détendit un peu.

— Tu es une fille d'habitudes, Sloane. Tu en es consciente ?

— Non. Et j'ignorais que tu me surveillais de si près. Le truc de la brosse à dents, par exemple…

— Eh oui ! De la même marque et de la même couleur, mais neuve. Ça m'amusait beaucoup de t'observer.

Et aussi parce que c'était un plaisir pour les yeux. Elle était si belle, surtout dans ces moments intimes où ils dansaient, faisaient l'amour ou s'allongeaient dehors sur une couverture pour regarder les étoiles…

— Carter, ne pourrait-on pas trouver un endroit moins bruyant ? On ne s'entend pas, ici.

Était-elle vraiment gênée elle aussi, ou se rendait-elle compte de son anxiété croissante ? Si c'était le cas, elle était toujours attentionnée…

Autant que toutes ces fois où elle avait tenté de lui apporter son aide, où il avait pris la mouche et l'avait insultée injustement. Il commençait à peine à en prendre conscience.

— Si nous devons bouger, tu veux bien m'accorder une danse ?

— Volontiers, à condition que ce soit un slow.

Main dans la main, ils se dirigèrent vers la salle du fond et se mirent à suivre le rythme d'un solo de saxophone. Un air langoureux qui l'incitait à la serrer contre lui, à ne pas la lâcher, comme s'il dansait avec elle pour la dernière fois.

C'était sans doute le cas…

Il éprouva un pincement douloureux au cœur.

— Ça va ? lui murmura-t-elle à l'oreille.

— Je fais aller.

Il plaqua les mains au bas de son dos en un geste familier, comme chaque fois qu'elle lui passait les bras autour du cou…

Mais, ce soir, ses bras étaient sagement posés sur ses épaules, et il en eut le cœur brisé. Quelle tristesse qu'ils aient perdu cette intimité particulière !

Soudain il n'eut plus aucune envie d'être là. Pas dans ces conditions. C'était trop douloureux.

— Sloane, si on prenait un repas à emporter qu'on irait manger ailleurs ?

— Tu ne veux plus danser ? On peut s'asseoir dehors sur la terrasse, si tu préfères.

— Euh... J'aimerais mieux m'en aller d'ici.

Il sentait l'angoisse monter, et il savait que c'était sérieux, cette fois. Trop de souvenirs, trop de bruit...

— Tu te rappelles le premier soir où nous avons dansé sur la plage ?

Il s'écarta d'elle, espérant arrêter la crise. En vain. Il ne se maîtrisait plus.

— Ah oui, les puces de sable ! dit-il dans l'espoir de la faire rire et d'alléger l'atmosphère.

Vraiment ? Son ton désagréable et amer le surprit lui-même.

— Qu'est-ce que tu dis ?

— Nous avons été piqués par des puces de sable ! Tu me hurlais de t'en débarrasser, alors que j'avais déjà du mal avec les miennes...

Bon sang... Il devait en finir avec ces réflexions méchantes et avec cette soirée. Rentrer dans sa chambre minable et tenter de dormir pour être en forme demain matin.

Mais l'expression ébahie et choquée de Sloane le retint. Une expression qu'il avait déjà vue souvent. Cette fois, il allait lui présenter des excuses.

— Pardon, Sloane. C'est ce bruit. Je... Je sens que je vais avoir une crise.

— Merci de me prévenir. Que veux-tu que nous fassions, alors ?

Il n'en crut pas ses oreilles : au lieu de prendre les rênes, elle lui demandait comment elle pouvait l'aider. Sans doute devrait-il en discuter avec sa thérapeute, mais il avait l'impression qu'ils venaient de faire un pas en avant ensemble.

— Essaie de m'obliger à me concentrer sur autre chose.

— Par exemple ?

Elle s'avança vers lui, tendit le bras mais arrêta son geste avant de le toucher.

À ce moment-là, le saxophone se tut, et le son perçant d'une guitare lui vrilla le crâne. Les percussions très rapides et très fortes qui l'accompagnaient achevèrent de lui faire perdre tout contrôle. On tirait à la mitraillette autour de lui, à nouveau l'enfer se déchaînait…

— Un endroit paisible… Vite, partons !

Le souffle court, il chercha des yeux le néon vert indiquant la sortie, puis ferma les paupières. S'il parvenait à revoir des images de Napa, où ils avaient survolé les vignobles en ballon, il serait sauvé. Une vue magnifique, des kilomètres de vigne, ils étaient seuls au-dessus des nuages, le visage radieux de Sloane…

Mais le hurlement affreux de la guitare l'empêchait de se concentrer. Il se mit à trembler.

Devait-il s'enfuir en courant pour épargner à Sloane de subir une crise de plus, ou lui permettre de l'aider ?

Elle lui agrippa la main.

— Viens, allons-y.

Au rythme de cette musique endiablée, les danseurs s'agitaient et se bousculaient sur la piste. Il ressentit un choc au milieu du dos, et un voile rouge passa devant ses yeux : il inspira à fond et se tourna pour affronter son agresseur. Mais Sloane s'interposa, lui plaquant les mains sur le torse.

— Carter, sortons d'ici tout de suite. Je ne comprends pas ce qui t'arrive, il faut que tu m'expliques, que tu me guides.

Elle avait vraiment changé d'attitude. C'était la première fois qu'elle réagissait en lui demandant conseil.

— D'accord. Suis-moi.

Ils se frayèrent un passage à travers la foule et quittèrent l'établissement par la porte de l'arrière.

Une fois dehors, il lui fallut encore un moment pour se calmer. Il haletait et luttait toujours pour reprendre ses esprits. Il se laissa tomber sur le sol et se mit à regarder les étoiles.

Sans mot dire, Sloane s'assit à côté de lui et lui prit la main. Pour l'instant, c'était tout ce qu'il souhaitait.

7

En se levant, Sloane avait toujours l'esprit occupé par les événements de la veille au soir et par la réaction de Carter.

Lorsqu'elle sortit de sa chambre pour descendre prendre le petit déjeuner, elle faillit buter sur lui : il était assis par terre devant sa porte, paupières closes, mais pas assez relâché pour qu'elle le croie endormi.

Avait-il arpenté sa chambre comme il avait coutume de le faire lors de ses insomnies ?

— Carter ? Je t'ai déposé à ton hôtel hier soir, tu n'as pas pu dormir ?

Pourtant il n'avait pas protesté quand, le sachant incapable de reprendre sa moto, elle avait proposé d'appeler le Red Rock Canyon pour les prier d'envoyer une voiture. Elle ne s'attendait pas à ce qu'il accepte si facilement… Lorsqu'on l'avait déposé à son hôtel, il l'avait embrassée sur la joue avant de descendre, comme si de rien n'était.

Son cœur battait la chamade, tout aussi fort que la première fois qu'elle l'avait vu.

— Il y a longtemps que tu es là ?

— Une heure ou deux, peut-être.

— Tu n'as pas frappé ?

— Je ne voulais pas te réveiller.

Il ramassa un sac posé près de lui et le lui tendit.

— Pommes, bananes, salade de fruits, cookies…

— Tu sais bien que je ne mange pas de cookies.

— Hum, ils sont pour moi.

Il se leva enfin.

— Navré de mon comportement au restaurant. En général, je vois la crise arriver et, pour éviter de m'enfuir en courant, j'utilise les techniques qu'on m'a apprises durant ma thérapie.

— Lesquelles, par exemple ?

— Contre le bruit, écouter de la musique forte mais différente de celle qu'on a entendue, plutôt du classique. En principe la septième symphonie de Beethoven fonctionne. Je la connais par cœur. Je fredonne en même temps, et la plupart du temps mon angoisse reflue. Surtout si c'est moi qui dirige.

— Tu es devenu chef d'orchestre ?

Il sourit.

— Bien sûr que non ! J'agite les bras en rythme en croyant très fort que ça m'emmène là où j'ai besoin d'être.

— Si tu veux, je peux t'apprendre à diriger.

Elle avait un diplôme en musique. Elle avait envisagé un temps d'en faire sa profession, mais la médecine l'avait appelée.

— Je préfère continuer de le faire à ma façon. Parce que j'aime cette liberté. C'est cathartique, énergisant et efficace.

Zut, encore une fois, elle voulait lui donner des leçons alors qu'il était censé se débrouiller seul. Si elle tenait à l'aider, elle devait être plus attentive à ses propres réactions.

— Pardon, je ne voulais pas...

— Pas grave.

— Ce n'est pas facile pour moi, tu sais.

Pas plus que de le quitter dans moins de deux semaines... Mais il ne lui avait rien proposé pour l'avenir.

— Pour moi non plus. Si la musique ne me calme pas, ce qui peut arriver, il existe des odeurs qui me tranquillisent. J'ai toujours sur moi un flacon d'huile essentielle de menthe poivrée.

Carter sortit de sa poche une fiole qu'il lui tendit.

Dès qu'elle l'eut débouchée, l'arôme piquant et frais pénétra ses narines.

Elle se sentit émue aux larmes : elle était si fière de lui, si heureuse de le voir se prendre en charge !

— Je suis si contente que tu aies trouvé des solutions !

Il haussa les épaules.

— Ce n'est pas efficace à cent pour cent, et je ne peux rien prévoir. Il arrive que, quoi que je tente, la crise ait le dessus.

Elle eut le cœur serré.

Elle ne le savait que trop ce qui se passait alors : il se mettait à insulter, à hurler, à jeter des objets à travers la pièce. Elle se souvint qu'elle avait dû ranger hors de sa portée tout ce qui se brisait...

— Et hier soir ?

— Moitié-moitié.

— Tu en as souvent ?

— Plus que je ne voudrais, mais la fréquence a baissé. Lorsque je sens venir la crise, je ne suis pas encore capable de la maîtriser, mais je peux en quelque sorte la détourner. C'était l'essentiel de la première partie de la thérapie : essayer de surmonter, ne pas permettre à la crise d'éclater. Parfois, c'est si dur qu'on tombe à genoux et qu'on pleure mais, quand on réussit, on éprouve un sentiment de victoire indescriptible...

Il soupira.

— Sinon, la seule solution est de changer de coin, de m'éloigner des autres, de me cacher si nécessaire. Dans la deuxième partie du programme, ma thérapeute m'aidera à aller encore plus loin dans la gestion des crises.

En effet, la veille au soir, il avait commencé à être désagréable, mais il avait réussi à se maîtriser.

C'était encourageant. Ce Recovery Project semblait vraiment donner des résultats. Si elle n'était pas convaincue au début, Sloane ne pouvait que le constater à présent. C'était rassurant en un sens, mais elle éprouvait malgré elle une certaine appréhension : s'agissait-il d'une rémission à long terme, ou les crises réapparaîtraient-elles après qu'il aurait achevé sa thérapie ?

— Et sinon, pourquoi es-tu assis devant ma porte ?

— Difficile à expliquer... Je garde toujours une bouteille de whisky vide dans ma chambre pour me rappeler ce que j'étais et, quand je suis entré, j'ai eu la trouille en la voyant : je suis convaincu que je l'aurais bue si elle avait été pleine. Alors j'ai appelé ma psy pour lui dire que j'avais envie d'aller au bar.

Il poussa un profond soupir.

— Elle m'a conseillé d'aller faire une promenade pour m'éclaircir les idées, et me voilà.

— Tu as souvent cette tentation ?

— Après chaque crise. Nous avons pour consigne d'appeler un de nos thérapeutes aussitôt pour en parler. Si jamais je replongeais dans l'alcool, je devrais recommencer tout le programme du début, sinon ce serait terminé pour moi.

— N'est-ce pas un peu dur ?

— Le stress post-traumatique est dur, le traitement doit l'être aussi. C'est pour cette raison que j'ai toujours cette bouteille d'alcool en vue, pour me rappeler ce que je veux gagner.

— Intéressant ! Si j'ai bien compris, tu as fait six kilomètres à pied pour me voir. Dans quel but ?

— Je n'attends rien de toi, Sloane. Je voulais seulement te montrer que je suis parfois capable de me maîtriser.

— Je m'en suis aperçue au restaurant. Tu as réussi à te calmer, à accepter...

— Je n'emploierais pas le mot « accepter », il ressemble trop à « céder ». Avant de te quitter, je cédais par facilité. Le démon est quelquefois si difficile à combattre que c'est moins douloureux de s'y abandonner.

— Tous ces mois que j'ai passés à te conseiller de te battre...

— C'était contre toi que je me battais. En un sens, tu étais le démon, celui dont la présence constante remplaçait ma conscience perdue. Celui qui me rappelait que, si autrefois j'étais un type bien, je ne l'étais plus. Que je n'étais plus bon à rien et que je ne te méritais pas.

Oh ! mon Dieu, quel gâchis !

— Tu aurais dû m'expliquer tout ça, dit-elle en s'effaçant pour le laisser entrer dans la chambre.

Une fois la porte refermée, elle reconnut le parfum de son after-shave, celui qu'elle avait choisi pour lui des années plus tôt, et elle comprit que, en ce moment, il était pour elle le Carter d'autrefois.

Elle manqua d'air aussitôt.

Si elle concevait mal l'effet qu'une crise de panique produisait sur Carter, elle en expérimentait au moins l'un des aspects : la claustrophobie, la sensation d'étouffement.

— J'étais incapable de t'expliquer quoi que ce soit, puisque je ne comprenais pas moi-même, disait-il. Ce sont des choses dont je prends conscience seulement maintenant.

— Et tu as confiance, tu crois que tu es sur la bonne voie ?

Elle le souhaitait de tout cœur pour lui. Quant à elle…

Si jamais il lui proposait de partager son avenir d'une manière ou d'une autre, serait-elle prête à courir le risque ? Il l'avait tant fait souffrir ! En venant ici, elle avait vraiment l'intention d'en finir et de tourner la page mais, maintenant qu'elle l'avait revu, elle se sentait perdue, agitée de sentiments contradictoires.

— Il m'arrive d'y croire… Presque. Jamais tout à fait, parce que je peux toujours replonger. J'ai touché le fond une fois, et je sais qu'à la seconde je ne rebondirai pas.

Il poussa un profond soupir.

— Je ne suis pas tiré d'affaire, mais je vois au moins ce que je dois modifier, et je conçois mieux ce que j'aurai à affronter ma vie entière.

Il s'approcha, et elle crut qu'il allait la prendre dans ses bras, mais il se contenta de lui caresser la joue.

— Je te demande pardon pour ce que je t'ai fait subir, Sloane. J'étais conscient de te faire souffrir, mais je ne pouvais pas m'en empêcher. Tu étais toujours près de moi et tu m'aimais, tu étais une cible facile…

Elle lui prit la main.

C'était si bon ! Ce contact lui avait manqué, ainsi que les regards et les sourires qu'ils échangeaient. Pourtant, même si chaque fibre de son être le désirait, pas question de retomber dans le piège. L'amour qu'elle éprouvait encore pour lui la rendait trop vulnérable.

— Peut-être qu'en un sens je t'aime encore, Carter. Mais, même si tu n'étais pas responsable, je ne peux plus te faire confiance.

Il s'écarta d'elle en soupirant.

— Je comprends. J'ai vu ton air troublé, ton appréhension à l'instant, quand tu t'es rendu compte que tu te trouvais seule avec moi dans cette chambre.

Il traversa la pièce et s'assit dans un fauteuil.

— Tu te souviens de notre première sortie, du week-end à Palm Beach ?

Bien sûr que oui, mais cela paraissait lointain. Tant de choses s'étaient produites depuis... La chambre était si exiguë qu'il fallait ramper sur le lit pour passer de l'autre côté mais, à l'époque, ils s'en moquaient : à part les brefs moments passés sur la plage, ils ne l'avaient pas quittée.

— Hum. Nous étions jeunes et naïfs, alors...

Elle avait tant espéré de cette relation. Et voilà qu'ils étaient à peine capables de se regarder dans les yeux, de se parler ! Elle attendait autre chose de la vie. Depuis toute petite, elle rêvait du grand amour avec qui elle vivrait heureuse jusqu'à la fin de ses jours.

En ce moment elle était malheureuse, et elle devait se rendre à l'évidence : le grand amour n'existait pas.

Carter remua, visiblement à la recherche d'une meilleure position.

— Qu'est-il arrivé à notre couple, Sloane ? Nous nous entendions bien, n'est-ce pas ?

— Oui, murmura-t-elle, réprimant ses larmes.

Elle l'observa un instant et eut le souffle coupé : l'homme qu'elle voyait, c'était le Carter qui l'aimait, pas celui qui était rentré brisé et haineux d'Afghanistan.

Si seulement elle pouvait y croire, ne pas le laisser s'échapper !

— Carter, je me demande... Quand tu m'as quittée, quel sentiment éprouvais-tu pour moi ? Tu as dit que tu me considérais comme un démon. Tu étais tellement distant ! La moindre de mes tentatives de t'aider te mettait en colère. Je suppose que tu me haïssais ?

Les larmes jaillirent enfin.

— C'était difficile de rester en retrait en te regardant t'autodétruire, mais à un moment j'ai laissé tomber. J'avais tout essayé, et je rencontrais de plus en plus de résistance... À présent que je crois comprendre pourquoi, j'aimerais que tu répondes à ma question.

Il se leva et fit quelques pas en avant.

— Jamais je ne t'ai haïe, Sloane. Ni alors ni maintenant. Mais je ne pouvais pas davantage vivre avec toi qu'avec moi-même... Tu étais le miroir qui me renvoyait l'homme que j'étais devenu.

Il s'approcha et l'attira dans ses bras.

C'était bon, songea-t-elle, mais elle ne se sentait plus à sa place. Il n'y avait rien de naturel dans cette posture. Rien n'était plus comme avant. Pourtant, elle ne se dégagea pas : il avait des bras solides, et elle avait besoin de s'appuyer sur le seul être qui savait pourquoi elle avait changé.

Elle posa la tête sur son torse et écouta les battements réguliers de son cœur. Cela lui rappela l'opération en Allemagne, l'état critique dans lequel il se trouvait... Chaque fois qu'il s'éveillait, il la réclamait, et elle lui tenait la main, convaincue de lui communiquer la force de guérir.

Mais il n'avait pas guéri. Peut-être qu'elle avait trop analysé, qu'elle s'était comportée en infirmière plutôt qu'en femme amoureuse ? Mais à quoi bon se poser cette question maintenant qu'elle était sur le point de tourner la page ?

— Qu'aurais-je pu faire d'autre, Carter ?

— Ce n'était pas ta faute, Sloane, murmura-t-il. Je te jure que j'ai essayé, bon sang ! Mais c'était peine perdue. Chaque fois que je te regardais, chaque fois que nous étions ensemble...

Elle lui posa un doigt sur les lèvres.

Ils restèrent enlacés et silencieux un instant, sans s'embrasser ni se caresser, en une volonté de consolation mutuelle.

Pourtant, elle sentait son désir s'éveiller. Elle avait envie de lui et s'apercevait avec surprise qu'elle n'en avait pas honte. C'était à elle de tracer la limite ou de la franchir. Pourquoi ne pas garder un bon souvenir de leur rupture ?

Elle posa une main tremblante sur sa nuque et leva la tête vers lui.

— Voici ce qui reste, murmura-t-elle en l'embrassant.

Un rappel doux-amer du motif de son séjour à Forgeburn.

Leur baiser, léger au début, devint bientôt passionné. Sa langue explorait cette bouche qui lui était familière, et leurs hanches se joignaient tout naturellement...

Elle s'arqua sous la caresse comme elle l'avait toujours fait.

Elle envoyait un message avec son corps et percevait la réponse de celui de Carter, un désir égal au sien. Pourtant, elle lisait un doute dans ses yeux, certainement le même qu'il pouvait lire dans les siens.

Il reposa ses lèvres sur les siennes en passant les mains dans ses cheveux pour séparer les mèches entre ses doigts.

Elle adorait sa façon de le faire, à la fois délicate et provocante. Elle frissonna, et il l'attira plus près, comme s'il voulait qu'elle se fonde en lui pour la protéger.

N'y tenant plus, elle s'écarta de lui, le poussa sur le lit et se laissa tomber sur lui en entrelaçant leurs mains au-dessus de sa tête. Elle lui mordilla le menton, puis descendit vers sa gorge en lui donnant de légers baisers.

Enfin elle lui libéra les mains et se releva juste assez pour lui caresser le visage. Cette ombre bleue sur les joues le rendait si sexy... Elle éprouva un frisson au contact rugueux de sa barbe naissante.

— Je suis si bien avec toi, murmura-t-elle.

— C'est ce que tu veux, Sloane ? chuchota Carter. Nous pouvons encore arrêter là...

En tout cas, c'était ce qu'il voulait, lui.

Il l'avait toujours désirée plus que les autres. Il avait rencontré ces derniers mois des femmes qui l'attiraient et qui ne lui auraient rien refusé, mais chaque fois quelque chose l'avait arrêté, et il avait coupé court d'une façon ou d'une autre, en gâchant le moment ou simplement en s'éloignant sans explication. Il se souvenait trop des courbes généreuses de Sloane et de sa peau douce. Maintenant qu'il la tenait dans ses bras, il comprenait qu'il n'existait qu'elle.

Ce n'était probablement pas une bonne idée de faire l'amour avec elle. Une seule fois, ou peut-être deux, et ensuite elle sortirait de sa vie pour toujours. Cela ne pouvait pas finir autrement : il savait qu'il repartirait. Mais cette fois il lui rendrait sa liberté avant.

Les derniers temps, il s'était comporté en égoïste, en goujat, il avait prononcé des mots abominables. Il revoyait son visage douloureux et perplexe. En ce moment, elle était loin d'avoir cette expression, mais il savait qu'il n'avait plus aucun droit sur elle.

Mais lorsqu'il la sentit glisser sur lui, il ne l'arrêta pas, pas plus que lorsqu'elle lui déboutonna son jean puis descendit son boxer-short sur ses jambes… Ni quand elle se releva pour lui ôter le tout, en explorant des endroits de son corps connus d'elle seule.

Elle posa les lèvres sur son torse, puis plus bas…

Il ferma les paupières et eut un gémissement sourd.

C'était si bon !

— Carter, regarde-moi, dit-elle enfin.

Il surprit son regard sur lui.

Que cherchait-elle au juste ? Sans doute quelque chose qu'il n'avait pas…

Elle plongea les yeux dans les siens.

— Je veux te regarder dans les yeux.

Il comprit son souhait : elle tentait d'absorber toute la laideur dont il était responsable pour la transmuer en une chose noble et belle. Voilà ce dont elle avait besoin avant de s'éloigner de lui pour de bon.

— Sloane… Tu es splendide !

Fou de désir, il lui souleva son T-shirt et le fit passer par-dessus sa tête, puis lui dégrafa son soutien-gorge. Ils se débarrassèrent en chœur de ce qu'il leur restait de vêtements.

Sans hâte, toutefois. Il la força à s'attarder sur les baisers et les caresses, se souvenant de ses goûts comme elle se souvenait des siens, et s'efforçant de lui donner du plaisir. C'était une expérience étrange, familière au début mais qui se faisait peu à peu nouvelle et excitante. Comme celle des premiers temps était devenue plus intime au fil des ans.

C'était probablement la dernière fois, se dit-il avec tristesse. Il ne l'entendrait plus jamais rire contre sa joue...

Il lui mordilla le lobe de l'oreille qu'il savait sensible, puis lui caressa le ventre et sentit les muscles de ses cuisses se raidir. Alors, il se pencha pour poser les lèvres sur les siennes, et, sans se presser, il s'allongea sur elle et la pénétra.

— Oh ! Carter !

Ce gémissement le fit frissonner. Il était au paradis, comme il n'aurait jamais dû cesser de l'être. Il commença son mouvement de va-et-vient mais, au moment où il trouvait son rythme, il perçut un sanglot étouffé.

De chagrin, pas de douleur, il en était sûr.

Il faillit se retirer, mais Sloane lui agrippa les épaules et imposa sa cadence.

Alors, il céda à cette sensation exquise, à sa chaleur, à cette intensité croissante. Avant que la jouissance ne les emporte, il lui caressa la joue, les cheveux.

— Sloane... Je n'ai jamais voulu te faire souffrir.

— Je sais, Carter.

Il en fut heureux : si elle le croyait vraiment, elle pourrait enfin tourner la page. Ce serait son cadeau d'adieu à la seule femme qu'il ait jamais aimée.

— S'il te plaît, Carter, murmura-t-elle.

Il accéléra le rythme pour la satisfaire et, tandis qu'elle soulevait les hanches à sa rencontre, il oublia toute pensée cohérente.

— C'est si bon d'être avec toi ! dit-il, haletant.

Plus rien n'existait que sa voix qui l'exhortait et le rendait fou. Enfin il s'abandonna.

— Sloane ! hurla-t-il.

Elle se blottit contre son torse comme elle le faisait toujours, mais cette fois il sentit qu'elle pleurait. Il la serra plus fort, comme si c'était la dernière fois au monde.

Pour eux deux, c'était sans doute vrai.

8

Lorsque Sloane s'éveilla, elle était seule.

Rien d'étonnant, elle ne s'attendait pas à trouver Carter près d'elle.

Une fois levée, elle découvrit qu'il s'était douché et qu'il avait emporté sa trousse médicale. Il avait dû partir travailler comme si de rien n'était.

Elle en fut soulagée, car elle regrettait à présent de s'être laissée aller à son désir. Cet homme était encore fragile, elle espérait ne pas l'avoir trop secoué...

Après une douche rapide, elle s'habilla et regarda dehors sans trop savoir ce qu'elle cherchait à voir.

Certainement pas Carter, sauf si quelqu'un de l'hôtel était souffrant... Depuis qu'il l'avait quittée, elle avait ce réflexe ridicule de scruter la foule pour tenter de l'apercevoir. De toute façon qu'aurait-elle fait si elle l'avait repéré ?

Lorsqu'on frappa, elle sursauta et fixa un instant la porte avant d'aller ouvrir. Même si une partie d'elle-même l'espérait, ce n'était sans doute pas lui qui revenait...

Elle ne put s'empêcher d'être déçue de trouver sur le seuil un employé de l'hôtel portant un plateau recouvert d'une serviette blanche.

— Je n'ai rien commandé, dit-elle sans le laisser entrer.

— C'est de la part du Dr Holmes. Il a passé la commande il y a environ deux heures.

Sur ce, il ôta la serviette pour dévoiler un bol de fruits frais, du yoghourt et des toasts : son petit déjeuner favori.

Carter la connaissait bien.

— Pourriez-vous le poser sur la table de chevet, je vous prie ?

— Bien sûr, madame.

Le serveur s'exécuta et se glissa dehors.

Un peu gênée, elle regarda les draps chiffonnés.

Cet homme avait dû les remarquer. Ne risquait-il pas de le raconter à ses collègues ?

Mais, vu son métier, il devait avoir l'habitude de ce genre de spectacle, et elle aurait parié qu'il n'y prêtait même pas attention. Quel intérêt pour lui de savoir si les occupants de la chambre avaient ou non couché ensemble ?

À ce rappel, elle éprouva un pincement de cœur.

Bon sang, qu'est-ce qui lui avait pris ?

Oubliant le petit déjeuner, elle se chaussa, décidée à partir sur-le-champ à la recherche de Carter pour l'informer que ce qui s'était passé le matin ne se renouvellerait pas.

Elle prit son téléphone et envoya un texto.

Où es-tu ? J'aimerais te parler le plus vite possible.

À sa grande surprise, la réponse fut instantanée.

Dans un autre hôtel avec un patient. J'ai encore deux visites à faire et des rendez-vous au cabinet médical. Je te préviendrai quand j'aurais terminé. Sloane… Gardons nos distances. Je ne veux pas repasser par où je suis passé.

La dernière phrase lui serra le cœur, car il avait prononcé exactement ces mots quand il avait décidé de faire chambre à part.

Mais elle était ridicule d'en souffrir puisque c'était ce qu'elle avait l'intention de lui dire tout à l'heure…

Elle eut un rire amer.

Cette nuit passée avec lui n'avait rien arrangé entre eux, rien résolu. Ils avaient cherché à retrouver un passé disparu, voilà tout. Une démarche vouée à l'échec. Pourtant, cela avait été si bon… Quelle ironie, qu'ils apprécient autant la seule activité qu'ils ne voulaient plus partager !

Lorsqu'elle sortit de l'hôtel en pantalon de jersey gris et T-shirt rose, l'amertume ne l'avait pas quittée.

À quoi allait-elle occuper sa journée ?

Elle était loin des vacances qu'elle avait projetées... Mais peut-être qu'elle s'était leurrée depuis le début. Peut-être que, au fond d'elle-même, elle espérait découvrir ici un peu de Carter, si ce n'était Carter en chair et en os. Car que serait-elle venue faire dans un endroit pareil s'il n'avait pas mentionné si souvent cette région ?

Un nouveau texto interrompit ses réflexions.

L'autorisation du ministère des Ressources nationales est arrivée. J'accompagne Kevin Mallory et sa famille dans un canyon ce soir. C'est une balade facile. As-tu envie de venir ?

Soudain, la perspective de sa journée changea du tout au tout.

Bien sûr ! À quelle heure ?

Vers 17 heures. Je t'en dirai plus quand j'aurai vérifié que le temps le permet et que Kevin est toujours assez solide.

Du coup, qu'allait-elle faire de sa matinée ? Paresser au bord de la piscine ?

Ce n'était pas une mauvaise idée. Elle avait apporté sa liseuse pleine de romans d'amour et de thrillers qu'elle s'était promis de lire. Elle retourna la chercher dans sa chambre, ainsi que son maillot de bain.

Elle ne regrettait pas d'avoir accepté de participer à cette excursion. Bien entendu, elle aurait sans doute mieux fait de partir avec un guide officiel mais, quand il s'agissait de Carter, elle en était toujours au même point : il l'appelait, et elle accourait. Elle n'en avait donc pas fini avec lui. Elle l'avait sans doute toujours su au plus profond d'elle-même mais, là, elle était bien forcée de l'admettre...

Encore un problème en perspective, outre celui que lui posait déjà l'heure merveilleuse qu'ils venaient de passer : si jamais il souhaitait reprendre leur relation, elle n'était pas sûre d'avoir la force de refuser.

Cramponné dans le 4x4 qui roulait à vive allure, Carter consulta sa montre : il lui restait cinq bonnes heures avant d'aller examiner Kevin et d'organiser leur sortie de la soirée.

Il avait eu l'intention d'inviter Sloane à déjeuner, mais un certain Hugh Lewiston l'avait appelé du Sunrise Canyon Hotel pour un accouchement, offrant de venir le prendre là où il se trouvait.

Il souhaitait vraiment fournir à Sloane l'occasion de lui parler au plus vite, mais priorité au travail. Et peut-être aussi que cela l'arrangeait de retarder ce moment parce qu'il n'avait pas très envie d'entendre ce qu'elle voulait lui dire. D'accord, il ne devait plus rien se passer entre eux, il le savait, et c'était raisonnable. Mais ce n'était pas si facile.

— Si vous m'expliquiez où en est votre femme ? demanda-t-il à Hugh Lewiston.

Il récapitula ce que cet homme dans la quarantaine lui avait appris : comme beaucoup de gens d'ici, il vivait dans une propriété isolée. Il avait amené son épouse jusqu'au Sunrise Canyon Hotel pour la rapprocher de la ville d'une vingtaine de kilomètres.

Hugh eut un sourire radieux.

— C'est notre premier. Il devrait naître aujourd'hui, si nos calculs sont bons.

— A-t-elle été suivie pendant sa grossesse ?

Le futur papa haussa les épaules.

— Seulement au début. Comme le médecin a estimé que tout se passait bien, nous n'allions pas gaspiller du temps et de l'argent pour réentendre ce que nous savions déjà.

Carter sentit son rythme cardiaque battre plus vite. Il s'adossa à son siège et ferma les yeux. Il se sentait nerveux.

Pas d'analyses ni d'échographies !

Il avait accouché pas mal de femmes en Afghanistan, mais toujours dans un hôpital. Dans un hôtel, c'était une autre paire de manches. Si comme il le supposait elle n'était plus toute jeune...

— Quel âge a-t-elle ?

— Shelly ? Elle vient d'avoir quarante-deux ans.

— A-t-elle souffert de nausées pendant sa grossesse ?

— Jamais. Toujours la forme. En fait, hier elle travaillait encore au ranch avec moi. C'est là qu'elle s'est soudain plainte de son dos et qu'elle a décidé de se reposer. Mais les contractions n'ont commencé que ce matin.

— Rapprochées ?

— Je crois, oui, d'environ deux ou trois minutes, je ne suis pas vraiment resté pour compter. J'ai préféré vous appeler et me mettre en route pour venir vous chercher, parce que vous auriez pu vous perdre et que la piste n'est pas facile.

Comme pour le démontrer, le véhicule décolla sur une bosse.

Carter serra les dents et regarda ses poings aux jointures blanchies. Allait-il avoir une crise ?

Non, il ne s'agissait pas de cela.

Soudain, pour la première fois depuis qu'il était monté à bord de ce 4x4, il se sentit détendu : il se préparait simplement à affronter une situation d'urgence.

Il eut envie d'appeler Sloane pour le lui annoncer, mais à quoi bon ?

— Vous avez bien fait. Les accouchements à domicile, en l'occurrence à l'hôtel, ne se passent pas toujours sans problème.

Hugh lui jeta un regard en coin en s'engageant dans le parking.

— J'espère qu'il n'y en aura pas, Shelly est très forte.

Lorsqu'ils traversèrent le hall où environ vingt-cinq personnes étaient rassemblées, Carter eut l'impression de traverser une haie d'honneur. Une fois dans le salon, il comprit la raison de leur présence : la parturiente était allongée sur l'un des canapés, gémissante, entourée de femmes qui l'assistaient.

Il sortit son portable et passa un rapide message à Cruz Montoya, puis, se sentant toujours assuré et confiant, il se fraya un passage entre les femmes.

— Pardon, je suis le Dr Holmes. Les contractions sont-elles très rapprochées ?

— Oui, répondit quelqu'un.

— Y a-t-il parmi vous une soignante ? Médecin, infirmière, sage-femme, secouriste ?

Pas de réponse.

Il sentit ses mains trembler, mais réussit à se maîtriser et se plaça aux pieds de Shelly.

— Détendez-vous, je vous examine.

Il se pencha et réprima une exclamation.

La tête allait apparaître... Et le bébé avait envie de sortir, visiblement.

— Il y en a pour une minute.

La patiente l'observa avec curiosité.

— Est-ce bien vous qui avez été chirurgien militaire, docteur ?

Il enfila des gants stériles.

— Oui, mais je suis devenu généraliste.

— Et pourquoi ? demanda-t-elle en haletant.

— Je... Je souffre de troubles de stress post-traumatique, et il m'était devenu difficile d'opérer.

Elle se crispa sous l'effet d'une contraction plus forte.

— Navrée, docteur. J'espère que l'armée s'occupe de vous soigner.

Il ne s'attendait pas à ce détachement... Mais, après tout, il avait parlé simplement, et elle avait répondu de même. Durant le début du programme, il avait appris que le plus dur était d'admettre sa maladie, d'abord vis-à-vis de lui-même, puis vis-à-vis des autres : il n'y avait rien de honteux à la reconnaître.

Il eut un sourire sincère.

— Oui, j'ai trouvé une excellente thérapie et, à mon avis, Forgeburn est l'endroit idéal pour me faire progresser dans mon traitement.

Il eut l'impression qu'on venait de lui ôter un poids des épaules. Bien sûr, d'ici ce soir toute la ville serait au courant, mais ses patients avaient le droit de savoir.

— Vous êtes prête à être mère, Shelly ?

Elle approuva d'un signe, et il fit pivoter lentement la tête du bébé.

— À la prochaine contraction, poussez très fort.

L'amie la plus proche d'elle se prépara à la redresser, et toutes crièrent en chœur : « Pousse ! »

Shelly obéit tandis que Hugh s'affalait sur une chaise en s'essuyant le front.

— Une dernière fois, et ce sera bon !

Après un coup d'œil au papa pour s'assurer qu'il allait bien, il saisit littéralement le bébé au vol et regarda la jeune mère qui se tordait le cou pour le voir.

— Je nettoie votre fils, et vous pourrez le prendre dans vos bras.

— C'est un garçon ? cria Hugh de l'autre bout de la pièce.

La petite foule du hall se mit à applaudir.

— Un garçon..., murmura Shelly.

Carter coupa le cordon et mit du collyre dans les yeux de l'enfant hurlant, puis il le tendit à sa maman.

— Vous le voulez ? Je crois qu'il vous attend.

Après lui avoir remis le nouveau-né, il recula pour céder la place à Hugh et s'aperçut que celui-ci vacillait. Il le rattrapa de justesse et l'aida à s'agenouiller à la hauteur de sa femme et de son fils, dont il caressa la main.

— On dirait qu'il a de bons poumons !

— En effet !

Au moment où Carter s'éloignait de quelques pas pour laisser de l'intimité à la nouvelle famille, Cruz Montoya entra dans la pièce.

— On m'a appelé ?

— Oui, Cruz, c'est moi. Pas de problème mais, vu l'âge de la mère, j'estime plus prudent de l'envoyer passer quelques examens de routine à la clinique de Whipple Creek, où elle pourrait rester en observation pour la journée.

— Vous nous accompagnez ?

— Bien entendu.

Il constata qu'il n'éprouvait plus aucune nervosité à l'idée de voyager en hélicoptère.

Ils firent le nécessaire ensemble. Une fois que tout le monde fut installé dans la cabine, au moment où il bouclait sa ceinture, Cruz se retourna pour le regarder.

— Il paraît que vous avez déclaré publiquement votre TSPT ?

Carter éclata de rire.

— C'est bien ce qu'on m'avait dit, les nouvelles vont vite, à Forgeburn !

Pour un mois de novembre, il faisait chaud et, au bout d'une heure, Sloane s'était débarrassée de ses vêtements pour rester en maillot de bain. Elle n'avait pas souvent l'occasion de prendre un bain de soleil...

Elle leva la tête pour regarder le serveur qui lui apportait un jus de fruit glacé, et sans doute les nouvelles de Carter qu'elle avait demandées.

— Tout s'est bien passé, mademoiselle. Il a emmené Shelly à la clinique de Whipple Creek avec Cruz Montoya.

— En hélicoptère ?

— Oui, mademoiselle. Il paraît qu'il est monté dans l'appareil sous un tonnerre d'applaudissements.

— Ah ? Pourquoi ?

— Ils savaient tous que c'était dur pour lui. Durant l'accouchement, ils l'ont entendu dire à Shelly qu'il souffrait de TSPT.

Il haussa les épaules.

— On a tous des soucis, pourquoi pas les médecins ? Ce n'est pas une affaire.

Cet homme avait sans doute raison, songea-t-elle. À Forgeburn, ce n'était pas une affaire. Mais Forgeburn n'était pas le monde réel, et un jour Carter aurait à affronter ses problèmes sans ses admirateurs. Pourtant, c'était un début, et une occasion de faire ses preuves auprès des gens qui avaient besoin de lui. C'était encourageant qu'il se sente à l'aise ici, qu'il soit en train d'y refaire sa vie... Peut-être pas celle qu'elle espérait, mais une vie tout de même.

— On a des nouvelles récentes ?

— Cruz est reparti en balade avec des touristes, et le Dr Holmes est rentré à son cabinet médical.

Elle hésita un instant : devrait-elle y passer pour le féliciter de son courage ou lui demander comment il se sentait ?

Mieux valait peut-être patienter jusqu'à ce qu'il vienne le lui annoncer lui-même.

Elle but une gorgée de son jus de fruit et tenta de poursuivre sa lecture, mais les lettres dansaient devant ses yeux et elle avait du mal à se concentrer.

Elle ne pouvait s'empêcher de penser à Carter, au pas important qu'il venait de franchir, et de se réjouir qu'il ne le doive qu'à lui-même. C'était exactement ce dont il avait besoin pour retrouver sa confiance en lui et son indépendance. C'était donc très positif !

Même si cela l'était beaucoup moins pour elle.

9

Après être rentré avec Cruz, Carter avait trouvé son cabinet bondé. Tout en soignant divers bobos et quelques cas un peu plus sérieux, il avait entendu dans la salle d'attente des voix évoquer une naissance « miraculeuse ».

Il soupira.

Il n'avait pourtant pas fait de miracle. À présent qu'ils étaient tous partis, il pensait de nouveau à Sloane et à leur étreinte matinale.

Il s'approcha du comptoir de la réception.

— Je sors un moment, appelez-moi si quelqu'un me demande.

Non qu'il ait besoin de la voir, puisqu'elle allait participer à la balade avec les Mallory en fin d'après-midi. Il en avait envie, c'était différent, se dit-il en enfourchant sa moto.

Qu'espérait-il ? Il n'en savait rien, mais il n'avait pas ressenti un tel espoir depuis longtemps.

Assise au bar de l'hôtel, Sloane sirotait un smoothie aux fruits.

Aujourd'hui, elle avait vraiment pris un jour de vacances Elle s'était levée tard, avait pris le soleil, puis elle était allée au spa et s'était fait faire un soin du visage. À présent qu'elle s'était dorlotée, elle recommençait à penser à Carter.

Elle espérait qu'il serait en forme malgré cette journée épuisante. Depuis son arrivée, elle le trouvait fatigué. Son travail ne lui laissait pas de répit, il était toujours par monts et par vaux...

— Ça va, Sloane ? Tu as l'air fatigué.

Elle tressaillit. Lui, déjà ! L'homme qui lui avait fait l'amour ce matin... Non, elle ne devait pas penser à ça.

— Je me sens relaxée, au contraire. C'est drôle, je me faisais la même réflexion à ton sujet : je te trouve fatigué.

Carter haussa les épaules.

— Je prends le rythme petit à petit. Évidemment, je suis sans cesse sur la brèche, mais c'est plutôt le processus de réadaptation qui m'épuise. Je peux m'asseoir ?

— Bien sûr.

Elle lui offrit sa boisson.

Il aspira une gorgée et lui rendit son verre.

Autrefois ils partageaient tout, il leur arrivait même de se donner la becquée...

Elle plongea les yeux dans les siens.

— Alors, tu es prêt pour la grande aventure de Kevin ? Je l'ai croisé en venant au bar, il semblait si excité !

— Je suis heureux de pouvoir faire ça pour lui. Tous les petits garçons méritent leur grande aventure. Les grands aussi, d'ailleurs.

Il reprit le smoothie pour en boire encore un peu, repoussa le verre vers elle et lui prit la main.

— Sloane... Je suis content que tu nous accompagnes. Pas seulement parce que tu vas m'aider. Tu es celle avec qui j'ai adoré avoir des aventures.

Qu'est-ce que cela signifiait ? Qu'il voulait passer une seconde nuit avec elle, qu'il espérait recréer leur couple ?

Elle retira sa main.

— Pourquoi es-tu si en avance ? Tu es venu voir Kevin ou un autre patient ?

Il détourna les yeux.

— Non, je me promène. Nous partons dans une heure, et comme j'avais terminé mes consultations...

— Tu es venu me voir pour occuper ton temps libre ?

Il eut un sourire en coin.

— C'est la nuit dernière qui te permet de faire cette déduction ?

Tu exagères. Je n'ai aucun motif inavouable, j'espérais simplement te rencontrer.

Elle rit.

— Ai-je toujours été aussi soupçonneuse ?

— Non, bien sûr. C'est probablement ma faute. Encore une chose à déplorer, je suppose.

— Écoute, si tu veux passer le restant de tes jours à regretter, ça te regarde, mais ce n'est pas mon cas. Je suis justement venue ici pour affronter mes propres problèmes.

— Dont je suis la cause.

— Pour certains, peut-être. Mais je ne te reproche rien, Carter. Je ne peux pas t'en vouloir, surtout maintenant que je te vois faire autant d'efforts pour surmonter ta maladie. Je suis peut-être sentimentale si tu veux, mais je me sens fière de toi.

— C'est plutôt agréable à entendre, surtout de la part d'une personne pour qui j'éprouve le plus grand respect.

Elle déglutit.

Du respect, pas de l'amour… Elle souffrait chaque fois qu'il évoquait ses projets sans l'y inclure. Mais cela lui passerait avec le temps.

Elle consulta sa montre.

— Ah, c'est bientôt l'heure de se préparer pour notre excursion. Tu as apporté des médicaments ?

— Hum, peut-être même trop. J'ai passé en revue tous les scénarios possibles.

— Ne t'inquiète pas, tout ira bien. Tu as l'accord de son spécialiste, et ses parents sont conscients des risques. Notre travail consiste à nous assurer que rien n'arrive pendant la randonnée.

Elle lui prit la main.

— Ne fais pas de comparaison avec ton frère, Carter. Je sais que cela t'est difficile, mais concentre-toi sur Kevin, oublie ta culpabilité envers James.

Il poussa un soupir et regarda dans le vague.

— Tu sais, je l'emmenais pour de courtes balades. En fauteuil roulant parce qu'il était trop faible pour marcher.

Il eut un bref sourire.

— Celui qu'il avait pour la maison avait coûté une fortune, et mes parents m'avaient recommandé de ne pas l'abîmer parce qu'ils n'auraient jamais les moyens de le remplacer. Un jour — je devais avoir huit ans —, je suis entré à l'hôpital pour dire que mon frère avait besoin d'un fauteuil roulant pour se déplacer dehors. La réceptionniste m'a regardé de haut. « Nous ne fournissons pas de matériel médical, jeune homme, adresse-toi à ton assurance. » Ces mots m'ont brisé le cœur mais, au moment où je sortais, un homme m'a fait signe de m'approcher. Il s'appelait Maurice Penrod et était là en tant que réparateur des fauteuils roulants de l'hôpital. Il en avait dans sa boutique des dizaines qui provenaient de dons, qu'il revendait ou gardait en réserve pour une juste cause.

— Et tu en étais une ?

— Pas moi, mon frère. Justement, il en avait un pour enfant. Il l'a équipé de pneus tout-terrain et de courroies de cuir pour maintenir James bien droit, puisqu'il n'était pas assez musclé pour se tenir assis longtemps. Puis il l'a apporté à la maison dans son fourgon. À partir de là, j'ai emmené James partout où j'allais avec mes copains, sauf quand il se sentait trop faible...

Une ombre passa sur le visage de Carter.

— Naturellement, il devait souvent rester sous oxygène, alors M. Penrod a fixé un porte-cylindres au fauteuil.

Ses traits s'éclairèrent à nouveau.

— On s'amusait bien. Mes copains l'acceptaient volontiers, personne ne l'a jamais considéré comme un poids.

Elle sentit les larmes rouler sur ses joues.

— J'aurais tant aimé le connaître !

— Il t'aurait adorée, j'en suis sûr... Bon, je vais vérifier la température extérieure et m'occuper des derniers préparatifs avec Cruz, qui nous suivra d'en haut.

— As-tu besoin de moi tout de suite ?

Il bondit sur ses pieds et lui saisit la main.

— Besoin ? Pas vraiment, mais...

Il l'aida à se lever, l'attira à lui, et ils restèrent un instant à se regarder dans les yeux, si proches que le temps parut s'arrêter.

Qu'attendait-elle ? Un baiser, une étreinte ? Rien ne se passa, mais elle le vit changer d'attitude, le désir cédant la place à la prudence.

Elle s'écarta de lui, rompant le charme.

— Dans ce cas, je monte dans ma chambre pour changer de chaussures.

Mais avant de s'éloigner elle lui effleura les lèvres d'un baiser. Par affection.

Pourquoi serait-elle gênée de lui montrer qu'elle l'aimait ? L'intimité ne leur était plus permise, mais elle ne feindrait pas l'indifférence.

Tout en rangeant ce qu'il emportait, Carter jeta un regard circulaire.

Une trentaine de personnes s'étaient rassemblées dans le petit salon de l'hôtel pour assister aux préparatifs de leur excursion à Little Swallow Canyon. Des clients et du personnel de l'hôtel, mais aussi des habitants de la ville qui s'étaient déplacés, dont Matt.

Ils étaient tous vraiment gentils de les soutenir.

— Tu ne vois rien qui manque ? demanda Matt, qui avait fourni pas mal de matériel médical.

— Si, des nerfs d'acier.

Bien qu'il eût parlé d'une voix posée, il tendit les mains à son ami pour lui montrer qu'elles tremblaient.

— Allons, Carter, tu es dans ton élément ! Vis l'instant et amuse-toi bien.

Vivre l'instant... Une chose qu'il faisait beaucoup ces derniers temps.

— Merci, Matt. Avant de venir, j'ai récapitulé tout ce qui pouvait arriver. Sinon, je suis prêt à profiter de la balade.

Son ami lui donna une bourrade dans le dos.

— Tu n'es pas seul. Tu as Sloane, deux rangers et les parents de Kevin. Plus Cruz qui vous surveille depuis le ciel avec son père et son frère à bord.

Matt sourit.

— Au fait, les rangers ont fermé cette partie de la piste jusqu'à votre retour pour éviter qu'on vous suive pour vous photographier. Ce serait dommage de gâcher ce moment si important pour les Mallory. J'espère que tu ne m'en veux pas d'avoir mis mon grain de sel, mais je connais les ficelles locales mieux que toi.

— Au contraire, je te remercie.

Dehors, un ranger venait d'amener devant la porte un âne gris et fauve spécialement équipé pour que Kevin ne glisse pas de la selle et se tienne droit.

Un peu comme le fauteuil roulant de M. Penrod. À l'époque où Carter emmenait son frère en balade, il ne redoutait rien.

Ses mains cessèrent de trembler

— Ils arrivent, dit Sloane en lui enlaçant la taille. Ils essaient de calmer Kevin pour qu'il ne s'excite pas trop. Sa respiration s'en ressentirait.

— Pas question !

— N'aie pas peur, tout se passera bien.

Il se tourna vers elle.

— De toute façon, ça fait partie du traitement. Il paraît que je dois affronter mes peurs.

Elle lui sourit.

— Bien sûr ! Tu sais, j'aimerais en savoir plus sur ces trois derniers mois. Je veux vraiment comprendre. Parce que, aujourd'hui, avec ce que tu t'apprêtes à faire pour cet enfant, je retrouve l'ancien Carter, pas celui qui est parti sans se retourner.

— Je me suis retourné plus que tu n'imagines. En réalité, le début de ma thérapie m'a ouvert les yeux sur le fait que je menais deux existences en parallèle. Je ne suis plus l'ancien Carter. Je verrai peut-être plus tard qui je suis devenu mais, pour l'instant j'essaie de vivre un jour après l'autre. Mon unique but, c'est d'aller au bout du programme. Je ne m'autorise aucun rêve, aucun espoir, c'est mauvais pour ce que j'ai. Pour l'instant, je me sens comme une sorte d'automate qui ne se projette pas dans l'avenir.

Il détourna la tête et regarda dehors.

— Bien, les Mallory sont là. Il est temps de nous mettre en route.

— Une dernière chose, Carter... Tu as vraiment progressé. Tu ne le vois peut-être pas, ou ce n'est pas ce progrès-là que tu espérais. Mais je te vois t'efforcer, et je ne peux que constater de profonds changements. Moi qui souhaitais à toute force t'aider, je me rends compte que j'avais surtout besoin de m'impliquer, que j'agissais de façon égocentrique. Tu as fait un choix excellent, je suis heureuse pour toi.

Sans réfléchir, il attira Sloane dans ses bras et l'embrassa. Sans passion, juste pour la rassurer, mais ce baiser dura plus longtemps qu'il ne le voulait.

— Je crois qu'on nous regarde, murmura-t-il en s'écartant d'elle.

Les assistants paraissaient sur le point d'applaudir. Ils ne le firent pas, mais les murmures d'approbation suffirent à l'embarrasser... ainsi que Sloane, à en juger par la rougeur de ses joues.

— Allons-y ! lança-t-elle.

Elle le tira par la main, et ils sortirent pour rejoindre le ranger, qui tenait la bride de la bête.

— Voici Henry, l'âne le plus docile de notre écurie. Nous l'emmenons quelquefois à l'hôpital pédiatrique de Piperidge. Les enfants l'adorent, et il le leur rend bien.

Il tapota le flanc de l'animal.

— Pas vrai, Henry ?

— Il sera parfait pour Kevin, répondit Carter. En effet, on dirait qu'il est content de le prendre sur son dos !

Comme les Mallory arrivaient en poussant le fauteuil de leur fils, il s'approcha du garçonnet.

— Bien, je t'explique : je t'attache du côté gauche pendant que ton papa s'occupe du droit. Essaie de ne pas bouger.

Il lui tendit un casque.

— Ensuite, tu passeras ça.

— Il a l'air lourd, objecta l'enfant.

— Pas du tout, tu vas voir. Il est équipé de matériel de communication. Tu pourras me parler quand tu veux, je t'entendrai et te répondrai. Si tu ne te sens pas bien, si tu as peur, soif ou besoin d'oxygène, préviens-moi. D'accord ?

L'enfant lui tendit la main d'un air grave.

— D'accord. Mais vous prendrez beaucoup de photos !

Il sentit un instant son cœur se serrer.

S'il avait pu photographier James à l'époque, il aurait eu des souvenirs plus précis...

— Je te le promets.

D'ailleurs, autour d'eux, tout le monde brandissait qui un téléphone, qui un appareil photo... Le temps qu'ils installaient l'enfant sur l'âne, une bonne douzaine de clichés furent pris.

Il l'aida à mettre son casque puis arrima les deux trousses médicales à la selle derrière lui. Elles étaient plus lourdes que d'habitude, mais l'essentiel était que Kevin vive l'aventure de sa vie.

Il passa son propre casque.

— Allons-y.

Le départ du parcours n'était pas loin de l'hôtel. Au début, ils avancèrent sans hâte pour permettre à Kevin de s'adapter à Henry. Bien entendu, la petite foule les suivit jusqu'à l'entrée de la piste. Beaucoup rebroussèrent chemin à ce moment-là, sans doute pour se préparer à les accueillir à leur retour, prévu au bout d'une heure environ.

En tête, un ranger menait l'âne par la bride et les parents le flanquaient. Carter et Sloane marchaient un peu en arrière. Mieux valait laisser prendre un peu d'avance à la petite troupe pour ne pas s'imposer en tant que médecins. Sloane photographiait la végétation, les petits lézards qui sortaient des rochers.

On percevait de temps à autre le bruit lointain d'un moteur d'hélicoptère : Cruz aussi gardait ses distances pour ne pas être intrusif.

Carter leva la tête pour observer un faucon paresseux qui volait en cercle au-dessus d'eux en quête d'une proie.

Bien qu'on approchât de la fin de journée, le ciel était d'un bleu immaculé.

Il commençait à trouver du sens à son séjour à Forgeburn. Ce qu'il considérait au départ comme sa dernière chance ressemblait plutôt à la quête d'un idéal. Ici, on avait besoin de lui, il était utile et apprécié, et c'était ici qu'il voulait être. Pour la première fois depuis qu'il avait été blessé, il se sentait optimiste, de taille à affronter la deuxième partie de son programme, et même la troisième. Il en aurait pour six mois en tout, et ensuite...

— Tu as l'air bien sérieux, intervint Sloane. À quoi tu penses ?

Il lui sourit.

— Veux-tu poser pour moi ? Sur ce rocher, là, si tu arrives à y grimper.

— Aucun rocher ne m'a jamais fait peur !

Elle courut et escalada le roc avec une adresse de professionnelle.

— Comment dois-je me mettre ? Les mains sur les hanches, l'air victorieux, surveillant mon vaste domaine ? Ou un peu plus provocante, en train de m'étirer pour l'entourer de mes bras ?

— Choisis ce qui te semble naturel.

Elle fit signe aux Mallory qui, bien qu'éloignés d'à peine plus d'une centaine de mètres, semblaient appartenir à un autre univers, et s'immobilisa, arborant un large sourire.

— Vas-y !

Il s'esclaffa.

— J'ai commencé dès que tu t'es éloignée de moi, avant même que tu te mettes à monter. J'ai déjà un reportage complet.

Il l'avait bien eue...

Feignant d'être vexée, elle sortit son portable et le mitrailla.

— Bon, je peux descendre, maintenant ?

— Il le faut si nous ne voulons pas perdre Kevin de vue.

Elle se tourna pour observer l'enfant.

— J'ai l'impression qu'il penche un peu à droite. Nous devrions faire une pause pour le redresser sur la selle, et en profiter pour mesurer ses constantes et lui donner à boire.

Elle descendit aussi lestement qu'elle était montée, puis sortit de son sac isotherme une bouteille d'eau qu'elle lui tendit.

— C'est plus prudent.

Sloane derrière lui, il rattrapa les autres, arrêta l'âne et examina Kevin.

— Il est un peu chaud, mais ses poumons vont bien, et son pouls est régulier. Quand il se sera désaltéré et qu'il aura mangé une barre protéinée, nous pourrons continuer.

Lui-même était heureux de cette pause, car son dos le faisait de nouveau souffrir.

Lorsqu'ils repartirent, il remplaça Mme Mallory à côté de Kevin et prit appui d'une main sur le dos de Henry. Il désigna à l'enfant diverses formations rocheuses et de petits animaux qui s'enfuyaient sur leur passage.

— Docteur Carter, j'ai vu un lézard à flancs maculés tout à l'heure, entendit-il dans son casque. Il est resté sur son rocher à nous fixer, il n'a même pas bougé !

— Peut-être qu'il était paralysé par la peur ?

— Ou alors il aime bien regarder passer les gens. Il y en a des comme ça.

— Et toi ?

— Oh non, ça m'ennuie, je préfère bouger. J'ai une longue liste de choses à voir. La prochaine, c'est la statue de la Liberté.

Carter eut un pincement de cœur.

James avait aussi sa liste de souhaits, il rêvait de conquérir le monde... Mais ses parents ne voulaient même pas qu'il sorte de la maison. La famille Mallory était admirable : cet enfant curieux de tout et ces parents qui le soutenaient, qui se battaient pour satisfaire ses désirs... En fait, ce petit Kevin était plus courageux que lui.

— Super ! Moi, je n'ai jamais vu la statue de la Liberté, tu le crois ? Je suis passé à New York juste le temps de changer d'avion. J'ai toujours eu envie d'y retourner, mais jusque-là je ne l'ai pas fait.

— Vous devriez, docteur. Aller voir sur place, c'est mieux que d'imaginer. Pas vrai, papa ?

M. Mallory regarda Carter.

— Nous faisons le maximum pour lui offrir le monde. Ce n'est pas toujours facile, mais nous nous débrouillons. Nous avons prévu de nous rendre à New York au printemps si c'est possible.

L'enfant inspira à fond. Sa respiration était un peu sifflante. Assez pour s'inquiéter ?

Peut-être pas, mais...

Carter se tourna vers Sloane qui marchait derrière lui, désigna sa propre poitrine en articulant silencieusement « sifflante ».

Aussitôt, elle les rejoignit.

— Pouvons-nous nous arrêter une minute, s'il vous plaît ? Je voudrais examiner Kevin.

Les rangers obtempérèrent, et elle tira de sa mallette son stéthoscope et un inhalateur.

— Kevin, je vais t'ausculter pendant que le Dr Carter prend ta tension. D'accord ?

Le garçonnet hocha la tête, mais Carter vit son visage se chiffonner quand les rangers le soulevèrent de l'âne.

Pauvre petit...

Il sortit son tensiomètre et mesura la tension, qui était un peu basse.

Il se tourna vers les parents.

— Il y a une légère insuffisance respiratoire. À mon avis, rien de sérieux, mais cela peut s'aggraver. J'ignore si c'est prudent dc continuer.

Le père eut une mouc de déception.

— Il voulait aller jusqu'au bout.

— Je sais, mais s'il est en danger...

Mme Mallory observa son fils.

— Ça n'en vaut pas la peine. Cette excursion était très importante pour lui, mais pas question que ça lui coûte la vie.

Carter se remémora la dernière aventure de son frère : James n'était pas très en forme, mais il avait tant insisté qu'il l'avait emmené au parc. À leur retour, il s'était alité pour ne plus se relever... C'était durant les sept jours qu'avait duré son agonie qu'il avait promis de le guérir. La réponse était restée gravée dans sa mémoire : James l'avait enveloppé d'un regard d'adulte, bien plus mûr que son âge.

« Tu sais, Carter, il y a des maladies dont on ne guérit pas. »

À présent, c'était lui le plus âgé et le plus sage, mais il avait l'impression d'être encore le garçon de neuf ans qui avait pris la faute sur ses épaules.

Sloane s'approcha de lui.

— Ça va ? murmura-t-elle.

Il secoua la tête.

— Avant de mourir, James m'a dit que certaines choses ne s'arrangent jamais. Il était plus raisonnable que moi...

— Kevin n'est pas ton frère, Carter.

— Mais c'est moi qui dois trancher : prendre le risque de terminer la balade pour lui faire plaisir ou l'interrompre et lui briser le cœur... Desserre ses vêtements et donne-lui de l'oxygène.

— Tu as pris ta décision ?

Il hocha la tête.

— C'est trop dangereux de continuer, mais j'ai un plan B. Croisons les doigts pour que ça marche. Kevin ne le comprendra sans doute pas aujourd'hui, mais quand il ira voir la statue de la Liberté, il se souviendra du Dr Carter qui lui en a donné la chance. Je vais informer les rangers pendant que tu préviens les parents.

— D'accord.

En dépit de leur évidente déception, les Mallory se rendirent à ses raisons.

Il s'approcha ensuite du matelas pneumatique où les rangers avaient allongé l'enfant, qui transpirait à grosses gouttes.

— Écoute-moi, Kevin. J'aurais beaucoup aimé que tu rentres sur le dos de Henry, mais ce n'est pas prudent. Tu as un peu de fièvre, tes poumons sifflent, et tu me sembles un peu fatigué. Je sais que ça te rend malheureux, mais je dois te ramener très vite, et on ne peut pas forcer cette pauvre bête à courir tout le long jusqu'à l'hôtel !

L'enfant détourna la tête comme s'il ne le voyait pas.

— Alors j'ai pensé à un moyen de transport plus rapide qui pourrait t'amuser.

Kevin, qui retenait visiblement ses larmes, ne réagit pas davantage.

— Tu as déjà volé en hélicoptère ?

Cette fois, il le regarda d'un air intrigué.

— Non, pourquoi ?

— Parce que c'est fantastique. Mais ce qui sera encore plus génial, c'est la façon dont tu vas y monter.

Il leva la tête et observa l'appareil qui se positionnait au-dessus d'eux.

— Tu le vois, là-haut ?

— Hum...

— Et tu vois autour de nous un endroit plat où il pourrait atterrir ? Moi, non.

Enfin, une étincelle d'intérêt s'alluma dans les yeux de l'enfant.

— Alors, on va me faire monter jusqu'à lui ? Mais comment ?

— Facile ! Le père et le frère de Cruz, le pilote, vont larguer une nacelle qui est amarrée à l'intérieur de l'hélico. Quand elle touchera le sol, nous t'installerons dedans, puis ils te hisseront jusqu'à ce que tu sois à leur hauteur. Ensuite, ils te récupéreront pour te faire entrer.

— Vous voulez dire que je serai suspendu en l'air ?

— Exactement. Tu verras tout le canyon d'en haut. Je vais m'attacher et t'accompagner pour que tu n'aies pas peur.

Le visage de Kevin rosit d'excitation.

Carter s'en réjouit. C'était ce qu'il avait prévu : il lui procurait une nouvelle aventure, une nouvelle occasion de contourner son handicap.

— Peur, moi ? Docteur, laissez-moi le faire, s'il vous plaît ! Ce sera comme si je volais !

— D'accord, je fais signe à Cruz qu'il me lance un harnais, et nous partons.

Il se tourna vers les Mallory qui semblaient toujours aussi désolés.

— Ne vous inquiétez pas. Kevin veut de l'aventure, il va en avoir. Et une fois qu'il sera à bord, nous l'emmènerons à l'hôpital le plus proche.

Une nacelle orange se mit à flotter dans le ciel, surveillée par les passagers de l'hélicoptère en vol géostationnaire. Après son atterrissage, Carter et les rangers transférèrent l'enfant à l'intérieur, et Sloane fut chargée de la communication radio.

— À quel hôpital faut-il aller ? lui demanda Cruz dans les écouteurs.

— Celui que vous jugez le mieux équipé.

— Salt Lake City, alors. Je les préviens. Sloane... Comment va-t-il ?

— Kevin ? Pas très bien, mais il est ravi.

— C'est déjà ça, mais je parlais de Carter.

Surprise, elle se tourna vers l'intéressé qui s'attachait dans le harnais avec une aisance incroyable, comme s'il le faisait tous les jours.

— Très bien ! Il y a longtemps que je ne l'avais pas vu ainsi.

— C'est l'effet Forgeburn, croyez-moi. Cet endroit est bon pour les âmes lasses.

— Possible, en effet. Bon voyage, Cruz !

Elle coupa la communication et s'avança vers Carter.

— Cruz prévient l'hôpital de Salt Lake City, il est prêt à vous remonter.

— Tu entends, Kevin ?

— Oui. Je peux avoir un peu d'eau ? Ma gorge est serrée...

Ils échangèrent un regard inquiet.

— C'est le trac, dit enfin Carter. Dès que tu auras décollé tu te sentiras mieux.

Tandis que Sloane donnait à boire au petit garçon, Carter vérifia les fixations de la nacelle et de son harnais. Puis il fit signe à Cruz, et en un clin d'œil ils furent soulevés du sol. Peu après, elle vit les deux passagers hisser Kevin dans la cabine, puis aider Carter à entrer.

Elle poussa un soupir de soulagement et regarda Mme Mallory qui s'approchait.

— J'ai entendu dire que le Dr Holmes souffrait de troubles post-traumatiques, c'est vrai ?

— En effet.

— Et, malgré ça, il a le droit d'exercer ?

Elle ne put réprimer un sourire de fierté.

— Comme vous le voyez. Et le résultat est concluant, vous ne trouvez pas ?

— Oh si ! Je n'en reviens pas de ce qu'il a fait pour notre fils. Quelle chance que nous soyons tombés sur lui ! Ce genre d'aventure peut paraître risqué, mais Kevin a une telle soif d'expériences...

Sa voix s'étrangla.

— Nous nous efforçons de le satisfaire, et ce n'est pas facile. Il a tant de projets, pour un temps si court...

Elle leva vers elle des yeux embués et hésita un instant avant de poursuivre.

— J'espère que le Dr Holmes gardera le contact avec lui, il en serait si content !

— N'ayez crainte, madame, il le fera.

Sloane était sincère. Elle n'en doutait pas une seconde, le nouveau Carter qu'elle découvrait peu à peu était prêt à rester en contact avec son petit patient.

10

Sloane s'éveilla en milieu de matinée, contrairement à son habitude. Sans doute parce qu'elle avait veillé tard la veille, mais aussi du fait que, ici, elle se sentait plus détendue qu'elle ne l'avait jamais été.

Sa première pensée fut pour Carter, qu'elle n'avait pas revu. Il lui avait envoyé un texto pour l'informer qu'il restait à l'hôpital aussi longtemps que Kevin aurait besoin de lui et qu'il serait de retour ce matin.

Il devait être déjà au travail…

En le voyant balancer au bout de son harnais, elle l'avait trouvé très maître de lui. Encore un motif de fierté. En outre, la petite troupe qui les avait accompagnés jusqu'à l'entrée de la piste était venue les encourager et, tandis que les Mallory partaient rejoindre leur fils, d'autres gens s'étaient peu à peu joints à eux pour attendre des nouvelles. Le premier rapport, plutôt rassurant, était arrivé tard dans la nuit.

Elle aurait tant aimé qu'il voie l'admiration que tout le monde lui témoignait !

Décidément, elle avait de plus en plus de mal à se le figurer en train d'opérer de nouveau dans un grand hôpital. Forgeburn paraissait lui correspondre si bien…

En était-il conscient ? Elle l'espérait, car elle ne souhaitait que son bonheur.

Son téléphone sonna. C'était lui.

— Sloane ? Tu es levée ?

— À peine. Hier soir, je suis restée avec les gens qui ont veillé pour avoir des nouvelles.

— Hum, je vois. Mais si tu es en forme et prête pour une autre petite aventure, je dois me rendre à une cinquantaine de kilomètres d'ici sur un parcours assez difficile. Le guide d'un groupe de randonneurs, un certain Kip, a brusquement perdu connaissance. Il paraît qu'il va mieux, mais il est désorienté et incapable de ramener ses ouailles. Le type que j'ai eu au bout du fil m'a semblé un peu affolé, et j'ai pensé que, pendant que l'un de nous deux s'occupait de Kip, l'autre pourrait raccompagner les autres jusqu'à leur hôtel. Ça te dit ?

— Tu sais pourquoi il a perdu connaissance ?

— Il paraît qu'il avait pas mal bu hier. Avec la marche, le soleil et la chaleur, il y a de fortes chances qu'il soit déshydraté. J'ai conseillé au gars qui m'a contacté de lui donner le plus d'eau possible. J'espère que, à notre arrivée, il sera déjà un peu retapé.

Elle ouvrit le robinet de la douche et vérifia la température de l'eau.

— Ce genre de sauvetage fait partie de ton travail ?

— Mais tout fait partie de mon travail ! Matt m'avait prévenu que ça serait très diversifié. Il adore ça et, s'il m'a embauché, c'était pour consacrer plus de temps à sa famille... Ce qui l'excite dans la vie, c'est de passer de la recherche d'un cow-boy blessé au milieu du désert à un accouchement dans un endroit impossible.

— Toi aussi, on dirait.

— C'est vrai. Et ce qui m'emballe par-dessus tout, c'est de ne plus travailler à l'hôpital. Je suis en train d'en prendre conscience.

Il semblait si enthousiaste ! Difficile de croire que c'était le même homme que quelques mois plus tôt.

— Eh bien, tant mieux ! Écoute, le temps de me doucher, et je te retrouve dans le parking, d'accord ?

— OK.

— On part à moto ?

— À pied, ça me paraît difficile !

Elle ne put s'empêcher de frissonner à l'idée de se retrouver collée contre lui sur l'engin, mais elle décida d'ignorer cette réaction. Ce n'était plus à l'ordre du jour.

— Parfait. À tout à l'heure.

Elle s'habilla en hâte et, quand elle sortit de sa chambre, elle trouva Carter adossé au mur du couloir, en train de tenir les reins.

— Toi, tu as mal au dos ?

— Hum, depuis quelques jours. Rien de bien méchant, à mon avis.

Mais son visage crispé témoignait qu'il souffrait plus qu'il ne voulait l'avouer.

— Et tu pars quand même dans le désert à moto ?

— Je te répète que ce n'est pas grave.

— Quand as-tu vu un médecin pour la dernière fois, Carter ? Ne devais-tu pas passer une visite de contrôle tous les mois ?

— Tout va bien, Sloane ! rétorqua-t-il avec un rien de brusquerie. Je suis juste un peu rouillé, je n'avais pas été aussi actif depuis pas mal de temps.

Elle n'était pas convaincue. Mais à quoi bon insister, puisqu'il ne tenait visiblement pas à ce qu'elle s'en mêle ?

Elle prit le sac à dos qu'elle avait rempli de matériel médical et s'avança vers les ascenseurs.

— Sloane... Je dois te paraître un peu sec, mais je ne veux pas discuter non plus de ma condition physique.

Elle s'arrêta et croisa son regard.

— Ce ne serait pas un drame que tu cesses de foncer tête baissée sans t'interroger sur ta santé. Surtout si tu as l'intention de rester à Forgeburn.

— En effet, j'y songe. Tant de choses dépendent de la réussite de ma thérapie que je m'interdis tout projet, mais je dois reconnaître que je me sens bien ici.

Dans la cabine, il se plaça le plus loin possible d'elle.

— Pour un type qui a été habitué à tout planifier, c'est difficile de vivre sans songer au lendemain... Je m'y efforce, mais pas toujours avec succès.

— Que veux-tu dire ?

Son visage se crispa, et il s'adossa à la paroi.

— Je me dis que j'aimerais bien revenir à la fin de ma thérapie, reprendre une partie de la clientèle de Matt, peut-être en la lui rachetant... Et, une fois que je serai installé, mettre en place un programme inspiré du Recovery Project, mais avec des chevaux. Tout le monde possède un cheval ici, et les chevaux sauvages ne manquent pas. J'ai entendu parler de centres thérapeutiques où on apprend aux patients à s'en occuper et à les monter. Alors, pourquoi ne pas créer un centre de ce genre à Forgeburn ?

Elle ouvrit de grands yeux.

— Eh bien, pour quelqu'un qui ne se projette pas dans l'avenir... Je trouve ton idée excellente, à condition que tu engages du personnel pour t'aider.

Qu'il ait retrouvé le désir d'aider les autres lui faisait chaud au cœur, mais elle n'en montrerait rien. Autant rester prudente, éviter de lui donner des conseils ou de s'investir dans ses projets. Pour le moment.

Jusqu'à quand, mystère. Elle qui était venue tourner la page, elle s'en sentait loin à présent. La situation s'était inversée : il paraissait plus lucide qu'elle...

— J'espère sincèrement que tu réussiras.

Carter ne répondit rien.

Elle s'approcha des portes de l'ascenseur et, quand celles-ci s'ouvrirent, elle sortit la première et marcha devant sans ajouter un mot.

Elle brûlait d'envie de lui demander s'il lui réservait une place quelconque dans ses projets, mais à quoi bon ? Elle était certaine qu'elle n'obtiendrait pas de réponse.

Leurs vies prenaient deux directions distinctes. Dans quelques jours elle serait rentrée à Los Angeles et retrouverait son poste de chirurgien au Manning, alors que son avenir à lui était grand ouvert. Elle ne le voyait pas se plier de nouveau à la routine, aux horaires, aux suivis d'intervention. C'était ici qu'il trouvait ce qu'il désirait. Elle ne l'aurait jamais imaginé, et peut-être lui non plus, mais il lui semblait chaque jour plus satisfait et focalisé sur des buts altruistes.

En un sens, elle l'enviait...

— Donc, nous devons faire cinquante kilomètres pour donner de l'eau à cet ivrogne qui a la gueule de bois ? Et si entre-temps tu avais un vrai patient qui avait besoin de tes talents ?

Il monta sur la moto et l'aida à grimper à l'arrière.

— C'est à moi de choisir. Et j'ai l'impression que les gens me font confiance.

— Je ne doute pas de ta compétence, Carter. Personne n'en a jamais douté.

— Tu n'écoutais pas, c'est tout. Certains me critiquaient, et à haute voix encore. Et ils ne m'auraient plus lâché quelle que soit mon attitude.

— Tout était dans ta tête.

— Peut-être. Mais c'est terrible quand ton propre esprit se retourne contre toi.

— Ce n'est plus le cas.

Elle attacha son casque et, au moment où elle lui enlaçait la taille, remarqua qu'il se déplaçait légèrement sur le côté.

— Je te fais mal ?

— Non, pas du tout. Je m'installe mieux.

Ils roulèrent en silence pendant une demi-heure avant d'atteindre le lieu de rendez-vous, au pied d'un rocher caractéristique.

L'endroit était désert.

— On a perdu notre patient, on dirait.

— Ainsi que ses excursionnistes...

Carter appela l'hôtel où logeait le groupe et raccrocha.

— Ils sont rentrés seuls, et ils affirment qu'ils ont bien laissé Kip assis sur ce rocher.

— Il a peut-être essayé de s'avancer, lui aussi ?

Carter poussa un soupir exaspéré et s'assit sur le rocher.

— Selon le réceptionniste, il n'était pas en état de marcher.

Il semblait épuisé, lui aussi. Il avait sans doute besoin d'une bonne sieste.

— Alors, que fait-on ? Si tu veux mon avis en tant que médecin, je te conseille de prévenir les rangers et de rentrer chez toi te reposer. Pardon d'insister, mais tu n'as pas l'air dans ton assiette.

Elle lui saisit le poignet pour prendre son pouls, qui était tout à fait régulier.

Carter eut un sourire malicieux.

— Tu veux vérifier d'autres parties de moi ? Tu sais que je ne suis pas spécialement pudique quand c'est toi qui m'examines !

L'ancien Carter…

Elle éprouva un léger frisson et rougit en repensant aux nombreux moments où elle avait cédé à sa persuasion.

Elle rit.

— Bien sûr, surtout au milieu du désert où tout le monde peut nous voir !

— Regarde autour de toi, il n'y a pas même un lézard pour nous surprendre !

Elle regretta d'avoir choisi ce T-shirt moulant qui ne laissait rien à l'imagination. D'autant qu'elle ne portait pas de soutien-gorge.

Elle s'assit à côté de lui, croisa les bras sur sa poitrine et se pencha en avant.

— Inutile de te cacher, Sloane ! Je te connais par cœur, et j'ai toujours aimé cet aspect de notre relation. Sauf qu'elle est terminée. Mais j'ai des souvenirs…

Il tendit le bras et lui caressa la clavicule du bout du doigt.

— D'excellents souvenirs.

Elle devrait se dégager, mais elle aimait tant qu'il la touche, qu'il la… C'était si bon !

— Crois-tu que nous nous entendions bien ? Nous étions ensemble depuis pas mal de temps, mais maintenant je me demande s'il existait entre nous d'autre chose qu'une attirance physique.

Il retira sa main.

— Tu es sérieuse ? Tu penses vraiment que c'était le seul truc qui nous liait ?

— En ce moment je remets tout en question. Ça m'est difficile de retrouver notre relation d'autrefois. Il me semblait que nous étions complices sur tous les plans… Mais, bon sang, qu'est-ce que je représentais pour toi pour que tu m'aies caché ce que tu éprouvais ? Pour que tu ne m'aies pas dit que ça t'exaspérait que j'essaie de te soigner sans te consulter ? Que tu avais surtout besoin de respirer et d'être encouragé ?

Elle remarqua ses mains tremblantes.

Allait-elle trop loin ? Était-il sur le point d'avoir une crise ?

— Je ne sais pas quoi te répondre, j'ai toujours pensé que nous nous allions bien ensemble...

— Moi aussi, mais *assez* bien, tu crois ? Nous étions presque mariés quand tu es parti. Ma robe est toujours dans la penderie.

Carter essuya la sueur de son visage et observa ses mains un instant.

— À ce moment-là, c'était différent. Ça m'a tué que tu tentes de m'aider à toute force en sachant que c'était voué à l'échec. Franchement, quand je t'ai quittée, je ne pensais plus qu'à moi. Je détestais te voir pleurer, tu pleurais de plus en plus souvent, et je refusais d'en assumer la responsabilité. Je ne voulais même pas être responsable de moi-même.

Son visage se crispa, il s'essuya à nouveau le front et enfonça les mains dans ses poches.

— Carter... Il se passe quelque chose que tu ne me dis pas ?

Son inquiétude allait croissant. Elle reconnaissait les symptômes physiques de l'approche de la crise : sueur, mains tremblantes, souffle court, agitation...

Comme pour le confirmer, il sauta sur ses pieds et se mit à faire les cent pas.

— Non, tout va bien.

C'était faux, à l'évidence. Ils régressaient. Il la tenait à l'écart, il refusait qu'elle sache.

— Carter, nous devrions appeler les rangers pour leur demander de rechercher ce Kip et rentrer.

Il se rapprocha, cessa de marcher et lui jeta un regard étrange, comme s'il voyait à travers elle.

— Sloane, je...

Il se tut, chercha l'air et se mordit la lèvre.

— Je ne vais pas bien du tout...

Et il s'écroula dans ses bras.

Le cœur battant la chamade, elle le fit allonger au sol et prit le pouls de la carotide.

Très faible. Cela ne ressemblait pas à une crise d'angoisse...

— Carter, tu m'entends ?

Elle sortit son stéthoscope et l'ausculta, puis mesura la tension, qu'elle trouva normale. Mais ses chevilles étaient légèrement enflées et sa respiration laborieuse.

Elle se souvint de son mouvement tout à l'heure quand elle était montée à moto : il n'avait pas voulu le dire, mais il avait mal au dos. Puis d'autres détails lui revinrent : ses tremblements, son irritabilité soudaine. Elle passa les symptômes en revue, et tout à coup la réalité lui apparut : son unique rein ne fonctionnait plus.

Carter était mourant. Sans être spécialiste, elle savait qu'il avait besoin d'être dialysé au plus vite, ou les toxines le tueraient.

— Bon sang ! Carter !

Elle sortit son portable et composa le numéro de Cruz.

— Reste avec moi, Carter ! Nous allons te tirer de là, c'est ton rein qui pose problème.

Enfin, elle entendit la voix de Cruz dans le téléphone.

— Sloane ? Il paraît que vous avez un guide à moitié soul perdu dans la nature ?

— Il ne s'agit pas de ça, mais d'une insuffisance rénale grave.

— Ah, on m'aura mal renseigné...

— Rien à voir avec ce Kip, Cruz. C'est Carter.

— Quoi ?

— Il est déjà inconscient, il faut l'emmener d'urgence à l'hôpital. Pouvez-vous venir nous chercher ?

— Je serai là dans dix minutes.

Dix minutes qui seraient les plus longues de sa vie...

Elle s'assit au milieu de la piste poussiéreuse, posa la tête de Carter sur les genoux, et se mit à parler comme s'il pouvait l'entendre.

— Je comprends que tu aies négligé de t'occuper de ta santé. Tu livrais une grande bataille, c'était un obstacle de plus sur ta route. Mais, bon sang, c'était une question de vie ou de mort !

Elle souleva sa main inerte et l'embrassa.

— Comment as-tu pu te faire ça, nous faire ça ?

Les larmes menaçaient. Des larmes de chagrin et de peur, car l'homme qu'elle aimait depuis six ans risquait de mourir dans ses bras.

Elle s'installa mieux pour l'abriter du soleil.

— Mais je ne te laisserai pas mourir.

Quelle prétention. Comme si elle contrôlait la situation !

— Nous avons été trop loin pour que ça finisse ainsi. Je t'ai aimé si longtemps, si fort ! À présent, je peux te l'avouer, je t'aime toujours, Carter. Et d'ailleurs, je suis presque certaine que tu m'aimes aussi.

Du bas de son T-shirt, elle essuya son front en sueur.

— J'ignore si nous pouvons arranger les choses, mais je veux essayer. Pour toi et pour moi.

Elle leva la tête pour guetter Cruz, mais le ciel était vide...

— Et si ça implique que je doive m'installer à Forgeburn et devenir généraliste, je le ferai. Je suis amoureuse de toi, je rêve de partager à nouveau ta vie. Je veux que nous formions à nouveau un couple. Tu m'entends ?

Bien entendu, aucune réponse.

Elle mesura les constantes sans remarquer de changement significatif.

— Je n'ai sans doute pas été assez courageuse, ou alors trop autoritaire... Mais je t'aimais.

Ses yeux la brûlaient et sa voix tremblait de plus en plus, mais ce n'était pas le moment de perdre son sang-froid. Pour lui sauver la vie, il n'existait qu'un moyen. Et peu importe qu'il l'approuve ou non. Au moins, il serait encore vivant pour le lui reprocher.

— Voilà mon plan, Carter : Cruz va nous emmener à l'hôpital, et nous allons affronter ensemble la situation. Je ne peux pas te laisser mourir, je veux savoir si tu m'aimes encore.

Elle écarta ses cheveux humides de son visage.

— Je crois avoir une solution, la seule dont nous disposions. Pour moi, c'est tout ou rien, et je veux tout.

Le bruit lointain d'une moto la fit sursauter, et elle vit bientôt Matt s'arrêter non loin deux et s'approcher en courant.

— Cruz m'a prévenu. Il a été retardé, et comme j'étais déjà dans le secteur...

Elle se redressa.

— Perfusion, Matt, dit-elle avec autorité.

Elle avait un patient à sauver. Le patient le plus important de sa vie.

Carter ouvrit les yeux sur un plafond blanc. Il le fixa un instant et cligna des paupières pour voir s'il disparaissait.

Mais non, c'était un vrai plafond... Il lui fallut encore un certain temps pour tourner la tête et s'apercevoir qu'il était relié à une perfusion. Il avisa aussi près du lit un ventilateur au repos et deux moniteurs, un qui surveillait la tension et l'autre le rythme cardiaque. En se tordant un peu pour en voir davantage, il éprouva une violente douleur au flanc. Il reprit son mouvement plus lentement et constata que le lit proche du sien était également occupé.

— Où sommes-nous ? demanda-t-il.

La silhouette se redressa.

— À Salt Lake City, Carter.

Sloane !

Il était si heureux d'entendre sa voix que, s'il l'avait pu, il aurait bondi de son lit pour sauter dans le sien.

— C'est toi ? Mais que faisons-nous ici ?

— Tu as perdu conscience, ton rein avait cessé de fonctionner. D'ailleurs, tu faisais de l'urémie depuis un moment, tu aurais dû reconnaître les symptômes ! Les douleurs dans le dos, le manque d'appétit, la fatigue constante...

— Hum. Donc on m'a dialysé ?

— C'était trop tard, Carter. On... On s'est occupé de ton rein.

— Qu'est-ce que ça veut dire « occupé » ? On m'a opéré ? Sérieusement, qu'est-ce qu'on m'a fait ?

— Navrée, c'était la seule solution. Ils n'ont pas pu le sauver, avec tout ce que tu as bu l'année dernière.

Sa poitrine était prise dans un étau et ses tempes battaient. Il était si las, il souffrait tant... Comment accepter ce qu'impliquaient ces mots ? S'il était condamné à trois dialyses hebdomadaires, il ne pourrait pas terminer sa thérapie. Il devrait vivre près d'un centre de dialyse et faire une croix sur sa carrière, sur tout ce qu'il avait eu tant de mal à retrouver...

— Parfait. J'ajoute ça à ma liste : plus de rate, plus aucun rein. Et l'impossibilité de découvrir un jour ce qui déclenche mes crises et comment y remédier. Dans ce cas, à quoi bon continuer à vivre ?

— Tu as raison, à quoi bon être si apprécié à Forgeburn que les gens se sont cotisés pour t'acheter une maison ? Tu es aimé ici, Carter. Tu es un chic type, un médecin compétent, et ils veulent te garder.

— Eh bien, demande-leur d'échanger ce merveilleux cadeau contre un appareil de dialyse, parce que, ça, c'est un truc dont je vais avoir besoin toute ma vie.

— C'est à toi de choisir.

— Parce que j'ai le choix ?

— Tu peux prendre soin du rein qu'on t'a greffé en menant une vie saine.

— Que dis-tu ? On m'a greffé un rein ?

À présent qu'il voyait un peu mieux, il observa Sloane.

— Mais comment est-ce possible ? Je n'étais même pas inscrit sur la liste !

— Un donneur compatible s'est présenté.

— Comme par miracle ? Et il a sacrifié l'un de ses reins pour moi par bonté d'âme ?

— Un truc de ce genre, oui.

Il ne comprenait plus. D'accord, on peut vivre avec un rein à condition d'être en parfaite santé, mais en général les gens préfèrent garder le second...

— Comment se fait-il que je n'aie pas été consulté ?

— Tu étais inconscient de toute façon. Tu te souviens que tu m'avais donné procuration pour ce genre de choses quand tu t'es engagé dans l'armée ? C'est moi qui ai signé l'autorisation d'opérer. Il y avait un rein disponible, et ton état te mettait en tête de liste.

Les médecins l'avaient prévenu que, au cas où son rein serait défaillant dans l'avenir, il lui faudrait une transplantation. En tant que chirurgien il n'ignorait rien du processus, mais il n'y avait jamais vraiment réfléchi... Devant le fait accompli, il ne savait plus que penser.

— On a des renseignements sur ce donneur ?

— Oui. C'est une femme, à peu près de ton âge.

Il déglutit.

— Et la compatibilité ?

— Groupe sanguin, cross-match et typage HLA parfaits. C'est assez rare, tu as eu de la chance. On n'aurait pas pu trouver mieux.

— Quand m'a-t-on opéré ?

— Hier soir, peu après ton arrivée. L'intervention a duré un peu plus longtemps que prévu parce qu'il y avait une hémorragie interne. Tu as passé la nuit aux soins intensifs, et on t'a amené ici ce matin. Tes constantes sont stables, tout va bien.

— Et toi, il y a longtemps que tu es ici ?

— Depuis que je t'ai accompagné dans l'hélico, je n'ai pas bougé de cet hôpital.

— Tu n'étais pas obligée de rester, je t'ai gâché tes derniers jours de vacances...

— Euh... Les médecins ne m'ont pas laissée partir. Ça a été un peu difficile de les persuader de nous mettre dans la même chambre, mais quand j'ai précisé que nous avions vécu six ans ensemble, ils ont cédé. Et puisque je te donnais mon rein...

— Quoi ? Tu peux répéter ?

— Après ton opération en Allemagne, les spécialistes ne m'ont pas caché que ton second rein aurait une durée de vie limitée. J'ai donc demandé à passer des examens pour savoir si je serais un donneur compatible.

— Pourquoi ne m'as-tu rien dit ?

— J'en avais l'intention mais, quand tu es rentré, notre

relation s'est tellement détériorée que ce n'était jamais le bon moment. Et aussi... Je pense que j'avais peur que tu ne changes d'attitude vis-à-vis de moi si tu le savais.

— Hum. Mais je comprends mal que, après tout ce que je t'ai fait endurer, tu te sois sacrifiée pour moi.

— L'amour est plus grand qu'une maladie, Carter. On ne cesse pas d'aimer quelqu'un parce qu'il est malade. Je t'aime depuis le premier jour, et je n'ai jamais cessé de t'aimer. Nous nous sommes fourvoyés une fois, mais je suis convaincue que ça peut s'arranger. Nous avons manqué de confiance l'un envers l'autre : toi en ne m'expliquant pas le véritable motif de ton départ en Afghanistan, et moi en te cachant que je pouvais te donner un rein. Maintenant que nous avons découvert la vérité, cela nous aidera à mieux nous comprendre, tu ne crois pas ?

— Si, je l'espère... Tout de même, Sloane, un rein, ce n'est pas rien.

Elle eut un léger sourire.

— Pour une fois que je savais quoi t'offrir pour ton anniversaire...

— Ne plaisante pas. Sais-tu exactement de quoi tu t'es privée et ce que ça signifie pour toi ?

— En termes de guérison, quelques semaines.

— Je parle de ta vie, bon sang ! Tu te rends compte que...

Mais une voix l'empêcha de terminer sa phrase.

— Imbécile, tu ne comprends pas qu'elle t'aime plus qu'elle-même ?

Matt se tenait sur le seuil.

— Tu peux me croire, Carter, j'ai essayé de la dissuader, mais elle est têtue. Pas moyen de la faire changer d'avis. Son père n'a pas eu plus de succès que moi, d'ailleurs.

— Il est là, lui aussi ?

— À l'hôtel pour l'instant, mais il ne devrait pas tarder.

Matt tira une chaise et s'assit entre les deux lits.

— Je n'ai pas trop de temps, Cruz repart bientôt. Écoutez-moi bien : Sloane, si tu veux t'accrocher à ce type qui t'a fait vivre un enfer, ça te regarde. Et toi, Carter, tu es un abruti, et encore, je suis gentil. Tu as quitté ce que tu avais de mieux au monde. Vous savez que je vous aime tous les deux, alors faites un effort. Si Carter doit rester ici pour s'occuper de ses patients — et Dieu sait qu'on le réclame à grands cris —, ça implique que Sloane reste aussi le temps de régler vos problèmes. Et toi, Carter, écoute-la. Voilà, j'ai terminé.

Il se leva, se dirigea vers la porte et se retourna en souriant.

— Ellie vous a préparé la *casita* que nous avons pour les amis. Quand vous sortirez d'ici, nous espérons vous garder avec nous en convalescence jusqu'à votre complet rétablissement. Et Carter, n'oublie pas que tu me dois une balade à moto dans les canyons !

Sur ce, il sortit.

Lorsqu'ils furent seuls, Carter regarda Sloane.

— Ton père ne devrait-il pas être arrivé ?

— Si. Du moins, c'était convenu...

Il fit rouler sa tête sur l'oreiller, le seul geste qu'il pouvait se permettre.

— Je soupçonne Matt de l'avoir détourné en route dans le but de nous laisser seuls.

— Tu as raison, c'est fort possible.

Elle poussa un soupir.

— Et maintenant, je ne sais plus par où commencer...

— C'est le moment où nous sommes censés nous embrasser en nous assurant mutuellement que l'avenir sera radieux ? Je ne le crois pas, Sloane. Même si cette greffe me permet de retrouver toute ma vitalité, le véritable problème est ailleurs.

— C'est-à-dire ?

— Que je ne suis pas guéri pour autant de mon stress post-traumatique. Comme l'a dit Matt, je t'ai fait vivre un enfer. Je te voyais encaisser les coups et te préparer aux suivants, et ça devenait insupportable. Je ne suis pas parti parce que je ne t'aimais plus, mais parce que je t'aimais plus que ma vie, Sloane. Et j'ai si peur de te faire souffrir encore...

— Oh ! Carter... Tu es en train de t'en sortir. J'ai appelé tes psys pour les mettre au courant de ce qui t'arrivait. Ils sont très optimistes à ton sujet. Ils te gardent la place pour la deuxième partie du programme jusqu'à ce que tu sois rétabli de ton opération.

— Merci, Sloane. Pour tout ce que tu as fait.

— C'est ce qu'on fait pour l'homme de sa vie. Même les derniers temps, tu l'es resté. Je savais que l'homme dont j'étais tombée amoureuse se cachait au fond de toi, et je croyais en lui.

Elle soupira.

— Comment en sommes-nous arrivés à nous méfier l'un de l'autre ? Tu te rappelles la dernière nuit avant ton départ pour l'Afghanistan ? Nous nous sommes promis que rien ne nous séparerait quoi qu'il arrive, que je t'attendrais et que tu me reviendrais. Mais tu ne m'es jamais revenu.

— C'est difficile de se perdre soi-même, tu sais. Et encore plus d'avoir des moments de lucidité qu'on est incapable de faire durer.

— Si tu m'en avais parlé avant...

— J'étais dans le déni, je voulais à toute force redevenir celui que j'étais. Et pour ne pas en rajouter, je ne parlais pas de mes problèmes. Je t'ai menti comme je me suis menti à moi-même.

Il soupira.

— Maintenant, il me semble que je suis fichu. J'ai tant d'obstacles à surmonter que je crains d'échouer ou de retourner sur la mauvaise pente...

Sloane sentit ses larmes jaillir et resta un instant silencieuse. Ils avaient peur tous les deux, mais peut-être était-ce une épreuve destinée à prouver que l'amour peut remporter des victoires ? Et son amour à elle, au moins, avait gagné cette bataille.

— Carter, nous sommes plus forts ensemble que chacun de son côté. J'ai lu beaucoup de choses sur le sujet, mais on ne mentionne cela dans aucune thérapie. On expose toujours les conséquences négatives du stress post-traumatique sans jamais suggérer ce qui pourrait être positif. Moi, je suis certaine que, ensemble, nous pouvons gagner.

Elle ferma sa perfusion, ôta le cathéter de son bras, se glissa de son lit à celui de Carter. Ils étaient à l'étroit, mais elle soupira d'aise en retrouvant sa chaleur.

— Je ne voudrais pas te faire mal, murmura-t-elle.

D'un signe de tête, il montra sa poche à perfusion.

— Comme d'habitude, je suis protégé. Toi non.

— Tu m'aimes ?

— Bien sûr que je t'aime. Depuis toujours.

— Tu as confiance en moi ?

— Depuis toujours.

— Tu prendras soin de moi ?

— Je m'y suis toujours efforcé, et je continuerai.

— Alors, je suis protégée.

Elle se pencha et lui effleura les lèvres d'un baiser.

— De toute façon j'ai pas mal investi en toi hier. Je tiens à rester près de toi pour voir si mon investissement est valable.

— Sloane, pourquoi as-tu fait ça ?

— Ne l'aurais-tu pas fait aussi ?

— Je donnerais ma vie pour toi.

— Moi aussi. Mais tu n'avais besoin que d'un rein, c'était plus facile.

Elle était sincère. Elle avait pris la décision à l'instant même où elle avait posé le diagnostic, sans hésitation, sans peur. Pour survivre, l'homme qu'elle aimait avait besoin d'un organe qu'elle pouvait lui donner. Point final.

— Je commence à me rappeler pourquoi j'ai eu le coup de foudre pour toi.

— Parce que je suis une voyante extralucide. Il peut m'arriver de me tromper, mais je devine juste la plupart du temps.

— Un exemple ?

— Toi et moi, nous sommes faits l'un pour l'autre, et nous resterons ensemble.

— Même à Forgeburn ?

— Surtout à Forgeburn.

Épilogue

Sloane se blottit dans les bras de Carter sur la balancelle du porche.

Ils disposaient d'un petit logement pour eux seuls, assez séparé du bâtiment principal pour qu'ils se sentent dans un monde à eux. Ce soir, le couchant était particulièrement splendide : rose sur les montagnes et bleu nuit au-dessus d'eux, et le silence était percé par le lent cri d'un faucon qui chassait.

— Ces montagnes vont me manquer. C'est si paisible ici. Et tous ces bébés ours…

Carter s'esclaffa.

— On dirait que tu as envie de pouponner !

— Eh bien, je ne rajeunis pas…

— Rien ne nous empêche de nous écarter un peu du schéma général. Moi aussi, j'aimerais fonder une famille…

— Mais, en plus du cabinet médical, nous avons posé la première pierre de l'hôpital, et tu as obtenu les autorisations pour ouvrir ton centre hippique thérapeutique. Où trouverons-nous le temps d'élever un enfant ?

Il haussa les épaules.

— Nous nous débrouillerons bien ! Au fait, tu crois que ça te plaira d'être généraliste ? Je te rappelle que le monde perd avec toi un de ses meilleurs chirurgiens cardiaques.

— Bof… Je n'ai pratiquement pas mis les pieds au Manning depuis six mois, et, que je sache, personne n'a remarqué mon absence.

Elle avait accompagné Carter dans le Tennessee pour la seconde partie de sa thérapie, en retournant de temps à autre à Los Angeles ou à Forgeburn pour organiser leur avenir ensemble. Chaque fois, son séjour était le plus bref possible, car ils supportaient difficilement d'être séparés. Ensuite, ils étaient retournés tous les deux à Forgeburn faire avancer les deux projets qui leur tenaient à cœur : créer un modeste hôpital dans cette ville qui en était privée, ainsi que le centre thérapeutique dont rêvait Carter.

Puis elle était repartie avec lui pour la dernière session du programme, sachant que, s'ils voulaient reconstruire une relation solide, elle y trouverait un soutien dont elle avait presque autant besoin que lui. Ils devaient se situer du même côté, livrer bataille ensemble, et surtout toujours savoir comment se sentait l'autre et ce qu'il éprouvait. Ce n'était pas facile, mais avec l'appui des psys du Recovery Project, ils étaient sur le point de réussir.

Carter la regarda d'un air amusé.

— Personne n'a remarqué ton absence ? Tu exagères ! Et ton père ?

— Je lui rends visite régulièrement, et il comprend très bien que je veuille vivre ma vie.

Carter avait achevé son programme, il était temps de retourner à la vie réelle, qui serait chaotique et imprévisible, mais sans nul doute aussi belle qu'ici.

Il rit.

— Une vie trépidante, surtout avec un bébé en plus !

Elle sourit.

— Au fait, le bébé, ce sera pour dans sept mois environ.

Carter en resta bouche bée.

— Mais alors... C'est vrai ?

Il lui souleva son T-shirt, et elle éclata de rire.

— Ça ne se voit pas encore, j'ai fait le test ce matin !

— Nous nous agrandissons dans tous les sens !

— Tu ne m'en veux pas de n'avoir pas respecté le plan général à la lettre ?

Il eut un large sourire et l'attira plus près.

— Euh… Je pense que j'ai une part de responsabilité aussi.

Elle se serra contre lui.

— En effet !

Elle était heureuse de le voir retrouver peu à peu sa sérénité. La prochaine partie de leur existence représenterait tout de même un défi, mais il ne serait pas seul pour lutter. En plus d'elle et de leur bébé, Matt et Ellie, Cruz et sa famille, et tous les habitants de Forgeburn seraient à ses côtés. Et si les troubles post-traumatiques tentaient de réapparaître, ils n'auraient pas le dernier mot : Carter avait la chance d'être aimé. Très aimé.

— Si c'est une fille, je lui donnerai le nom de notre première oursonne, Buttercup, et si c'est un garçon, celui de notre premier ourson, Napoleon.

— Tout à fait d'accord. Si nous dansions pour fêter ça ?

Il se leva et l'enlaça. Et là, sur un tapis d'aiguilles de pin, au sommet de la montagne, dans la lumière du couchant, il la fit tournoyer dans ses bras.

SUSANNE HAMPTON

Le rêve de Jessica

Traduction française de
CHARLINE McGREGOR

BLANCHE

HARLEQUIN

Titre original :
MENDING THE SINGLE DAD'S HEART

Ce roman a déjà été publié en 2019.

1

Jessica Ayers marqua une pause au sortir de l'avion, le temps d'ajuster l'énorme sac qui lui glissait de l'épaule.

L'atterrissage à l'aéroport d'Armidale avait été quelque peu secoué... Mais l'atterrissage était le cadet de ses soucis, sans compter que les secousses, c'était un peu une image de sa vie.

Prenant une profonde inspiration, elle tâcha de calmer l'anxiété qu'elle éprouvait toujours en arrivant dans un environnement non familier.

Changer constamment de lieu de vie et de travail était sa décision : nouvelle ville, nouveau commencement. Et dans six semaines, elle repartirait à nouveau de zéro. Mais cela n'empêchait pas la nervosité.

Les remplacements de courte durée en tant que pédiatre l'obligeaient à se déplacer un peu partout à travers l'Australie. Pas le temps de s'enraciner ni de s'installer vraiment confortablement où que ce soit. C'était comme ça qu'elle voulait vivre, car elle ne nourrissait plus de projets de long terme. Dans aucun domaine, et surtout pas personnel.

Profondément blessée et pleine de honte d'avoir aimé le mauvais homme, elle avait décidé que l'amour, ce n'était plus pour elle. Plus de liens, avec personne. Plus jamais elle ne retomberait amoureuse, ça n'apportait que de la peine. Elle ne se sentait pas en mesure de survivre à une autre déception, contrairement à sa meilleure amie.

Non, décidément, elle n'était pas une optimiste comme Cassey.

Elle leva les yeux vers le ciel chargé en cet après-midi d'hiver. Il était presque 17 heures. Les bourrasques se succédaient, et le soleil commençait à tomber sur cette froide journée.

Accrochée à la rampe, elle descendit avec précaution les marches humides avant de se diriger vers les chariots de bagages sous l'aile du petit avion.

Sa valise argentée étant aisément reconnaissable parmi les autres sacs, elle en saisit la poignée et, plongée dans ses pensées, s'éloigna rapidement sur le tarmac, évitant les flaques et luttant contre le vent féroce qui avait rendu l'atterrissage mouvementé.

Sa veste s'était ouverte, le froid transperçait son pull mince. De sa main libre, elle tenta d'écarter la mèche de cheveux poussée par le vent qui lui bloquait la vue.

Le froid d'Armidale contrastait avec les températures étouffantes qu'elle avait laissées derrière elle à Sydney. Qu'est-ce qu'il lui avait pris, le mois passé, d'accepter ce poste de remplaçante en pédiatrie à l'hôpital régional d'Armidale — et bien sûr, ironie du sort, pour couvrir la lune de miel du pédiatre en titre...

Comme toujours quand elle s'accordait une seconde d'auto-apitoiement, elle se ressaisit aussitôt.

Elle ne pouvait pas se permettre de s'effondrer, car il n'y aurait personne pour la ramasser. Elle n'avait qu'elle. Ses deux parents étaient décédés. Son père quand elle avait seize ans et sa mère il y avait trois ans. Fille unique, elle n'avait que des cousins et des amis, qui étaient tous soit en train de s'installer pour fonder une famille, soit partis voyager avant de se poser, justement. Elle-même n'avait pas de petit ami, et elle n'en aurait plus jamais. Le mariage n'était plus une option pour elle, contrairement à ce qu'elle avait cru par le passé. Bien qu'elle ait souvent rêvé devant les boutiques de robes blanches en dentelle et en satin, jamais elle ne remonterait vers l'autel d'une église où l'attendrait Tom, l'homme de ses rêves. C'était fini, tout ça. L'amour implique la confiance, or elle n'avait plus confiance dans les hommes. Ils mentaient, faisaient des promesses qu'ils ne pouvaient pas tenir et vous brisaient le cœur. Parfois, ils brisaient même plusieurs cœurs en même temps.

Elle tira sa valise vers le petit terminal. Celle-ci n'était pas très lourde, ses possessions les plus importantes étant dans son sac cabine qu'elle portait à l'épaule, pourtant elle tirait avec force. Sans doute un peu trop, comme le vent qui l'avait ballottée dehors.

Elle n'était plus aussi patiente que jadis, voilà tout. Sans rêves romantiques, elle devait faire au mieux avec ce qu'elle avait, à savoir six semaines de remplacement dans un hôpital de Nouvelle-Galles du Sud, dans une petite ville au milieu de la campagne.

D'ici à un jour ou deux, tout serait apaisé, elle se serait adaptée à son nouvel environnement. Comme toujours.

Elle s'adaptait sans toutefois rester assez longtemps pour se rapprocher de quiconque. Tel était son modus operandi depuis près d'un an. Hélas, cela devenait un peu plus difficile chaque fois, et elle devait bien admettre qu'elle se lassait de courir. La jeune doctoresse pleine de vie qu'elle était avant lui manquait, cette personne optimiste qui pensait avoir rencontré l'homme qui l'aimait autant qu'elle l'aimait.

Cela faisait douze mois, mais son cœur était encore engourdi, et son esprit encore vrillé par la honte d'avoir failli déchirer une famille dont elle ne savait rien. Elle ne parvenait toujours pas à comprendre ce qu'il s'était passé : était-elle la victime ? La coupable ?

Allez savoir. En revanche, elle était sûre d'une chose : elle devait continuer de bouger. Même si la déception la suivait partout. Cette déception vis-à-vis de l'homme qui l'avait trompée en trompant sa femme, mais aussi vis-à-vis d'elle-même et de sa capacité à juger autrui.

Elle ne se faisait plus confiance.

Le fait d'avoir joué le rôle involontaire de « l'autre femme » la déchirait. L'idée qu'elle aurait dû le deviner ne cessait de la hanter. En se remémorant les images de Tom lui faisant l'amour, elle en avait la nausée. Dire qu'il était marié, qu'il avait une femme et des enfants à la maison ! À chaque changement de ville, elle espérait que le nouveau décor et la distance lui permettraient d'oublier ou du moins d'accepter, puisqu'elle ne pouvait pas changer les événements.

Armidale lui tiendrait lieu d'étape, de lieu où se cacher du reste du monde jusqu'à ce qu'elle sache quoi faire de sa vie. En tout cas, pour elle il n'y aurait pas de conte de fées, que des regrets... Et l'espoir qu'un jour elle puisse se refaire confiance, même si elle doutait que cela arrive jamais.

Perdue dans ses sombres pensées, elle fonçait sans s'occuper des gens qui l'entouraient jusqu'à ce qu'un soubresaut de sa valise lui indique qu'elle avait roulé sur le pied de quelqu'un à l'entrée du terminal. Elle baissa les yeux et découvrit une paire de souliers vernis dont l'un portait la trace mouillée de sa roulette.

— Oh ! mon Dieu, pardon ! Je suis désolée, je... Je ne vous avais pas vu.

— Pas de souci. Je suis bien certain qu'il n'y a rien de cassé, lui répondit une voix grave qui la réconforta.

Elle leva les yeux vers un inconnu souriant et ne put s'empêcher de remarquer ses yeux d'un bleu vif qui lui tirèrent aussi un sourire.

Bizarre, en général se faire rouler sur le pied n'induisait pas ce genre de réaction guillerette. En fait, cet homme semblait irradier la joie, son bonheur était palpable.

Une histoire d'amour ? Avec son physique, son sourire, sa voix grave et ses traits réguliers, il devait avoir toutes les femmes à ses pieds... Mais quelle que soit sa piètre opinion actuelle de la gent masculine, il méritait des excuses.

— Non, vraiment, je suis navrée, j'aurais dû faire plus attention.

— Je vous assure, ça n'est rien du tout, insista-t-il sans se départir de ce sourire qui faisait scintiller ses pupilles comme deux saphirs sur sa peau légèrement hâlée.

Et sans un mot de plus, il s'éloigna, la laissant seule et stupéfaite, se demandant ce qu'il venait de se passer.

Très vite, cependant, elle se secoua pour revenir à la réalité.

Bon, d'accord, elle n'avait jamais vu de sourire aussi naturel et sincère de sa vie. Aussi beau non plus. Mais elle ne savait rien de cet homme qui lui avait coupé le souffle, excepté qu'il était séduisant et qu'il portait des chaussures élégantes, désormais marquées de l'empreinte de son pneu mouillé.

Pourquoi réagissait-elle ainsi à un parfait inconnu ? Ça n'avait pas de sens…

Pourtant, si, il y avait chez lui quelque chose de différent des autres hommes, elle ne saurait dire quoi. Et surtout, sa curiosité quant à la raison de ce bonheur éclatant restait frustrée. Voilà sans doute pourquoi elle lui accordait plus des trente secondes de dédain qu'elle octroyait généralement aux hommes.

L'appel des passagers en partance pour Sydney la ramena à la réalité.

Que cet homme soit heureux et pourquoi, ça ne la concernait en rien. Elle avait assez de soucis dans sa vie à elle sans se pencher sur celle des autres. D'abord, il fallait qu'elle récupère sa grosse valise, qu'elle sorte de l'aéroport et qu'elle aille récupérer les clés de son appartement. Et cela sans traîner, car le bureau de location fermait à 17 h 30.

Pourtant, elle ne put s'empêcher de suivre des yeux l'inconnu qui se dirigeait à l'opposé du petit terminal.

Maladroitement, elle prit la direction de la sortie entre les familles réunies qui s'enlaçaient et les amoureux qui s'embrassaient.

Quelques-uns comme elle étaient seuls, sans personne pour les accueillir. Comme cet inconnu, constata-t-elle, avant de se demander pourquoi elle continuait à se soucier de lui.

Sans doute cela s'expliquait-il : c'était la première personne à qui elle ait parlé depuis son arrivée dans ce nouveau lieu de vie temporaire. N'empêche, ça suffisait.

Bientôt, une série de valises, noires pour la plupart, et de gros sacs à dos commença à tourner sur le tapis roulant. Les passagers retirèrent leurs affaires peu à peu et quittèrent le terminal. Pivotant sur elle-même, elle constata que le bel inconnu avait disparu. Sans trop comprendre pourquoi, elle en ressentit une vague solitude.

Mieux valait se concentrer sur sa tâche présente, à savoir trouver sa dernière valise et filer en vitesse. Mais la sienne n'arrivait pas, et bientôt elle fut la dernière à attendre. Se penchant vers l'ouverture par laquelle émergeaient les bagages, elle ne vit plus rien.

Une seule conclusion s'imposait : ses bagages n'avaient pas été chargés dans l'avion au départ de Sydney. À moins qu'on les ait envoyés dans un autre avion en partance pour allez savoir où, une perspective trop déprimante pour qu'elle ose l'envisager.

Elle n'avait donc sur elle que le contenu de son sac à main et de celui qu'ils avaient refusé dans la cabine par manque de place : son ordinateur portable et quelques carnets.

Elle faillit éclater en sanglots.

Elle n'avait rien, pas même une brosse à dents, et personne pour la dépanner ou la réconforter !

Une fois de plus, la vie se chargeait de lui rappeler qu'elle était seule, dans une ville étrangère, loin de ce qu'elle avait jadis appelé « sa maison ».

Le Dr Harrison Wainwright sortit dans le parking du terminal de l'aéroport d'Armidale et s'arrêta un moment pour s'emplir les poumons de cet air pur, tel un homme qui a manqué d'oxygène pendant trop longtemps.

La nuit commençait à tomber et l'air était froid, comme il l'aimait. Ça lui avait manqué. L'atmosphère était encore humide après l'averse et il aimait ça encore plus, car l'air était chargé de son odeur préférée d'herbe et d'eucalyptus.

L'hiver était sa saison préférée à Armidale, et il ne boudait pas son plaisir. Los Angeles, ce n'était pas son genre, quelle que soit la saison, et six jours à respirer un air pollué, c'était six de trop.

Un journal sous le bras, il se dirigea vers la file d'attente des taxis, conscient de la légèreté de son pas. Malgré le fait qu'il vienne de se faire rouler sur le pied par une jolie inconnue.

Plus que jolie, songea-t-il. Cette jeune femme était une beauté.

Il s'autorisa à repasser la scène dans sa tête : la teinte émeraude de ses yeux, la douceur d'albâtre de sa peau et le blond cendré de ses cheveux qui lui caressaient les épaules, les mèches envolées sur son visage en forme de cœur.

Cette femme était sublime et triste, d'une façon qui pourrait bien le hanter. Et un peu perdue. Elle n'était pas d'ici, elle devait être en voyage d'affaires. Pourtant, il avait cru percevoir une lueur de curiosité dans ses beaux yeux.

Mais assez pensé à elle : pas question de suivre ce chemin à nouveau. La curiosité inspirée par une belle inconnue avait déjà bouleversé sa vie une fois. Elle l'avait presque détruite. Ç'avaient été cinq années d'enfer ou presque. Il avait enfin mis un terme à ce chapitre pénible et se sentait prêt à passer à autre chose, même si c'était une nouvelle version du bonheur. Et plus jamais il n'autoriserait à nouveau son cœur à régir sa tête.

Le menton levé, il agita la main en direction d'un taxi qui approchait, effaçant la belle inconnue de son esprit.

Il était de retour à la maison avec le résultat qu'il avait tant espéré, et rien ni personne ne le détournerait de ça. Les papiers de la garde en main et ceux du divorce en cours, il serait bientôt officiellement un homme libre. À présent, plus personne ne pourrait lui prendre son fils. Cette hantise qu'il avait portée si longtemps avait disparu. Rien ne pouvait le rendre plus heureux.

Finie la menace que le petit vive à cheval sur deux continents, finies les visites maternelles annulées au dernier moment, finies les explications embrouillées à l'enfant qui pleurait car sa maman lui avait promis de venir le voir et ne l'avait pas fait ! Il pouvait désormais regarder son fils dans les yeux, sachant qu'Armidale serait sa maison pour toujours, et il était déterminé à faire le meilleur des pères célibataires.

Il repoussa la vague de colère qui menaçait de gâcher sa victoire.

Il avait ce qu'il voulait, ce pour quoi il s'était battu avec acharnement, il fallait maintenant oublier la blessure et les promesses non tenues. Il allait se délester de la tristesse et de la déception accumulées qui l'avaient consumé chaque jour durant des années…

En homme réaliste, il était conscient que cela prendrait du

temps. Entreprendre une relation amoureuse, ce n'était plus une option pour lui. À compter de ce jour, il n'y aurait que Harrison et Bryce. Il n'avait ni le besoin ni la place d'inviter une tierce personne dans leur vie. Sa maison et son cœur étaient pleins, et plus jamais il ne prendrait le risque de perdre un enfant.

2

Jessica, accablée, fixait le porte-bagages vide.

Cela ressemblait trop à sa vie pour qu'elle ne fasse pas le rapprochement, et elle ne savait plus ce qu'elle devait faire.

Rien à voir avec l'ancienne Jessica, y compris adolescente, qui savait se débrouiller en toutes circonstances, dans la vie comme à l'école où elle avait toujours excellé. D'où son choix de la pédiatrie, une spécialité qui requérait beaucoup de précision. Elle sortait peu, avait fréquenté peu de petits amis, bref rien n'aurait pu la détourner de son choix de carrière. Jusqu'à être embauchée comme chef du service pédiatrie d'un grand hôpital de Sydney.

Hélas, il y a aussi dans la vie des choses qu'on ne peut pas planifier. Des choses étaient arrivées qu'elle n'avait pas choisies. Comme la mort de son père alors qu'elle était encore au lycée, puis de sa mère quand elle avait trente ans.

Au moins, ni l'un ni l'autre n'avait eu à assister à sa disgrâce — être sortie avec un homme marié.

— Excusez-moi, mademoiselle. Je peux vous aider ? Mademoiselle, vos bagages ne sont pas arrivés ?

Elle était tellement perdue dans ses pensées qu'elle n'avait pas entendu tout de suite la voix masculine derrière elle.

— Oui, oui, pardon. Deux bagages, en effet.

— Ça peut arriver, répondit l'employé de l'aéroport — Gary, selon ce qu'indiquait son badge. Vous avez eu une escale sur un vol long-courrier ? On a déjà eu ce souci avec des passagers en provenance de Los Angeles, aujourd'hui.

— Non. Moi, je viens juste de Sydney.

— Voyons si je peux vous aider. Si vous voulez bien me donner votre nom, je vais lancer la procédure sur-le-champ,

Eh bien, elle ne s'attendait pas à rencontrer autant de gentillesse dès son atterrissage !

Aussitôt, elle repensa à la façon dont avait réagi le bel inconnu sur le pied duquel elle avait roulé, si galant malgré sa maladresse. Bizarrement, elle ne parvenait pas à l'oublier. Pourtant, elle avait autre chose de plus urgent sur le feu !

— Merci, oui, car je dois récupérer mes clés à l'agence immobilière avant 17 h 30. Je suis le Dr Jessica Ayers.

— Enchanté, docteur Ayers. Venez, ajouta l'employé en lui prenant la poignée de son sac pour le porter à sa place. Avec le reçu de votre dépose-bagage sur votre carte d'embarquement, je vais appeler Sydney et m'assurer que vos valises soient envoyées par le prochain vol, à 11 h 30.

— C'est tard, mais au moins j'aurai mes affaires pour la nuit, commenta-t-elle alors qu'ils atteignaient le comptoir d'embarquement.

L'homme secoua la tête, l'air désolé.

— Non, je voulais dire 11 h 30 demain matin. Mais je peux vous faire livrer vos bagages chez vous.

— Oui, enfin, si j'ai un chez-moi, fit-elle en regardant sa montre, dépitée.

L'homme tapota sur un clavier.

— J'appelle l'agence pour leur demander de rester ouverts en vous attendant. Il est 17 h 15, mais en taxi, vous pouvez arriver au centre-ville en dix minutes.

— Vous pensez qu'ils vont accepter ? s'étonna-t-elle.

— Vous savez, dans une petite ville, on se serre les coudes. En plus, ma belle-sœur travaille dans cette agence. Alors, pas d'inquiétude.

Elle hocha la tête, penaude et un peu rassurée.

Finalement, elle ne dormirait pas dans son pyjama, mais bel et bien sous un toit.

— Si vous voulez bien me noter votre numéro et votre adresse, quelqu'un vous appellera pour vous apporter le reste de vos bagages demain, ajouta Gary en sortant un stylo et un papier qu'il lui tendit.

— C'est peut-être mieux de les envoyer directement à l'hôpital d'Armidale, lui indiqua-t-elle. Car je ne serai pas forcément chez moi.

Tout en parlant, ils étaient arrivés à la sortie, où un taxi attendait déjà. Gary lui ouvrit la portière arrière, et elle grimpa sur la banquette, à l'abri du vent glacial, pendant que l'employé de l'aéroport parlait au chauffeur.

Envahie par un soulagement qu'elle n'aurait pas cru possible quelques minutes plus tôt, Jessica baissa sa vitre alors que le taxi démarrait.

— Merci infiniment !

— Pas de souci, répondit Gary en agitant la main.

Dix minutes plus tard, elle s'engouffrait dans l'agence immobilière où l'attendait bel et bien la belle-sœur mentionnée, qui lui fit signer quelques papiers et lui donna les clés de sa maison et de la voiture qu'elle avait louée, garée sur place comme elle l'avait demandé.

Appelez-moi sur mon portable si vous avez besoin de quoi que ce soit. C'est une jolie petite maison, très propre et entièrement meublée, comme sur les photos. Je pense que vous aimerez la rue.

— Oui, j'en suis certaine. Merci d'être restée plus tard pour moi.

— Pas de problème, j'ai été ravie de vous aider.

Une demi-heure plus tard, avec deux sacs de courses sur la banquette arrière, le taxi se gara devant une maison plongée dans l'obscurité. La rue était bordée d'arbres qui lui donnaient un air bucolique très agréable. L'aimable chauffeur qui avait accepté de l'attendre pendant ses divers arrêts l'aida à porter ses affaires devant la porte.

Jessica avait toujours sa maison à Surry Hills, en banlieue

est de Sydney. Elle la conservait comme point de chute, mais depuis qu'elle y avait reçu Tom deux à trois nuits par semaine durant un an, elle n'aimait plus y vivre. Elle y entreposait le gros de ses affaires entre deux missions, et un jour, elle la vendrait.

La lumière s'alluma alors qu'elle remontait l'allée, dévoilant la façade de son nouveau chez-elle temporaire, repeinte de frais avec des volets blancs et une porte rouge. Un arbuste était planté de chaque côté de l'entrée, et un paillasson annonçait fièrement : « Bienvenue ». Comme prévu, la petite voiture de location était bien garée sous l'auvent, dont la couleur rappelait la porte.

Le jardin était simple mais bien entretenu, une pelouse bien coupée et une haie de buissons. Elle n'aurait pas besoin de s'échiner à l'entretenir, songea-t-elle avec satisfaction.

— Vous êtes sûre que vous ne voulez pas que je vous aide à tout rentrer ? demanda le chauffeur à qui elle tendait son argent et un généreux pourboire.

— Merci, mais je vais me débrouiller.

Oui, elle pouvait se débrouiller seule. Et ça valait pour tous les domaines de sa vie, même si tout le monde s'était montré gentil et accueillant depuis son arrivée. En d'autres circonstances, dans une autre vie, elle aurait peut-être même trouvé l'endroit assez charmant et chaleureux pour s'y établir. Mais, désormais, tout était temporaire pour elle.

En pénétrant dans la maison, elle la découvrit aussi proprette que l'extérieur. Il flottait même dans l'air une légère odeur de peinture et de cire.

— Nouveau départ pour toutes les deux, hein ? marmonna-t-elle en rentrant les sacs de courses et ses affaires.

À son grand plaisir, elle trouva un épais peignoir soigneusement plié sur le lit, des échantillons de shampoing et toutes sortes de petites attentions qui la touchèrent et dont elle décida de faire aussitôt usage.

Si ses cheveux étaient propres et bien coiffés demain pour son premier jour de travail, les gens oublieraient peut-être son jean et son sweat-shirt ?

Une heure plus tard, elle émergeait de la salle de bains, ses cheveux mouillés enroulés dans une serviette au sommet du crâne.

Le chauffage central avait réchauffé la maison pendant qu'elle prenait sa douche. Un petit tour dans la maison la lui révéla meublée avec des meubles de caractère, ce qui donnait à l'intérieur un côté confortable et accueillant rarement rencontré dans les locations de courte durée. Tout ici était en bon état, quoique éclectique en style et âge, et elle pouvait imaginer que les choses avaient appartenu à quelqu'un avant de finir ici, une idée qu'elle aimait bien.

Elle se prépara à dîner et lava son assiette, son verre et ses couverts à la main.

Il y avait un lave-vaisselle, mais ç'aurait été du gâchis de le faire tourner pour si peu. Sans compter que le retard de ses bagages lui évitait de perdre son temps à réfléchir à la tenue qu'elle porterait le lendemain et qu'elle n'avait pas grand-chose à faire.

— Tu vas encore partir, papa ?

Harrison referma le livre d'histoires et le reposa sur la table de chevet, avant de lancer un regard adorateur à son fils pelotonné contre lui.

— Non, Bryce. Je ne m'en vais nulle part.

— Alors, tu seras encore là quand je me réveillerai ? Tu ne vas pas monter dans un avion et t'en aller ?

Une question innocente, mais qui lui serra le cœur.

Décidément, il avait fait le bon choix en se battant pour la garde. Pour obtenir le droit d'emmener son fils à l'abri à Armidale avec ceux qui l'aimaient depuis sa naissance et pour toujours.

— Je serai là quand tu te réveilleras, et je te conduirai chez papi et mamie.

— Pour le petit déjeuner ?

Harrison se releva doucement et remonta les couvertures jusqu'aux oreilles de Bryce, lui ébouriffant les cheveux.

— Pour un second petit déjeuner, comme mamie aime faire avant que tu ne partes à l'école.

— J'espère qu'elle préparera des pancakes, gloussa l'enfant.

— Moi aussi.

Harrison embrassa son fils sur le front, éteignit la lumière et sortit de la chambre sans un bruit, rassuré de savoir que le petit était là où il devait être.

Il descendit se préparer un gin tonic, ajouta une bûche dans la cheminée et contempla les flammes qui dansaient et finissaient par envelopper le bois.

Il se rappelait son soulagement quand, à sa descente de l'avion, il avait enfin mesuré que la bataille pour la garde du petit était terminée : son fils ne risquait plus de lui être pris !

Bryce était trop jeune pour comprendre qu'ils avaient vécu sous la menace d'être séparés. En revanche, cette possibilité l'avait rongé lui-même quasiment depuis la naissance de l'enfant. Ne pas savoir si ou quand celui-ci pouvait lui être ôté, pour être livré à une femme dont le petit garçon se souvenait à peine et qu'il devrait pourtant accepter pour mère.

Mais ces soucis s'étaient envolés. À présent, il ne lui restait plus qu'à remplir les papiers du divorce dès que l'avocat américain les lui aurait envoyés. Il avait fait sa part, et maintenant sa future ex-femme devait en faire autant. Il savait qu'il n'y aurait pas de problème. Vu qu'elle avait un nouveau compagnon, elle souhaitait passer à autre chose, raison pour laquelle elle acceptait de lui accorder la garde pleine et entière. C'était presque un cliché : le nouvel homme de sa vie était considérablement plus âgé qu'elle, très riche, bien introduit dans l'industrie du film, et il ne voulait rien avoir à faire avec les enfants…

Tout en sirotant son gin tonic, il observa le craquement de la bûche le long d'une faille dont s'échappait un nuage de chaleur et de vapeur, emplissant d'une lueur chaude la pièce doucement éclairée.

Il ressentait en lui-même une lueur, un regain d'espoir. C'était plus que du soulagement, même s'il n'aurait pas su expliquer précisément ce qui provoquait cette sensation. C'était plus que d'avoir laissé derrière lui tous ses soucis. Bizarrement, il avait aussi quelque chose à attendre.

La possibilité de revoir cette femme mystérieuse ?

Il revit son beau sourire légèrement gêné et se surprit pour la première fois depuis bien longtemps à sourire aux anges.

Sortie de son sommeil par le réveil, Jessica resta quelques minutes bien au chaud sous les couvertures, à contempler le jour qui se faufilait à travers les interstices dans les lourds rideaux.

Les murs étaient d'une teinte très pâle, qu'elle avait cru ivoire la veille, mais elle découvrait ce matin qu'ils amenaient une touche discrète de couleur, rappelée par le jeté de lit et les coussins qu'elle avait déposés dans le fauteuil la veille. Il y avait aussi deux photos encadrées — des oiseaux —, et les meubles étaient en chêne, comme la tête de lit.

Pour une location, la maison était vraiment charmante !

Il lui restait une heure avant de prendre son service à l'hôpital. Elle aurait pu dormir un peu plus tard, mais comme toujours, elle voulait arriver tôt. Il lui fallait aussi appeler l'aéroport pour leur rappeler d'envoyer ses bagages à l'hôpital sitôt que l'avion atterrirait, afin qu'elle puisse se changer et revêtir dès que possible une tenue plus appropriée.

Une rapide douche, un petit déjeuner léger et une tasse de thé plus tard, elle verrouillait la porte de la maison.

Elle s'était assuré avant de la louer qu'elle se situe à moins de dix minutes de l'hôpital. Mais bon, dans une ville de la taille d'Armidale, les distances n'étaient jamais bien longues.

Elle s'immobilisa en sortant, saisie par l'odeur de la campagne. Le parfum des grands eucalyptus du voisinage flottait dans la brise glacée. Pas de brouillard ni d'odeur de pots d'échappement ou d'industries. Cet air frais constituait l'un de ces plaisirs simples dont elle se rendait compte à présent qu'ils lui avaient manqué.

Y aurait-il ici d'autres choses qui lui rappelleraient ce genre de sensations ?

Une année de remplacements relativement courts organisés par une agence de placements, ça commençait à faire long, mais elle avait peur de changer de tempo. Peur d'envisager d'autres options. Il y avait une forme de sécurité dans le fait que d'autres prennent la décision du lieu où elle allait exercer. Compte tenu de son refus de nouer de liens autres qu'entre collègues, elle se sentait protégée, d'une certaine façon. Évidemment, cela impliquait aussi une sorte de solitude inhérente à ce choix de vie, mais c'était mieux que de s'attacher à quelqu'un et de voir tout tomber en lambeaux.

Elle monta dans la voiture et, un peu nerveuse, prit la route du Memorial.

Le premier jour était toujours un peu stressant, et là, il y avait en plus la nervosité liée à sa tenue peu appropriée à sa nouvelle fonction.

Cependant, sitôt arrivée, elle fut chaleureusement accueillie par Errol Langridge, le président du conseil d'administration de l'hôpital régional Memorial d'Armidale. Le vieil homme lui serra la main, et elle perçut la sincérité de ses propos à travers son sourire et jusque dans ses yeux bleu pâle.

— Au nom du conseil d'administration du Memorial, je vous souhaite la bienvenue à Armidale. Nous sommes ravis et honorés que vous ayez accepté ce poste, car ce n'est pas souvent que nous bénéficions d'un remplaçant aussi expérimenté que vous.

— Je suis très contente d'être ici, professeur Langridge. Je vous en prie, appelez-moi Jessica.

— Seulement si vous m'appelez Errol. J'aurai l'impression d'être un peu moins vieux que mes soixante-huit ans.

— Alors, ce sera Errol.

Le sourire du professeur disparut quand résonna la sirène d'une ambulance. Les portes principales de l'hôpital s'ouvrirent sur le véhicule, et le son emplit le hall. Errol fit signe à Jessica de le suivre, et c'est sur un pas vif qu'il reprit.

— Eh bien, le moment est bien choisi pour une visite de nos urgences. Vous constaterez que notre équipe fait de son mieux avec les équipements à disposition. Je veux vous présenter au chef du service des urgences, Harrison Wainwright, avec qui vous travaillerez étroitement, car nos patients en pédiatrie sont admis depuis ici. Il n'a qu'une petite quarantaine, mais c'est presque une institution car il œuvre à l'hôpital depuis longtemps, contrairement à la plupart d'entre nous, les médecins en charge. Harrison est un travailleur acharné et sans concessions, mais ça nous convient, et de toute façon, on n'arrive pas à se débarrasser de lui, conclut-il en souriant.

Elle sentit son ventre se contracter.

Pourvu que ça lui convienne, à elle aussi ! Travailler avec un homme autoritaire, très peu pour elle. Enfin, le service de pédiatrie, ce n'était pas les urgences, avec un peu de chance leurs chemins ne se croiseraient pas trop souvent en six semaines.

Mais, déjà, le professeur poursuivait.

— Pardonnez mon sens de l'humour, ou comme dit mon épouse, mes mauvaises blagues. Harrison est une bénédiction pour nous, nous sommes ravis que cet enfant du pays soit de retour. Il est réellement brillant. Les étudiants en médecine comme les patients, tout le monde l'adore. Sans compter les infirmières, pour des raisons différentes, il est vrai.

Elle n'avait pas vraiment envie de les connaître, ces raisons...

Alors qu'elle se faisait cette réflexion, un brancard passa près d'eux en trombe.

Le premier patient, une adolescente, avait été immobilisé à l'aide d'un collier cervical, signe que les ambulanciers craignaient une lésion au cou, et sa jambe droite était serrée dans une attelle. Déjà, un second patient arrivait.

— Accident motorisé, lança l'urgentiste qui poussait le brancard dans une autre salle d'examen indiquée par les infirmières. Deux passagers. La femme : suspicion de lésion de la moelle épinière, cheville cassée et lacérations mineures. L'homme : lacérations à la main et au front, pas d'autre blessure visible ou apparente.

Le second patient, malgré son bandage à la tête, était alerte et bombardait tout le monde de questions. Une urgentiste tentait sans succès de le calmer.

L'équipe médicale prit le relais. Ce patient reçut les soins de deux infirmières et d'un jeune médecin, sans doute un interne, tandis que la première, plus grave, était entourée par plusieurs membres de l'équipe des urgences.

Tout à coup, un autre brancard apparut dans l'entrée.

— Véhicule contre piéton. Femme de soixante-treize ans. Suspicion de fracture du fémur.

— Docteur Steele, une fois que vous avez examiné votre patient, s'il n'y a pas de danger immédiat, laissez les infirmières s'en charger et occupez-vous de la vieille dame.

La voix grave provenait de la salle d'examen où était la jeune patiente.

Jessica aperçut de dos un homme en blouse blanche, très grand — au moins un mètre quatre-vingt-cinq. Des cheveux bruns très foncés et une présence impressionnante au vu de la façon dont tout le monde attendait ses instructions.

Ce devait être lui, le chef des urgences dont Errol lui parlait plus tôt.

Effectivement, Errol n'avait pas exagéré : les urgences du Memorial étaient actives, mais tout s'organisait avec fluidité. Chacun connaissait son rôle et s'y tenait. Une machine bien huilée. Visiblement, le chef du service y était pour beaucoup, et tous semblaient l'admirer et le respecter. Quant à lui, il restait calme et efficace malgré l'affluence.

Il est important de conserver un environnement serein pour les patients. C'était exactement cette synergie et ce professionnalisme qu'elle espérait obtenir en pédiatrie durant son séjour ici.

Cependant, le calme ambiant commença à se dégrader en l'espace de quelques minutes. Le jeune patient laissé au soin des infirmières se mit à se débattre et tenta de descendre de son lit.

— C'est ma faute, c'est ma faute ! répétait-il d'une voix forte. Il faut que je la voie, que je lui dise comme je regrette. Je veux voir comment elle va.

La petite infirmière avait beau y mettre toutes ses forces, vu la différence de carrure et l'émotion du patient, celui-ci ne tarderait pas à lui échapper.

Sans réfléchir, Jessica bondit vers le distributeur et enfila une paire de gants de caoutchouc et une tunique jetable.

— Excusez-moi, professeur, je souhaite prendre mon service maintenant, si vous n'y voyez pas d'inconvénient.

Errol hocha la tête, l'air un peu perplexe, et elle se dirigea aussitôt vers la salle ouverte.

— Je suis le Dr Ayers, j'aimerais vous aider, annonça-t-elle en plaçant une main ferme sur les jambes du jeune homme, qu'elle souleva pour les replacer sur le brancard, tout en évaluant le matériel présent à portée de main.

Les deux infirmières échangèrent un regard surpris.

— Je suis désolée, mais on ne m'a pas encore établi mon badge, poursuivit-elle à l'attention des infirmières. Je suis la remplaçante en pédiatrie, j'ai commencé à l'hôpital ce matin. J'ai pensé que vous aviez bien besoin d'un coup de main.

Elle désigna Errol Langridge, consciente que ses vêtements, sous sa tunique bleue, n'avaient rien de professionnel.

— Le Pr Langridge peut vous confirmer qui je suis.

L'interpellé opina du chef.

Elle se saisit d'un stéthoscope sur le chariot et se le passa autour du cou. Ensemble, toutes trois entreprirent de contrôler la situation.

— Pouvez-vous me donner votre nom ? demanda-t-elle au patient.

Peu à peu, le patient commença à se calmer, comme s'il comprenait l'inutilité de se débattre tandis que l'infirmière le reliait aux moniteurs afin de vérifier son pouls, sa tension et sa saturation en oxygène.

— Je vais m'occuper de vous pendant que l'équipe médicale aide la jeune femme qui a été admise avec vous. Ses blessures paraissent plus sérieuses, mais nous allons vous examiner afin de nous assurer que les vôtres sont bien superficielles. Au cours d'un accident de la circulation, il arrive parfois qu'on ait des lésions internes qui ne sont pas visibles d'emblée. Avant de commencer, puis-je s'il vous plaît avoir votre nom complet et votre âge ?

— Cody Smith, et c'est ma petite amie, là-bas.

— Quels sont son nom et son âge ? demanda la jeune

infirmière. Que je transmette l'information à l'équipe d'urgence qui l'a prise en charge.

— Laissez-moi aller le leur dire moi-même, répondit-il en essayant à nouveau de se libérer. Je veux m'excuser auprès d'elle.

— Non, pas question. Je vous en prie, restez calme, ne bougez pas, je dois vérifier vos pupilles, lâcha Jessica, sur le ton ferme et rassurant dont elle usait avec les enfants.

Maintenant le menton du patient, elle lui projeta le rayon de sa torche dans l'œil gauche, puis le droit.

— Mes yeux vont bien. Ils ne saignent pas ni rien.

— Cody, comme je vous l'ai expliqué, certaines blessures ne sont pas apparentes, pourtant une commotion à la tête est fréquente lors de ce genre d'accidents. Vous avez peut-être eu le coup du lapin, et ça peut détériorer votre vue ou produire d'autres problèmes dont les symptômes sont variés. Avez-vous du mal à faire la mise au point entre les objets proches et les éloignés ?

— Non, non, ça va. J'arrive à lire le panneau « sortie » et aussi son nom, là, fit-il en montrant le badge de l'infirmière.

— Quand vous tournez la tête, vous sentez-vous nauséeux, comme si vous alliez vomir ?

— Non, je vous dis que ça va. C'est ma copine qui m'inquiète.

— Je comprends, Cody. Mais vous devez comprendre à votre tour que si vous allez là-bas, vous ferez tout sauf l'aider. Au contraire, vous seriez dans les pattes de l'équipe médicale qui travaille et risqueriez de mettre votre petite amie en danger. Alors, si vous souhaitez l'aider, dites à l'infirmière comment elle s'appelle et quel âge elle a.

— Ginny Randolf. Elle a dix-sept ans.

— Merci.

Jessica poursuivit l'examen et constata une réaction normale à la stimulation lumineuse.

— Et vous, quel est votre âge ? lui demanda-t-elle tout en vérifiant la dilatation des pupilles.

— Dix-neuf ans.

— OK. Cody, nous allons devoir prélever des échantillons sanguins et vérifier votre alcoolémie. Vous avez bu ?

— Non, je suis encore en période d'essai pour mon permis. Ce n'est pas ça qui a causé l'accident ! Vous croyez que j'aurais pris le volant avec de l'alcool dans le sang ?

Sa voix était de nouveau montée dans les aigus, et elle dut le maintenir en place.

— Je ne fais aucune supposition pour le moment, lui assura-t-elle d'une voix grave et calme, les yeux dans les siens. C'est un examen de routine, pareil pour les questions. Pour tout accident de voiture, la prise de sang est obligatoire, afin de vérifier le taux d'alcool et l'éventuelle présence de drogues.

— Je bosse dans une friterie en apprentissage. Jamais je ne risquerais de perdre mon boulot avec un bébé en route ! Ginny est enceinte de neuf semaines.

Jessica échangea aussitôt un regard avec la deuxième infirmière, qui disparut sans un mot pour transmettre l'information à côté.

Une grossesse pouvait assurément compliquer la situation s'il y avait effectivement des lésions internes, et le risque de fausse couche était aussi un problème.

Appuyé sur les coudes, les yeux rivés à l'autre salle mais enfin convaincu qu'il devait rester calme — sans doute l'arrivée d'un infirmier particulièrement imposant y aidait-elle aussi —, Cody se mit à parler.

— On l'a appris il y a quelques semaines, confia-t-il. On se disputait à ce sujet dans la voiture : savoir si elle devait en parler à ses parents. Ils ne m'apprécient pas. Je voulais qu'elle attende un peu, histoire qu'ils n'essaient pas de l'obliger à avorter. Elle m'a annoncé qu'elle voulait le leur dire ce soir, et j'ai pris peur. Je me suis déconcentré, et je n'ai pas vu que la voie de circulation se rétrécissait. On a quitté la route et heurté la rampe de sécurité...

Voyant qu'une infirmière avait tiré le rideau du box où se trouvait sa petite amie, Cody se redressa soudain.

— Qu'est-ce qu'il se passe ? clama-t-il, alarmé. Pourquoi ils font ça ? Est-ce qu'elle va bien ?

— Votre petite amie est entre de bonnes mains, lui affirma Jessica. Et grâce à vous, l'équipe sait qu'il y a une toute petite vie qui grandit en elle, ils vont donc tout mettre en œuvre pour les soigner tous les deux.

— S'il vous plaît, vous pouvez aller vérifier, quand même ? J'ai besoin de savoir ce qu'il se passe. Je flippe grave, là. Il faut qu'elle aille bien.

Jessica accepta à contrecœur.

Elle ne faisait pas encore officiellement partie du personnel, et elle n'était pas encline à outrepasser les protocoles plus avant qu'elle ne l'avait déjà fait. Néanmoins, l'anxiété de Cody montait de seconde en seconde depuis que le rideau lui cachait la vue de sa petite amie, et ça risquait de mal se terminer s'il leur échappait et filait à côté. Le jeune homme était en bonne forme physique, et les autres infirmières étant revenues noter les résultats de son monitoring, elle prit sur elle de passer dans le box d'en face afin de s'enquérir de l'état de la mère de son enfant à naître.

Priant mentalement pour que le destin ne modifie pas le cours de leur jeune vie, elle écarta le rideau. Timidement, elle observa l'intérieur du box.

Toujours de dos, le médecin effectuait une échographie sur la jeune femme. Il avait été informé de sa grossesse, et sa priorité était manifestement le bébé. Tout semblait calme, elle ne voyait pas pourquoi elle irait interrompre le processus avec des questions.

— Le bébé va bien. Son cœur bat bien fort, et je n'entends ni ne vois aucun signe de détresse, Ginny, l'entendit-elle expliquer à la jeune maman. Je suis désolé que vous ne puissiez pas voir l'écran tout de suite, mais je pourrai vous montrer les images ultérieurement. Pour le moment, on doit vous garder allongée bien à plat tant qu'on n'a pas évalué précisément les dommages causés à votre cou et à votre dos. Je pense pour ma part que le problème est musculaire, vu que vous ne présentez aucun des symptômes qui apparaîtraient en cas de lésion de la moelle épinière. Je vais vous envoyer passer une IRM. Ce n'est pas une radio, c'est donc sans risques pour votre bébé, et cela nous permettra d'évaluer les blessures au cou, au dos et à la cheville.

Quoi que nous fassions, nous prenons en compte aussi bien la santé de votre bébé que la vôtre.

Jessica était tout à fait d'accord avec le diagnostic et avec le plan de traitement. En plus elle trouvait ce médecin parfait en termes de relation avec la patiente. Sa voix était réconfortante, grave, masculine mais chaleureuse aussi, le ton posé et calme. Apaisant.

Cette voix, sans qu'elle ne puisse se l'expliquer, lui était familière. C'était impossible, évidemment, puisqu'elle ne connaissait personne en ville.

C'est alors qu'elle aperçut le profil du médecin, et son cœur effectua un grand bond dans sa poitrine.

Bien sûr que si, elle connaissait cet homme !

Sauf que la dernière et la première fois qu'elle l'avait vu, il ne portait pas de blouse blanche. Il arborait sur sa chaussure l'empreinte mouillée de la roulette de sa valisette.

3

Jessica laissa retomber le rideau du box, l'estomac serré.

Non seulement le Dr Wainwright était l'homme sur le pied duquel elle avait roulé avec sa valise, mais, accessoirement, c'était celui qui avait attiré son attention et piqué sa curiosité, et qu'elle ne parvenait pas à chasser de son esprit depuis la veille. C'était comme si elle venait de retrouver une personne qu'elle connaissait. La familiarité qu'elle ressentait vis-à-vis de cet homme était inexplicable. Comme s'ils étaient liés.

Pas par l'incident de l'aéroport, non. Autre chose. Une connexion ancienne ou à venir. Quelque chose qui l'avait tenue éveillée une partie de la nuit passée…

Sauf qu'elle ne savait rien de lui. Ils n'avaient rien partagé de plus qu'une rencontre brève et légèrement embarrassante. Et d'ailleurs, elle ne voulait aucun lien avec un homme. Pas plus avec lui qu'avec un autre. Elle ne leur faisait pas la moindre confiance. La compagnie des hommes ne lui posait pas de problème dans la mesure où ils ne lui inspiraient que de l'indifférence. Elle contrôlait ses émotions, à dessein.

À son avis, ils étaient obsédés par leurs désirs et prêts à les assouvir à tout prix. Tom avait détruit sa foi dans les hommes et dans l'amour. Il ne lui restait plus que de la colère. Il lui avait pris sa vision innocente du monde pour la tordre jusqu'à l'amertume. Il lui avait volé toute chance d'être heureuse un jour. Elle en était triste, mais rien ni personne n'y pouvaient rien. Les hommes de la trempe de son père, ceux qui traitaient les femmes avec respect et amour et pour qui l'engagement avait un sens, n'existaient plus. Le moule était cassé. Les hommes de la nouvelle génération étaient superficiels, insincères. Du moins, peu d'entre eux échappaient à cette définition, et elle plaignait les femmes qui en tombaient amoureuses. Ça ne lui arriverait plus à elle, en tout cas.

Si résolue qu'elle soit, elle n'en restait pas moins perplexe face à son propre trouble à savoir Harrison Wainwright si proche. Elle n'avait rien ressenti d'approchant, aussi loin qu'elle s'en souvienne.

Prenant une profonde inspiration, elle tenta de refouler en expirant le stress qui commençait à l'envahir.

Heureusement, le Dr Wainwright ne l'avait pas vue, occupé qu'il était avec sa patiente... Malgré tout, elle ne pourrait pas éviter longtemps l'inévitable. Ils allaient travailler ensemble. Jusqu'à quel point elle ne savait pas trop, mais ils auraient forcément des patients communs.

Son cœur se mit à battre plus vite à cette pensée.

Son corps réagissait à la proximité de cet homme. Ça ne lui ressemblait pas. Jamais elle n'avait éprouvé autant d'émotions contradictoires en si peu de temps, y compris avec l'homme qu'elle avait cru épouser.

Après avoir découvert le pot aux roses, elle avait passé des nuits blanches à se demander ce qui, en elle, avait attiré son amant. Sa façon de s'habiller ? L'ancienne Jessica était toujours élégante, voire sexy, même sous sa blouse de médecin. La nouvelle, en revanche, regrettait amèrement de n'avoir pas fait un détour par une boutique afin de s'acheter autre chose que ce jean.

Mais la nouvelle Jessica avait décidé de ne plus passer sa vie à se demander comment elle aurait pu faire les choses différemment. Désormais, elle tâchait d'oublier les mois où elle avait été « l'autre femme » et de retrouver la paix. Se consacrer à sa carrière, oublier l'amour. Il n'y avait plus de place pour cela dans sa vie ou dans son cœur. Seul le travail comptait : y être efficace et respectée.

Elle retourna rassurer Cody.

— Ils emmènent Ginny passer une IRM…

— C'est quoi ? Ça va lui faire mal ? Ou au bébé ?

— IRM signifie imagerie par résonance magnétique. C'est une alternative sans danger à la radio, et ça ne présente aucun risque pour le bébé durant le premier trimestre, soit les douze premières semaines de grossesse.

— Pourquoi on lui fait ça ?

— Les médecins tiennent à vérifier qu'elle n'a pas de blessures au cou ou à la moelle épinière. Ils vont aussi voir ce qu'elle a à la cheville.

À cet instant, un autre médecin apparut et se présenta.

— Je suis John Steele, des urgences.

— Bonjour. Jessica Ayers, remplaçante en pédiatrie.

— Je sais, les infirmières m'ont informé, répondit-il avec un sourire qui dévoila un appareil dentaire. Bienvenue à bord et merci de votre aide. C'est votre premier jour, et vous voilà déjà membre de l'équipe à part entière !

— Ravie de me rendre utile.

— Vous allez vous adapter en un rien de temps, ça se voit, fit-il en scrutant le dossier de Cody. Les infirmières ne tarissent déjà pas d'éloges, et pourtant Dieu sait qu'elles sont difficiles à convaincre. Vous avez rencontré notre chef des urgences, le Dr Wainwright ?

Elle secoua la tête, déglutissant avec peine.

Que répondre ? Ils n'avaient pas été présentés officiellement, même s'ils s'étaient rencontrés.

— Enfin, nous avons assez abusé de votre temps, je peux prendre le relais, si vous souhaitez vous rendre en pédiatrie ?

— OK, super. Enchantée de vous avoir rencontrée, John.

— De même.

Se retournant, elle constata que le Pr Langridge était là, une expression chaleureuse sur le visage.

Avec l'accueil cordial de John Steele, cela aurait dû suffire à la mettre à l'aise, pourtant elle était tout sauf détendue.

À cause de la rencontre gênante qui s'annonçait.

Alors qu'elle se débarrassait de ses gants et de sa tunique jetable, elle vit approcher le Dr Wainwright.

— Errol, qu'est-ce qui vous amène aux urgences ? demanda-t-il.

— Eh bien, cette jeune femme, répondit le professeur. Je vous présente...

— Jessica Ayers... Dr Jessica Ayers.

Elle n'en revenait pas : à cause de sa tension, elle avait interrompu des présentations professionnelles et répété son nom pour ajouter son titre ! Voilà que, en plus d'être mal attifée, elle était officiellement malpolie.

Elle était mortifiée. Où était passée la professionnelle froide et calme qui venait d'intervenir sur une urgence sans se ridiculiser ? Qu'est-ce qui clochait chez elle pour qu'elle se comporte aussi bizarrement ?

Elle le savait bien, la réponse se tenait juste en face d'elle.

— Le Dr Ayers est notre nouvelle pédiatre, reprit le Pr Langridge avec un sourire amusé.

Faute de trou dans le sol où filer se cacher, elle prit une profonde inspiration et tendit la main à Harrison Wainwright.

Celui-ci répondit à sa poignée de main, toutefois elle remarqua que son regard la balayait de la tête aux pieds.

— Bienvenue, docteur Ayers, répondit-il. Cela dit, ce n'est pas la première fois que nous nous rencontrons.

Elle se raidit.

Évidemment, il se rappelait. Mauvaise première impression, suivie d'une deuxième impression tout sauf professionnelle. Bravo !

— Vous vous connaissez ? s'étonna Errol Langridge.

— Non, se hâta-t-elle de rectifier.

— Si, corrigea Harrison.

— Oui ou non ? Je ne vous suis pas.

— Eh bien, nous ne nous connaissons pas à proprement parler..., commença-t-elle.

— Nous sommes rentrés l'un dans l'autre hier à l'aéroport. Au sens propre, expliqua Harrison.

Elle grimaça et hocha la tête à l'attention du professeur.

— Désolée, reprit-elle en reportant son attention sur Harrison. Je ne suis pas toujours aussi maladroite.

— Ce sont des choses qui arrivent, lui dit-il avec un sourire presque espiègle.

— Je trouve que vous prenez bien la chose, Harrison, constata Errol. Enfin, vous ne deviez pas rouler trop vite, Jessica, je ne vois aucune blessure visible. Vous étiez en scooter ?

— Non, je ne lui suis pas rentrée dedans. Je lui ai roulé dessus... Avec ma valise.

— Et pas une égratignure, en effet, compléta Harrison.

Elle sentit la peau la picoter. Il avait une voix profonde, grave et rassurante, comme dans son souvenir.

— Les accidents de ce genre, ça arrive souvent, dans un aéroport aussi fréquenté d'Armidale, ajouta-t-il avec un sourire taquin qui lui vrilla le ventre.

Elle ne répondit pas. Elle aurait voulu détourner les yeux, mais impossible. Elle était comme figée sur place. Sa tête et son cœur en perdition.

— J'ai une réunion du conseil d'administration dans quinze minutes, annonça Errol. Je vous laisse faire — ou refaire — connaissance. Encore bienvenue à Armidale Memorial, Jessica. Je suis ravi de vous avoir à bord, j'ai un très bon pressentiment.

Elle afficha un sourire.

Elle-même pensait tout le contraire, elle ne voyait rien de bon venir. Et ça n'avait rien à voir avec l'hôpital, mais tout avec l'homme qui se tenait face à elle.

— Alors, comme ça, vous êtes notre nouvelle, docteur Ayers ? s'enquit Harrison, qui se pencha un peu vers elle.

— Oui, mais appelez-moi Jessica, je vous en prie.

Incapable de trouver quoi que ce soit à ajouter, elle se rendit compte que son esprit était occupé avec des pensées qui n'avaient rien à y faire.

Son après-rasage était subtil, presque imperceptible dans cet environnement hospitalier saturé d'odeurs de produits désinfectants, mais hélas pour elle, elle avait le nez fin, et surtout ses sens semblaient se réveiller après une longue période de dormance. La chaleur corporelle de Harrison faisait ressortir des notes de bois de santal. Très masculin.

Elle sentit son pouls s'emballer.

— Si ça peut vous rassurer, mes chaussures ont séché sans une seule marque de pneu.

Un large sourire illuminait le visage ciselé de Harrison. Il était encore plus beau ainsi. Pourtant, elle ne put s'empêcher de noter que si le sourire était sincère, il conservait une légère touche de méfiance.

Et elle qui se croyait la seule en guerre avec le monde...

Enfin, elle imaginait peut-être un sentiment qui n'existait pas. Après tout, ils étaient aux urgences, et il avait l'esprit occupé par son travail, à savoir gérer l'unité de soins immédiats du plus gros hôpital de la région.

Le problème, c'était que, en sa présence, elle ne pouvait se fier à son intuition : sa situation actuelle la mettait mal à l'aise, en particulier vis-à-vis de lui. Un bel homme qui semblait agréablement surpris de devoir travailler avec elle, c'était la dernière chose dont elle avait besoin.

Zut, alors ! Pourquoi le Dr Wainwright n'était-il pas du même âge que le Pr Langridge ? Ç'aurait été tellement plus pratique !

Harrison était étonné du plaisir que lui procurait le fait de revoir la mystérieuse voyageuse blonde et d'apprendre qu'ils allaient travailler ensemble. Cela aurait dû l'inquiéter, mais non. Bizarrement, l'idée l'enchantait, au contraire.

Il s'était endormi en pensant à elle. En se demandant si et quand il la reverrait.

Elle était superbe, certes, mais il y avait des tas de belles femmes à New York, et il était sorti avec quelques-unes au fil des années, sans engagement. L'attirance que lui inspirait cette inconnue était plus profonde. Elle l'intriguait. Il ignorait pourquoi, après une rencontre aussi brève, mais c'était indéniable.

Pas une seconde il ne s'était imaginé qu'ils se retrouveraient à travailler ensemble à l'hôpital. Il brûlait de la questionner. Sur la raison de sa venue à Armidale, pour commencer. Si elle était assez douée pour avoir impressionné le conseil d'administration, elle aurait certainement pu prétendre à des hôpitaux plus grands ou prestigieux. Alors, pourquoi ici ?

Un coup d'œil discret à sa main gauche lui permit de constater qu'elle ne portait pas de bague de mariage ou de fiançailles. Sans trop qu'il sache pourquoi, ce constat le ravit.

Enfin, ça ne signifiait pas qu'elle soit célibataire...

Il eut envie de se botter les fesses : qu'est-ce que pouvait bien lui faire le statut marital de la nouvelle pédiatre ?

Pendant cinq années, il avait été trop préoccupé à mettre de l'ordre dans le sien. Bien qu'il soit conscient que son mariage n'était qu'un morceau de papier, l'amour qu'il ressentait étant uniquement tourné vers son enfant, il avait tout de même fallu du temps avant d'officialiser la rupture avec son épouse. La décision de celle-ci de les quitter, son fils et lui, avait au moins eu le mérite de mettre un terme définitif à une situation bancale et douloureuse.

Bref, il comprenait mal les émotions qui l'agitaient en ce moment, mais Jessica Ayers éveillait en lui plus que de la curiosité.

Brusquement, les portes des urgences s'ouvrirent en grand sur deux ambulanciers poussant un brancard occupé par un jeune homme.

Jessica remarqua aussitôt que le patient était attaché.

— Homme non identifié, soupçon d'overdose aux amphétamines, annonça le plus grand des deux brancardiers.

L'autre appliquait une compresse froide sur la tête de l'homme tout en maintenant en place ce qu'il avait sur le torse. On lui administrait déjà des produits par intraveineuse.

— Box 3, indiqua la cinquantenaire opulente qui occupait visiblement les fonctions d'infirmière en chef, en faisant signe de la suivre à une des infirmières qui avaient soigné Cody.

Une troisième infirmière, l'air empotée et hésitante, leur emboîta le pas.

Sachant que le Memorial était un hôpital universitaire, Jessica déduisit qu'il s'agissait d'une étudiante en médecine. Ses soupçons furent vite confirmés, quand l'infirmière en chef poursuivit :

— Melissa, ne soyez pas timide, posez toutes les questions que vous voulez. Un premier stage, ça peut être impressionnant, mais nous sommes ici pour vous aider.

— Vous allez adorer le rush des lundis matin, marmonna Harrison à Jessica, avant de s'éloigner.

Il enfila des gants stériles tandis que les ambulanciers transféraient le patient sur le lit d'hôpital et replaçaient ses entraves.

— J'écoute.

Sa voix était sérieuse, les ordres brefs.

— Le jeune homme a été trouvé il y a un quart d'heure avachi près d'une benne à ordures à l'écart de Beardy Street par le propriétaire d'un magasin. C'est une zone fréquentée par les utilisateurs de métamphétamines après la fermeture des commerces. Pas de papiers d'identité, et il n'est pas connu de nos services, donc pas un utilisateur régulier ou alors nouvellement arrivé en ville. Au départ, il paraissait inconscient, mais quand on a tenté une prise de contact, on a vite compris qu'il redescendait d'un shoot à une substance illégale. Il souffrait d'hallucinations et parlait de fourmis qui le mangeaient tout cru. C'est sans doute cette sensation qui a suscité l'activité motrice exacerbée dans les jambes. Très vite, l'échange a dégénéré en insultes de sa part, avant qu'il ne s'effondre. Douleurs à la poitrine et respiration saccadée. Il s'est calmé à présent, donc on a dû le trouver à la fin de la crise. Dans l'ambulance, sa respiration est passée d'irrégulière à quasi normale.

— On a une idée de la quantité de drogue prise, si elle a été reniflée ou fumée ? Et de combien de temps s'est écoulé depuis ?

— Négatif aux trois questions. S'il avait des comparses, ils se sont taillés. Si quelqu'un a assisté à sa crise, personne n'est resté pour l'aider ou pour nous renseigner.

— Ça ne me surprend pas, maugréa Harrison en secouant la tête. Constantes ?

— On a enregistré une température corporelle élevée au départ — trente-neuf cinq — mais on a réussi à la faire baisser lentement à l'aide de compresses froides. Son pouls aussi était fort, mais il est stabilisé.

— Super boulot, les gars, répondit Harrison, avant de s'adresser à l'infirmière en chef. Alison, on lance un lavage gastrique et on administre du charbon actif.

Harrison continua à distribuer les instructions tout en commençant à examiner le patient manifestement toujours agité.

Il souleva son masque à oxygène et inspecta soigneusement sa bouche, avant de replacer l'appareillage.

— Sa dentition semble correcte, comme son poids, ce qui indique une entrée assez récente dans la consommation de meth. Espérons que, avec les conseils d'un addictologue, il parviendra à se remettre sur un chemin moins chaotique avant de s'engager dans une consommation chronique, avec tous les soucis médicaux que ça implique.

La plus jeune infirmière accrocha la perfusion déjà en place à une potence et libéra les ambulanciers.

— Merci de nous l'avoir amené, les gars. Et, Brian, dis à maman de ma part que je serai là le week-end prochain.

Le niveau de familiarité entre les deux rappela à Jessica qu'elle officiait dans un hôpital de province où tout le monde se connaît plus ou moins.

— Pas de souci, je transmets, Phoebe. La fête d'anniversaire de Tommo promet d'être super, répondit le jeune ambulancier, qui s'arrêta au bureau des admissions pour signer la paperasse et saluer le personnel présent.

— Je veux un ECG complet et un prélèvement urinaire. À ce que je vois, le pauvre garçon a perdu le contrôle de sa vessie, poursuivit Harrison. Il va s'en sortir, mais son pronostic à long terme n'est pas bon s'il ne se ressaisit pas. Vous pouvez appeler pour demander si on a un lit disponible ? J'aimerais l'admettre et lui faire voir un thérapeute demain avant de le relâcher.

Effectivement, le pantalon du patient était souillé, et l'odeur qu'il dégageait laissait peu de place au doute : soit il n'avait pas accès au moyen de se laver, soit il n'avait plus aucun souci de son hygiène.

— Je vais vérifier. On n'est pas plein en ce moment, on va peut-être pouvoir le garder au moins cette nuit, répondit Alison. Nous allons lui enfiler une tunique et lui procurer de nouveaux habits via l'Armée du Salut. Ils sont toujours prêts à envoyer des affaires dans les cas comme celui-ci.

Sur quoi, elle appliqua un coton imprégné d'alcool sur le bras du patient et effectua la prise de sang. Pendant ce temps, le jeune homme resta immobile, à l'exception de ses jambes, qui s'agitaient par moments sans qu'il semble les contrôler vraiment.

Alors qu'il donnait un coup de pied à un ennemi imaginaire, Harrison s'écarta et en profita pour aller tirer le rideau compartimenteur. Il reporta alors son attention sur la stagiaire, qui avait l'air d'être complètement perdue.

— Melissa, à présent que le patient est stable, que pouvez-vous me dire de votre expérience sur le terrain concernant l'abus de métamphétamine ?

Jessica vit la jeune femme se balancer sur ses pieds.

— Euh... Rien de direct, c'est mon premier stage en hôpital. En revanche, je sais que la psychose résultant d'une overdose à la méthamphétamine peut durer jusqu'à douze mois, avec des effets permanents tels que la paranoïa et les pertes de mémoire. L'abus de meth peut aussi entrainer des délires, des infections à répétition, le pourrissement des dents, la perte de poids, des maladies de peau. Il y a aussi des risques accrus d'attaque cardiaque ou d'AVC, quel que soit l'âge.

— C'est correct. La guérison d'une overdose à la méthamphétamine dépend de la dose absorbée, de la durée pendant laquelle le patient y a été soumis et de la rapidité d'administration des médicaments. Plus vite le patient reçoit une assistance médicale après son overdose, meilleure est l'issue. Autre chose à ajouter ?

— La méthamphétamine est classée drogue de classe A, elle affecte le système nerveux central. Sa structure est similaire à celle des amphétamines, en beaucoup plus puissant et plus addictif. Légalement, elle n'est disponible que sur prescription médicale et pour traiter la narcolepsie.

Harrison prit le bloc à pince que l'infirmière en chef lui tendait et signa les documents requérant son autorisation pour les divers tests et l'admission du patient.

— Je suis impressionné, Melissa. Est-ce un sujet qui vous intéresse particulièrement ?

— Mon père est pharmacien à Tamworth, il ne cesse de nous faire la leçon sur le danger d'abuser des médicaments. J'ai vu beaucoup d'exemples dans les rues, d'ailleurs, depuis mon enfance. C'est une vraie pandémie, de nos jours.

— Vous avez raison, hélas. Espérons que ce jeune homme s'arrêtera avant qu'il ne s'engage trop avant sur cette mauvaise pente.

— Malheureusement, ses chances sont minces, intervint Jessica. À moins qu'il ne parvienne à s'extraire de sa situation actuelle et qu'il n'intègre un programme de réhabilitation en fonction de la gravité de son addiction. Dans ce genre de cas, il faut une approche holistique. Une nuit à l'hôpital, si on ne modifie pas la situation de base, revient à poser un pansement qui tombera hélas rapidement une fois qu'il aura réintégré sa vraie vie.

Elle considérait la décision de Harrison d'admettre le patient pour la nuit au mieux optimiste et au pire naïve.

Sa réaction était fondée sur l'expérience. Elle n'était plus une jeune étudiante en médecine aux yeux emplis d'étoiles qui pense que suivre les procédures assure forcément une issue favorable. En des circonstances pareilles, elle était aguerrie.

Elle ne pourrait plus jamais effacer de sa mémoire la vision d'un jeune patient si maigre qu'on devinait son squelette, ni celle des blessures qu'un enfant de douze ans s'était infligées au visage durant un épisode hallucinatoire. Elle en avait pleuré, regrettant de ne pouvoir envelopper chaque enfant dans la chaleur de ses bras pour le protéger. Mais elle se savait impuissante devant cette injustice. Son innocence professionnelle avait été volée morceau par morceau à mesure qu'elle assistait aux ravages de la drogue sur les enfants et voyait les parents incapables de leur venir en aide parce qu'ils en consommaient eux-mêmes.

Sur tous les aspects, elle était loin de l'étudiante qui se tenait près d'elle. Elle se sentait tellement triste, tellement impuissante. Elle avait été comme elle jadis, et certains jours elle aimerait bien être encore naïve et pleine d'espoir dans l'avenir. Mais non, c'était bien fini, tout ça.

Elle prit soudain conscience du regard pensif de Harrison posé sur elle. Il ne dit rien tout de suite, mais elle voyait bien qu'il était surpris par son intervention directe et prosaïque.

L'idée la traversa qu'elle ait pu être trop abrupte... Seulement, elle ne pouvait s'empêcher d'être dure quand elle voyait des jeunes victimes de la drogue.

— Je suis entièrement d'accord, acquiesça Harrison, interrompant le fil de ses pensées. C'est hyper frustrant, et un gâchis sans nom. Et je suis pleinement conscient qu'une nuit ne l'empêchera pas de retourner à la rue et de faire une autre overdose dans les huit heures à venir. Ça ne changera pas sa vie, Jessica. En revanche, cela va nous permettre de gagner du temps pour lui programmer un rendez-vous avec un addictologue et un travailleur social, qui eux pourraient faire une différence. Nous soignons les corps et espérons que nos collègues puissent commencer le travail de guérison de leur esprit. Avec pas mal de chance, on parvient à les éloigner du chemin destructeur sur lequel ils marchent pour l'instant.

Elle resta sidérée par sa réponse, honnête et sincère, et loin de la naïveté qu'elle avait cru percevoir au début. Manifestement, Harrison était aussi frustré qu'elle, mais il faisait de son mieux avec les ressources à sa disposition.

Bref, c'était un réaliste avec un cœur.

— Vous savez comment on appelle la méthamphétamine, dans la rue ? demandait-il à Melissa — toujours ce souci d'éduquer la prochaine génération de médecins.

— « Ice » ? proposa Melissa.

— Oui, et il y a aussi d'autres termes que leurs amis utilisent quand ils les déposent aux urgences, poursuivit-il.

— Je n'ai jamais entendu d'autres noms pour la meth.

— Le « speed », dit Jessica en s'approchant. Ou bien le « crank », le « tweak », « Christina », « Tina », « chalk ». Oh ! Et puis « go fast ». C'est le dernier terme en date, je pense.

— Eh bien, voilà une liste extensive ! Vous maîtrisez à merveille l'argot des rues, je vois, commenta Harrison avec une drôle d'expression. Il est évident que le sujet vous passionne. Je n'aurais pas imaginé que vous en ayez autant vu en pédiatrie. J'avais l'impression que votre service était quelque peu protégé des effets de la drogue, ne serait-ce que par l'âge de vos patients. Ici, je n'ai jamais reçu de patient drogué de moins de dix-sept ans.

— Oh ! j'aimerais bien ne pas en savoir autant, croyez-moi ! Mais j'ai assisté à cela avec une régularité qui m'effraie, en particulier dans les grandes villes. Certains n'avaient pas plus de onze ans quand ils venaient en pédiatrie pour des raisons liées à la drogue.

— Onze ans ? s'exclama Melissa, choquée.

— Oui, pas plus tard qu'il y a deux mois, j'exerçais dans un hôpital public de Melbourne, et une petite fille s'est présentée, qui souffrait des effets de la méthamphétamine. Elle était à deux semaines de son douzième anniversaire.

— Et ses parents ? Ils étaient où ?

— Affligés du même problème, malheureusement. Des usagers chroniques.

— Donc, son environnement jouait contre elle, comprit Melissa.

— Dans ce cas, oui.

— Si seulement il y avait une sorte de test à passer avant de devenir parent ! fit Melissa, levant les yeux au ciel. C'est difficile de briser le cercle vicieux quand un enfant grandit dedans.

— Oui. Devenir parent, c'est sans doute une immense responsabilité et un rôle parfois compliqué, mais selon moi si l'on signe pour avoir un enfant, on signe pour la vie, affirma Jessica avec conviction. Une fois qu'on est parent, nos propres besoins doivent passer en second…

Voyant que le silence s'était installé autour d'elle, elle se sentit rougir. Qui était-elle pour parler, elle qui n'avait pas d'enfant elle-même ?

— Mais c'est peut-être une vision démodée, se reprit-elle vivement, Je veux bien croire que ce ne soit pas une sinécure d'élever des enfants, et pour les parents qui le font seuls, ce doit être une vraie bataille certains jours.

Harrison ne réagit pas immédiatement, mais son regard posé sur elle était si intense qu'elle commença à se sentir mal à l'aise.

Au vu de ses commentaires abrupts, il risquait de la percevoir comme une femme blasée. Pourtant elle n'avait pas l'impression qu'il la jugeait négativement. Au contraire, en fait : c'était un regard qui s'apparentait à de la fierté... Ce qui était fou, car il ne la connaissait pas.

Enfin, il détourna les yeux et se tourna vers Melissa.

— J'espère que vous aurez l'occasion de passer du temps avec le Dr Ayers au cours de votre stage en unité pédiatrique. Je pense que son expérience sera d'une grande valeur au cours de votre progression. Elle m'a moi-même ouvert les yeux sur plusieurs points, ce matin. J'ai entendu des tas de choses que je ne m'attendais pas à entendre.

4

— Vous êtes passée par le processus d'intégration de l'hôpital, ou est-ce que le Pr Langridge vous a amenée directement aux urgences ? s'enquit Harrison, histoire de se changer les idées.

Car il avait besoin manifestement de se changer les idées. Celles-ci lui encombraient l'esprit avant que Jessica et lui n'aient été officiellement présentés. Une fois de plus, il devait s'avouer que, après leur rencontre fortuite à l'aéroport, il n'avait cessé d'espérer que son chemin croiserait à nouveau celui de la belle inconnue. Peut-être à l'épicerie, ou dans un restaurant ? Il s'était inventé des scénarios potentiels où elle lui roulait sur le pied avec un Caddie rempli de courses ou bien, assise à une table voisine de la sienne, lui faisait tomber sa fourchette sur la chaussure.

Ça n'avait pas beaucoup de sens, pourtant il ne pouvait nier que son humeur avait changé au cours des vingt-quatre heures écoulées. Et il attribuait ce changement à deux raisons. La seconde était peut-être née de la première : enfin, il pouvait baisser sa garde. La bataille était finie, et il en sentait le poids se dissiper sur ses épaules. Maintenant, à la lumière du jour, il sentait aussi disparaître la colère et la déception.

Peut-être cela n'avait-il pas été une rencontre du hasard. Plutôt une sorte de coïncidence.

Il y avait une forme de fragilité chez Jessica, mais une grande force aussi. Elle l'intriguait. Et après avoir entendu ses idées sur l'éducation, sachant à quel point celles-ci étaient alignées avec les siennes, il la sentait se faufiler un peu plus sous sa peau. Une chaleur l'envahissait, en même temps qu'une série de picotements au niveau du ventre. Une sensation agréable, même si elle s'accompagnait d'une certaine anxiété.

Jessica était jolie comme tout et manifestement compétente, quoique bizarrement vêtue pour un premier jour ; elle le poussait à revoir sa résolution de ne plus jamais ressentir ce qu'il commençait à ressentir maintenant.

Car il ne s'agissait pas du reliquat de mélancolie, du soulagement d'avoir signé les papiers de la garde ni du gin qu'il avait bu la veille au soir. On était lundi matin, dans le service des urgences, et Jessica continuait à faire remonter à la surface des émotions qu'il croyait ne plus jamais éprouver.

Mais était-il vraiment prêt pour ça ? Était-il préparé à laisser entrer quelqu'un dans sa vie, à quelque niveau que ce soit ?

Eh bien, à la lumière du jour, il n'en était pas si sûr...

— Non, docteur Wainwright, je n'ai pas encore eu droit à ma journée d'intégration.

Il rassembla ses idées et comprit, à la réponse de Jessica, qu'elle se répétait.

Quelle ironie ! Il était si occupé par des pensées la concernant qu'il ne l'avait pas entendue. Cette idée l'inquiétait un peu, lui qui ne se laissait jamais distraire par une femme, et surtout pas pendant le service.

— Pardon, j'étais distrait.

— Oui, je vois ça. Comme je n'ai encore vu que les urgences, je ferais mieux de filer prendre un rendez-vous de présentation.

Pourquoi ne lui proposerait-il pas de lui servir de guide ?

Il s'emplit les poumons d'air, hésitant à se lancer.

Il brûlait de saisir cette opportunité d'apprendre à la connaître mieux, mais il hésitait. En presque cinq ans, il n'avait jamais été attiré par personne comme par cette remplaçante en pédiatrie. La vitesse à laquelle il s'était senti à l'aise en présence de Jessica Ayers le déconcertait. Il voulait la découvrir, mais il savait qu'il se mettait en danger.

Allons, quel mal y aurait-il à la guider ? Après tout, ce serait juste une démonstration de politesse professionnelle. Et ils pourraient devenir bons amis avec tant de points communs... *Menteur !* Il y avait tellement plus derrière les émotions qui l'agitaient que ça le déstabilisait. Mais il pouvait choisir de repousser ces peurs qui refaisaient surface.

Une seule fois, par le passé, cela avait été aussi vite, et il reconnaissait les signaux dangereux. Mais là, c'était différent, il le sentait, et il voulait ignorer les alertes. C'était il y avait longtemps, et il en portait encore les cicatrices, mais il avait aussi le sentiment profond, intangible, que découvrir Jessica Ayers valait ce risque. Il allait prendre le temps de lui faire visiter lui-même l'hôpital.

Bien que conscient qu'il avançait dans une direction dangereuse, il sourit largement à la nouvelle venue.

— Je serai ravi de vous montrer les lieux, si vous le souhaitez.

— Vraiment ?

— Oui, vraiment.

— C'est très gentil à vous.

— J'aime apprendre à connaître les nouveaux membres du personnel. Mettez ça sur le compte de mon naturel curieux. Je vais demander à une des infirmières de vous indiquer les ressources humaines, au deuxième étage, afin que vous alliez remplir la paperasse requise, et dès que vous serez redescendue ici, je vous montrerai le reste de l'hôpital et vous présenterai aux médecins et aux infirmiers.

— Avec plaisir. C'est vraiment très aimable à vous.

— Nous sommes des gens aimables, par ici.

Il la vit l'observer en silence et songea qu'elle devinait sans doute le fond de sa pensée. Pourtant, elle semblait contente.

— J'apprécie, en tout cas, finit-elle par conclure, une lueur brillant dans ses yeux verts, les plus beaux qu'il ait jamais vus.

Il se sentait en équilibre précaire, au bord de quelque chose qu'il ne parvenait pas à définir mais qu'il souhaitait explorer. C'était dingue de ressentir cela aussi vite pour quiconque, et pourtant, d'une certaine façon, ça lui paraissait normal. Il éprouvait avec Jessica une familiarité qu'il ne pouvait pas s'expliquer.

— Vous avez probablement rempli la plupart des formulaires

en ligne, mais parfois ils ont besoin d'une signature en personne, dit-il pour briser le charme. Le secrétariat vous fournira aussi un passe de sécurité et vous attribuera une place de parking attitrée si vous avez une voiture.

— Oui, j'en ai loué une pour la durée de mes six semaines ici, indiqua Jessica. Ce matin, je me suis garée dans le parking des visiteurs.

— Six semaines ? demanda-t-il, curieux.

— Oui, je couvre le congé longue durée de votre résident en pédiatrie.

— Ah oui, bien sûr, fit-il, abattu par la nouvelle.

Il avait oublié que le remplacement de Jessica était aussi court. Mais peut-être s'essayait-elle au pays, ou testait-elle la vie à la campagne, histoire de voir si le rythme d'Armidale lui convenait ?

— J'ai pris une location courte pour la maison aussi. Mon prochain poste à Adelaïde est dans sept semaines. Il ne couvrira que quatre semaines, mais les allers-retours, ça me convient bien.

— Bien sûr, bien sûr.

Il était conscient de se répéter… Tout comme il avait failli répéter son erreur de vouloir découvrir une femme. Bon Dieu, il recommençait ! Il n'avait donc rien appris ? La dernière fois, il avait bêtement été jusqu'à croire que la femme qui l'avait épousé et avait donné naissance à son bébé allait rester. Et il s'était trompé. Complètement trompé. Il aurait dû se méfier, et cette fois, il allait s'assurer de se montrer plus circonspect.

— Vous remplacez Stan Jefferson qui est parti en lune de miel en Europe, quelque temps dans les îles grecques puis sur la Côte d'Azur.

— C'est ce que j'ai entendu, oui, fit Jessica d'une voix plate. J'étais au courant de la raison de ma mission, mais pas de leur destination. Eh bien, je leur souhaite bonne chance.

Son ton monocorde n'était pas passé inaperçu auprès de Harrison.

Il ne s'attendait pas à ce qu'elle s'extasie sur la lune de miel de deux personnes qu'elle ne connaissait pas, certes, mais une réaction aussi dénuée d'émotion... Tout ce qu'il avait imaginé au sujet de cette femme, était-ce la réalité ?

— Vous n'avez pas l'air très enthousiaste pour eux.

— Je ne les connais pas.

— C'est vrai.

Elle marqua une hésitation, puis :

— Oh ! la Méditerranée doit être superbe à cette époque de l'année ! Je suis juste... Eh bien, vous savez quoi ? Ce que j'en pense n'a vraiment pas la moindre importance.

Il sentit un nœud se former dans son ventre tandis qu'un mur invisible s'élevait entre eux.

Son intuition, en plus des faits clairs et nets, avait en tout cas établi une certitude : Jessica Ayers était désinvolte sur le sujet. Elle n'était pas du genre à s'installer.

Il glissa dans un espace étrange où il réfléchissait... Il ne savait pas trop à quoi, en fait.

Ce nouvel aspect d'elle, froid et détaché, lui rappelait la manière dont son ex-femme lui avait tourné le dos. Décidément, il ne comprenait rien aux femmes. Il avait la sensation de nager en eaux troubles, et il ne pouvait pas se permettre d'être balayé par le courant. Ce genre de choses ne lui était arrivé qu'une seule fois, et même là, la connexion n'avait pas été aussi immédiate que celle qu'il éprouvait avec Jessica. Mais si cette femme réveillait en lui des émotions qu'il avait oubliées, c'était à lui de les contenir. Il se souviendrait de conserver une distance toute professionnelle avec elle. Non que cela le tourmente, d'ailleurs, car lui non plus ne souhaitait pas s'engager...

Il se frotta le menton, mal à l'aise.

— Non, sans doute que ce qu'on en pense n'importe pas, du moment qu'ils sont heureux, conclut-il.

— Vous savez, ajouta Jessica, ma carrière, c'est tout ce qui compte pour moi. C'est mon seul objectif, et je soupçonne que ça restera le seul.

Il se sentit bête, soudain.

Voilà, il aurait dû s'en douter, Jessica était une autre carriériste ! Son annonce était inattendue, mais elle constituait un rappel à l'ordre bienvenu. C'était la gifle dont il avait bien besoin. Retour à la réalité. Au moins, il pouvait lui être reconnaissant de sa franchise. Peut-être son ex-femme aussi avait-elle été franche, sauf qu'il n'avait pas su l'entendre à l'époque. Difficile de savoir.

Avec le temps vient la sagesse, et désormais il devait faire doublement attention : pour lui, mais surtout pour son fils. Plus jamais il ne permettrait qu'ils souffrent. Désormais, il savait qu'il n'avait pas besoin d'une femme qu'il trouvait ne serait-ce que vaguement intéressante, encore moins d'une intrigante. Et certainement pas d'une femme incapable de rester en place. Jessica venait de le ramener à la raison : il se débrouillait très bien comme père célibataire, et être parent célibataire offrait assez de défis à relever sans aller s'embarquer dans une aventure avec une femme comme elle. Leurs valeurs et leurs intérêts lui avaient paru momentanément alignés, mais en fait ils étaient à des années-lumière. Il avait été balayé par un moment de folie. Ce qu'il avait pris pour un heureux hasard, cette doctoresse distraite qui lui avait roulé sur le pied, ça ne constituait en rien un signe. C'était un accident, rien de plus. Point barre.

Brique après brique, un mur infranchissable se construisait dans sa tête. À la vitesse de la lumière. Jessica représentait tout ce dont il n'avait pas besoin chez une femme, le tout emballé dans un très joli paquet.

Le Dr Jessica Ayers, c'était le cœur brisé assuré pour tout homme qui envisageait une relation sur le long terme. Il ne savait pas trop pourquoi il avait cru un instant qu'il pourrait en être autrement. Pendant cinq années il n'avait pas pensé à l'amour. Lors de sa rencontre avec Jessica, pour une raison inexplicable, l'amour était revenu s'immiscer dans son esprit, mais mieux valait envoyer balader toute idée de ce style.

Maintenant.

Il s'éclaircit la gorge.

— Tout compte fait, je ne pense pas que je vais avoir le temps de vous faire visiter l'hôpital aujourd'hui.

Le front plissé de Jessica ne laissait aucun doute quant à sa surprise face à ce changement d'attitude.

— Il y a un problème ?

— Non, je viens juste de me rappeler que j'ai promis de rendre visite à un patient plus tard, du coup je n'aurai pas assez de temps à vous accorder. Je suis sûr que, aux ressources humaines, ils vous proposeront l'aide de quelqu'un.

— Bien entendu, je comprends...

Il devait définir les limites de leur relation. Se rappeler qu'il ne connaissait pas la femme devant lui. Peu importait le lien qu'il avait cru ressentir dans l'instant, ce n'était qu'une chimère. Juste des sensations qui lui étaient passées par la tête, tout comme elle ne faisait que passer à Armidale. Tout cela aurait disparu en un clin d'œil.

— Et il y a encore une chose, docteur Ayers.

— Jessica, le corrigea-t-elle.

— Bien, Jessica. En tant que médecin chef de service, je dois vous mentionner une chose importante.

— Oh ! Ça a l'air grave.

Il avait volontairement changé de ton, passant du cordial au neutre.

— Grave, non, mais cela ressort de la bonne pratique professionnelle, et donc il est nécessaire de le mentionner.

— Allez-y, fit Jessica, l'air de plus en plus inquiet.

Elle avait croisé les bras. Elle se préparait à la bagarre.

L'ironie, c'était que la même bataille se jouait en interne, à l'intérieur de lui. Ses paroles visaient à installer des frontières personnelles dont il ressentait le besoin.

— En termes professionnels, je dois vous informer que vous auriez dû clarifier votre situation auprès de moi avant d'agir en quelque capacité que ce soit aux urgences, étant donné que vous n'aviez pas officiellement pris votre poste.

Il marqua une pause afin de regrouper ses pensées et de rester sur la même voie.

— Il n'y a pas de manière délicate de vous dire ça, Jessica, si ce n'est de constater la réalité. Vous avez franchi une ligne rouge, et j'espère que ça ne se reproduira pas.

5

Jessica eut le souffle coupé. L'impression d'avoir reçu un coup de poing dans le plexus.

Elle était intervenue pour aider. Si elle ne s'attendait pas à ce qu'on lui décerne une médaille, elle ne pensait pas non plus mériter cette rebuffade. Il se montrait condescendant dans son approche. Elle était une professionnelle hautement qualifiée. Comment osait-il s'adresser à elle sur ce ton ? Elle se sentait pareille à une adolescente que l'on réprimande. Elle aurait compris que Harrison la tance au sujet de sa tenue tout sauf professionnelle, mais il n'y avait pas fait la moindre allusion.

Elle s'était bien trompée en l'imaginant doté du moindre charisme. Il était brusque au mieux, impoli si elle se montrait honnête avec elle-même. Et elle se retrouvait dans une situation tellement déstabilisante qu'elle n'avait plus qu'une envie : s'enfuir au plus vite. Une fois de plus, la vie se chargeait de lui montrer quel très mauvais juge du caractère des gens elle était.

Non que ce soit une surprise, mais elle avait espéré avoir changé avec le temps. Manifestement pas. Non, rien n'avait évolué, ni chez elle ni chez les hommes qui l'attiraient, même de façon éphémère. Il lui avait suffi de quelques minutes avec le Dr Harrison Wainwright pour la convaincre que sa capacité de jugement avait encore touché le fond. Comment et pourquoi, même brièvement, avait-elle pu croire que cet homme valait la peine qu'elle lui accorde une pensée avant de s'endormir la veille au soir ? Elle ne comprenait pas.

Elle prit une profonde inspiration pour rassembler ses pensées, qui étaient au minimum déprimantes : elle hésitait entre réclamer son transfert dans un autre hôpital, avaler une tablette entière de chocolat ou un pot de crème glacée, voire s'envoyer un verre d'alcool bien fort à la fin de son service.

Décidément, elle aurait dû choisir un autre poste. Les offres de remplacement ne manquaient pas dans son domaine, et si elle était allée ailleurs il n'y aurait pas de Dr Wainwright, et elle porterait un tailleur et non pas cette tenue plus adaptée à une écurie qu'à un hôpital. Ou alors, elle aurait pu prendre sa journée afin d'attendre ses bagages et ses vêtements, en rejetant la faute sur la compagnie aérienne. Ou alors...

Mais non, elle était venue dans sa tenue de souillon, elle s'était portée volontaire, et on lui reprochait son intervention !

Pour la troisième fois, elle se sentait mortifiée en présence de cet homme. Dont deux fois le même jour. C'était assez. C'était déjà trop.

Sans piper mot, elle pivota et s'éloigna.

— Docteur Ayers ! appela un agent hospitalier dans le couloir.

Il était presque 14 h 30, Jessica avait passé sa procédure d'incorporation et enchaîné avec la visite de l'aile pédiatrique. Se familiariser avec le personnel soignant et ses petits patients avait été sa priorité.

— Oui ?

En se retournant, elle découvrit le jeune homme qui tirait ses valises derrière lui.

— On m'a dit de vous trouver, car vous deviez récupérer ça de façon urgente.

Elle ne se rappelait pas avoir jamais éprouvé pareil soulagement, et elle n'avait pas l'intention de cacher sa satisfaction.

— Oh ! merci mille fois ! s'exclama-t-elle en se précipitant vers lui, comme s'il risquait de disparaître avec ses valises aussi miraculeusement qu'il était apparu.

— Pas de problème, répondit-il en lâchant la poignée des

bagages. Apparemment, ils avaient raté le premier vol, on les a acheminés dans le deuxième.

— Vous n'avez pas idée du plaisir que ça me fait de les récupérer.

Elle voyait bien à l'expression de l'employé que sa réaction était quelque peu exagérée, mais à quoi bon essayer de s'en expliquer ? Elle allait enfin pouvoir s'habiller normalement et oublier son entrée en tenue de cow-girl.

Ce qu'elle n'arrivait pas à oublier, en revanche, songea-t-elle en faisant rouler ses bagages devant le poste de garde des infirmières, à qui elle annonça qu'elle reviendrait dans quinze minutes après s'être changée, c'était la rebuffade sévère du Dr Harrison Wainwright.

Une rebuffade aussi cruelle qu'inattendue. Elle ne l'aurait pas cru capable d'autant de rigidité. Les procédures sont importantes au sein d'un hôpital, mais elle était intervenue dans une situation d'urgence afin d'aider à sauver des vies... Bêtement, elle l'avait trouvé très aimable à l'aéroport. Presque chevaleresque. Et à observer sa compassion envers la jeune patiente enceinte, à l'écouter parler à l'étudiante en médecine, toujours encourageant, elle en était venue à le prendre pour un être convenable, respectueux et... Aimable, oui. Mais soudain, il avait complètement changé de comportement. De façon si drastique que c'en était ridicule.

Les hommes avaient l'habitude de faire ça avec elle, décidément. Un instant ils étaient célibataires, et tout à coup ils étaient mariés. Dans le cas présent, un instant Harrison était charmant, adorable même, et le suivant il était brutal et limite malpoli. Son attitude était au minimum bizarre. En tout cas elle l'avait amenée à se rendre compte que sa première impression était fausse de bout en bout.

Finalement, elle en était soulagée, voire presque reconnaissante, décréta-t-elle en refermant derrière elle la porte de son bureau. Si Harrison Wainwright n'était pas celui qu'elle avait cru de prime abord, c'était tant mieux. Car autrement, elle aurait eu un problème.

Elle secoua la tête, atterrée par la réaction qu'il lui avait inspirée d'emblée. Dorénavant, elle allait se concentrer sur ce qui était important et cesser de divaguer à propos de cet homme.

Elle déverrouilla ses valises et en sortit un pull à col roulé rose pâle et un pantalon bleu marine qui, heureusement, n'était pas froissé.

Quand elle regagna le couloir, ses murs de protection étaient de nouveau bien bâtis autour de son cœur. Elle était décidée à ce que plus rien ne la détourne de ses petits patients et leurs familles. Fini les rêves idiots à propos d'un homme qu'elle connaissait à peine et qui, par son comportement instable, était tombé si bas dans son estime. Son intérêt pour Harrison Wainwright avait disparu, et elle le remercia en silence alors qu'elle s'emparait du dossier de son prochain patient.

Il ne restait à Jessica qu'un patient à visiter dans le service pédiatrique qui comptait vingt-huit lits. Elle avait pris beaucoup plus de temps qu'à l'ordinaire, mais l'hôpital d'Armidale n'avait rien de comparable avec les services grouillants d'activité auxquels elle était habituée dans les grandes villes, où l'on n'avait pas le temps de tisser une véritable relation patient-médecin digne de ce nom. Ici, l'ambiance était familiale. Les infirmières connaissaient la plupart des mamans et des papas, en plus des ambulanciers.

C'était agréable, pas de doute, mais elle savait qu'elle devait aussi garder une certaine distance. Pas question de trop s'installer ici, d'entrer dans un lieu confortable avec cette communauté si soudée, au risque d'avoir envie de rester. Car ce n'était pas une option. Le moment venu, elle partirait et recommencerait de zéro ailleurs.

Il lui restait donc une patiente pour ce soir : Chloe Naughton, six ans.

— Chloe est arrivée aux urgences il y a deux jours, lui apprit Rosie, l'infirmière qui commençait son service. Elle avait convulsé à la maison et perdu connaissance dans l'ambulance.

Elles se tenaient devant la porte de la chambre afin de pouvoir discuter du cas de la fillette en toute discrétion.

— Je vois qu'on lui a diagnostiqué un diabète.

— Oui. Le Dr Wainwright a fait effectuer des tests sanguins, et on a trouvé des anticorps communs dans un diabète de type un, par opposition au type deux. Chloe avait aussi des cétones dans ses urines, d'où la confirmation du diagnostic initial du Dr Wainwright.

Évidemment, c'était lui qui avait effectué les premiers examens à l'arrivée de la famille aux urgences.

— Vous avez poursuivi avec un test du taux d'hémoglobine glyquée ?

— Oui, le Dr Wainwright en a demandé un quand il l'a transférée en pédiatrie l'après-midi. Et le test sanguin nous a donné le taux de sucre de Chloe des deux ou trois mois écoulés. Le pourcentage de sucre accroché aux protéines porteuses d'oxygène dans les globules rouges était extrêmement élevé.

— Je vois ici qu'il était proche de 7 % sur deux tests différents, commenta Jessica.

Harrison avait effectué des analyses complètes, sans rien laisser au hasard. Ce qui renforçait son idée qu'il était un excellent médecin, même s'il se comportait comme un odieux personnage en tant qu'homme.

Jessica regarda par l'entrebâillement de la porte : la petite fille dormait, et sa mère, à son chevet, lui tenait la main.

— Il y a du diabète dans la famille ?

— Son grand-père paternel.

— Comment la famille prend-elle la nouvelle ?

— Pas bien du tout, hélas. Sa mère, Rachel, ne l'a pas quittée depuis son admission. Chloe est un bébé né de FIV, conçue après cinq tentatives échouées. Bref, une petite fille très désirée et très aimée.

— Et le père, comment réagit-il ? J'espère qu'il ne se sent pas coupable d'avoir transmis à sa fille des gènes défectueux. D'ailleurs, il se peut qu'elle n'ait pas hérité de ça de ce côté-là uniquement.

— Le père de Chloe, Sam, a été tué dans un accident agricole il y a un peu plus de six mois.

— Oh ! mon Dieu !

— La famille a traversé un rude moment, poursuivit Rosie. Sam avait dix ans de plus que son épouse. Rachel n'a que trente-cinq ans. Elle va s'en sortir financièrement parlant, mais c'est plus compliqué du point de vue émotionnel.

Jessica marqua une pause, avant d'acquiescer.

— Oui, ça fait beaucoup à gérer pour une seule femme. Pas étonnant qu'elle ne quitte pas le chevet de sa fille.

— Nous avons installé Chloe dans une chambre seule, afin que Rachel puisse dormir sur un lit de camp.

— Un thérapeute est passé la voir ?

— Oui, et le Dr Wainwright passe la voir deux ou trois fois par jour aussi. Il lui apporte un sandwich ou une tasse de café. Quand il était gamin, Sam Naughton était comme un grand frère pour lui. Il veillait sur lui, alors aujourd'hui, il lui rend la pareille, en quelque sorte.

Jessica prit une inspiration.

Elle n'avait pas du tout envie d'entendre parler de cet homme. Pour le décrire, le terme « complexe » semblait un doux euphémisme. Comme le terme « soudée » pour qualifier cette communauté.

Elle écarta Harrison Wainwright de ses pensées pour se concentrer sur la situation présente.

La famille Naughton avait subi des épreuves successives en peu de temps. Elle aurait bien voulu se montrer porteuse d'espoir, mais elle n'allait pas pouvoir peindre un tableau tout rose et ne voulait pas tordre la vérité. L'état de Chloe était sérieux, potentiellement dangereux pour sa vie. C'était elle, la priorité du moment.

La mère de la fillette releva la tête en les entendant approcher, Rosie et elle.

— Bonjour, madame Naughton, dit doucement Jessica en lui tendant la main. Je suis le Dr Ayers, la nouvelle pédiatre, et c'est moi qui vais m'occuper de votre fille jusqu'à ce qu'elle soit stabilisée et puisse rentrer à la maison.

— Ravie de vous rencontrer, docteur.

Rachel avait les yeux rougis par les larmes. Elles avaient à peu près le même âge, mais son état de vulnérabilité lui donnait l'air plus jeune.

Jessica sentit son cœur se serrer.

Depuis son internat, elle connaissait cette sensation désagréable. L'un de ses mentors lui avait expliqué un jour, au début de sa carrière, que le jour où elle perdrait sa compassion et son empathie serait celui où elle quitterait la profession. Elle avait pris l'habitude de se répéter ces paroles dans sa tête chaque fois qu'elle se trouvait confrontée à la peine éprouvée par la famille d'un petit patient.

— Pendant que Chloe dort, nous pouvons peut-être nous éloigner un peu, si vous avez des questions sur son traitement ?

— Je ne veux pas la quitter, au cas où elle se réveillerait.

— On va voir si l'une de nos infirmières peut prendre le relais un moment..., commença Jessica.

— Ne dérangez pas le personnel infirmier, tout le monde est occupé. Je vais rester, annonça une voix grave derrière elle. Chloe adore son parrain, et je ne passe pas assez de temps avec elle. Je n'ai pas pu la voir aujourd'hui, car les urgences ont été aussi bondées qu'un hall de gare, le Dr Ayers est bien placée pour le savoir.

Jessica se mordit la lèvre.

Pas besoin de se retourner, elle connaissait cette voix. Les dernières paroles de Harrison à son intention résonnaient encore dans sa tête. Elle devait se concentrer sur la mère de sa patiente, mais ce n'était pas facile d'ignorer cette présence. Pas facile du tout.

— Tu es sûr, Harrison ? demanda Rachel, qui avait lâché délicatement la main de sa fille pour se lever et le saluer. Tu es déjà bien occupé avec les urgences...

Jessica assista à leur étreinte. Une larme coula sur la joue de

Rachel, que la jeune femme essuya quand elle se recula pour se rasseoir au chevet de sa fille.

Harrison tira de sa poche un mouchoir qu'il lui tendit.

Même si Rachel s'était détournée pudiquement, il n'avait pas raté ses larmes, ou alors il les avait pressenties. Encore une fois, il se transformait en l'homme attentionné et galant que Jessica avait rencontré la veille à l'aéroport.

Elle se raidit instinctivement.

Elle ne devait pas se laisser aller à la confusion que ses changements d'attitude semaient en elle.

— Je ne suis jamais trop occupé pour mes deux filles préférées. Tu as besoin de recharger tes accus, Rachel. Il faut que tu ailles manger, sinon tu vas finir par tomber dans les pommes. S'il te plaît, si tu ne le fais pas pour toi, fais-le pour Chloe.

Visiblement, le ton désinvolte de sa voix masquait de l'inquiétude. Il connaissait les résultats des tests, mais la jeune mère avait déjà tant à supporter qu'il essayait de la ménager.

L'élan de respect que Jessica éprouva pour cet homme, debout trop près d'elle pour son confort, la prit par surprise.

— Je suis sérieux, Rachel, insista-t-il d'une voix plus basse en se penchant vers son amie. Prends une demi-heure, un café et un sandwich. Le Dr Ayers pourrait peut-être t'accompagner et discuter avec toi du traitement à la cafétéria ?

— Je ne sais pas...

— Ne m'oblige pas à appeler l'artillerie lourde en renfort, l'interrompit-il.

— Ma mère ?

— Exact. J'ai son numéro !

Il esquissa un sourire, et Jessica s'agaça de le trouver aussi craquant.

Rachel fit la moue.

— Ta menace ne tient pas, elle arrive de Brisbane aujourd'hui, donc elle sera avec nous quoi que tu fasses. Cela dit, je commence à avoir un peu faim...

— Et moi, je prendrais bien un café et une bricole à grignoter aussi, donc vous m'arrangerez si vous m'accompagnez en bas, argua Jessica. Je n'ai rien avalé depuis le petit déjeuner.

— OK, mais juste quelques minutes, concéda Rachel en se levant timidement pour prendre son sac à main. Dix minutes maximum.

— Prends-en trente, je serai encore là quand tu reviendras, lui promit Harrison, avant de se tourner vers Jessica, l'air contrit. Je dois m'excuser auprès de vous avant que vous ne sortiez, docteur Ayers. Votre volonté d'aider ce matin était admirable, et ma réaction désagréable totalement déplacée. Je vous prie d'excuser mon impolitesse.

— Ton impolitesse ? s'étonna Rachel. Tu n'as jamais mal parlé à quiconque depuis que je te connais.

— Eh bien, il y a une première fois à tout. Et hélas pour moi, c'était ce matin, conclut Jessica, consciente des deux paires d'yeux braquées sur elle.

Elle aurait voulu dire qu'elle n'acceptait pas ses excuses et qu'elle ne voulait plus rien avoir à faire avec lui, mais elle en était incapable. Elle devait accepter les excuses de Harrison aussi poliment qu'il les lui avait présentées. Peut-être après tout le comportement du chef de service des urgences avait-il été aussi inhabituel chez lui que sa tenue vestimentaire à elle ? D'ailleurs, elle s'étonnait encore que personne n'ait fait de commentaires à ce sujet. Pas de jugement de la part de quiconque. Elle commençait à se demander si elle n'était pas sa propre critique la plus sévère.

— J'accepte, annonça-t-elle enfin. Allez, on descend manger un bout, ajouta-t-elle à l'attention de Rachel.

Ça lui éviterait de trop penser à Harrison. Pas besoin de complications dans sa vie. Donner le maximum pour ses patients, voilà quel serait son unique objectif au cours des six semaines à venir. Rien d'autre.

— Je vous avertis si Chloe se réveille, dit Harrison avant de s'asseoir et de prendre la toute petite main de la fillette dans la sienne.

Avec délicatesse, il écarta une mèche blonde sur son front

de porcelaine, et, à nouveau, Jessica sentit sa volonté et tous les murs qu'elle avait bâtis menacer de s'effondrer.

— Comment prenez-vous votre café, madame Naughton ?

— Sans sucre, avec une touche de lait, s'il vous plaît. Mais appelez-moi Rachel.

Jessica laissa Rachel à table et s'approcha du comptoir de la cafétéria de l'hôpital. En songeant à toutes les épreuves traversées par cette jeune femme, elle remettait ses propres peines en perspective.

Elle commanda deux cafés crème et deux sandwichs mixtes, mais au moment où elle tendait la monnaie pour payer, la serveuse l'informa que le Dr Wainwright avait déjà réglé.

— Mais comment ?

— Il a appelé pour me demander de mettre ça sur sa note.

— D'accord, alors mettez seulement un café et un sandwich sur sa note, corrigea Jessica. Je vais payer les miens.

— Si j'étais vous, rétorqua la femme en poussant gentiment le plateau dans sa direction, j'accepterais l'offre du docteur. Ce n'est qu'un sandwich et un café, qui est en train de refroidir, d'ailleurs. En plus, les gens attendent derrière vous. Vous allez les aimer, mes sandwichs, je les ai préparés moi-même ce matin.

Jessica céda avec un sourire contrit.

Dans le grand ordre des choses, qu'est-ce que c'était qu'un café et un petit sandwich ? C'était peut-être la façon qu'il avait trouvée pour sceller ses excuses. Or, le temps était précieux, et elle devait discuter avec Rachel.

— Merci, dit celle-ci quand elle revint à table.

— C'est de la part du Dr Wainwright, il avait payé d'avance pour le tout.

— Quel amour !

Jessica ne put s'empêcher de secouer légèrement la tête.

Ah oui, vraiment ?

En réalité, elle était perdue, et elle détestait cette sensation. À force d'y réfléchir, elle commençait à penser qu'elle aurait dû demander l'approbation de Harrison avant d'intervenir aux urgences. Et s'il était juste la voix de la raison, s'il suivait simplement le protocole et que c'était elle, qui exagérait dans sa réaction ? Après tout, son passé influençait peut-être la manière dont elle interprétait les choses. Si ça se trouvait, elle se cherchait des prétextes pour ne pas apprécier cet homme.

Peu importe. Que Harrison Wainwright soit un amour ou l'arrogance en personne ne changeait rien : elle en avait fini d'essayer de deviner les intentions ou la personnalité des hommes. Mieux, elle en avait fini avec les hommes. Point barre.

— Il est mon rocher depuis le décès de mon mari, murmura Rachel. Je ne sais pas ce que j'aurais fait sans lui. Il a tout pris en charge, jusqu'à l'organisation et au financement des funérailles. Je ne voulais pas, on avait assez d'économies, et mon mari avait une assurance-vie, mais Harrison a insisté pour que je garde tout ça au chaud pour l'éducation de Chloe. Depuis, il prend son rôle de parrain très à cœur. Ça, c'est tout lui. Quand il s'engage, il se donne à cent pour cent...

Jessica devait l'admettre, la façon dont Harrison gérait les urgences reflétait la même philosophie. Visiblement, ce n'était pas un homme désinvolte ou qui s'investissait à moitié. Mais elle ne se sentait pas équipée pour résoudre ce puzzle.

— Ma vie était comme un brouillard, poursuivit Rachel, la ramenant à la réalité. Je ne savais plus du tout où j'en étais. Je me noyais dans le déni, le choc, l'inquiétude, tout ça accumulé. Alors Harrison est intervenu en me laissant la seule tâche de m'occuper de Chloe et de moi-même, sans le fardeau du reste de l'organisation.

Jessica hocha la tête, refusant de s'autoriser à admirer l'homme qu'elle voulait détester. Sa tâche du moment, c'était de préparer Rachel au voyage qui l'attendait pour accompagner Chloe dans sa maladie. Ses sentiments personnels devraient rester en retrait.

— Je peux répondre à vos questions sur le traitement de Chloe pendant que nous mangeons, proposa-t-elle afin de changer de sujet.

— Oui, merci, répondit Rachel en prenant une gorgée de son café.

Sur quoi elle resta silencieuse quelques secondes, le regard perdu au loin.

Jessica déballa son sandwich et mordit dedans pour lui laisser le temps de réfléchir.

— Est-ce que ma fille va mourir ? demanda soudain Rachel d'une voix tremblante.

Jessica reposa son sandwich sur son assiette, lâchant un soupir. La question était franche mais abrupte. La réponse devait être tout aussi honnête, mais tempérée de manière à ne pas causer une alarme inutile.

— Pas si nous gérons correctement sa maladie, dit-elle au bout d'un instant. Et nous devons le faire au mieux jusqu'à ce que Chloe soit assez grande pour le faire seule. Il ne faut jamais oublier que le sérieux avec lequel nous prenons sa maladie est la clé pour qu'elle vive une vie saine et épanouie.

— Et si on commet une erreur ? Si on passe à côté de quelque chose ? Je ne sais pas… Si on se trompe ?

— Ça n'arrivera pas. La recherche médicale est assez avancée sur le sujet, et nous allons mettre en place un protocole médicamenteux qui empêchera que l'état de Chloe ne se détériore.

— Et pour les moments où elle ne sera pas avec moi ?

Rachel ne cherchait pas à cacher sa peur, Jessica la voyait monter à mesure que les questions fusaient.

— Vous allez devoir éduquer votre famille, vos amis, et surtout Chloe elle-même, expliqua Jessica de la voix la plus calme possible. En grandissant, vous allez devoir octroyer de plus en plus d'indépendance à votre fille, et avec cette indépendance viendra la responsabilité de prendre les bonnes décisions.

— Et si elle ne le fait pas ? Que se passera-t-il alors ?

Il n'y avait pas de réponse facile à entendre à cette question. La franchise était la seule option.

— Sa maladie pourrait sérieusement s'aggraver. Mais vous n'avez pas besoin d'y penser tout de suite. Vous avez une fillette de six ans qui va apprendre à s'adapter. Tout comme vous.

Jessica vit Rachel s'affaisser un peu plus sur son siège.

— En grandissant, Chloe va comprendre de mieux en mieux sa maladie, et elle fera en sorte de ne pas prendre de risques inutiles. Tout est question d'équilibre. Chaque jour elle sera confrontée à des choix que les enfants ordinaires n'ont pas à faire, mais elle saura qu'elle doit prendre en compte son diabète.

— C'est beaucoup demander à une petite fille.

— C'est beaucoup demander à sa maman aussi, mais vous vous y ferez toutes les deux. Je ne doute pas que votre fille se montrera aussi forte que vous l'êtes. Pour commencer, vous devriez manger, ajouta-t-elle d'une voix aimable mais ferme. Vous ne serez d'aucune utilité à votre fille si vous êtes épuisée et malade d'inquiétude ou par manque de nourriture.

— Oui, vous avez sans doute raison, marmonna Rachel en mordant à peine dans son sandwich.

Jessica l'imita, mais ses bouchées à elle montraient qu'elle était affamée.

— Vous voulez bien tout m'expliquer dans les détails ? demanda Rachel.

Jessica s'essuya la bouche avec sa serviette en papier avant de se lancer.

— Avec le diabète, on s'engage dans un traitement à vie. Il se peut qu'il évolue au fil du temps, mais jamais il ne s'arrêtera complètement. On peut traiter son diabète, pas le soigner. À ce jour, il n'existe pas de médicament miracle qui soigne cette maladie — ce qui ne signifie pas qu'il ne sera pas inventé un jour.

— Mais elle peut quand même vivre une longue vie saine, alors ?

— Absolument. Avec les soins adaptés, elle sera aussi en forme que toutes les filles de son âge. Et elle aura une longue et belle vie.

Rachel se redressa sur sa chaise à mesure que le pronostic la rendait plus optimiste.

— Le traitement de Chloe sera basé sur ses besoins spécifiques à elle, et l'hôpital mettra en place une équipe de soins juste pour elle.

— Il n'y aura donc pas que vous, docteur Ayers ?

— Non, je ne suis que la remplaçante du pédiatre pendant son congé. Il reprendra son poste dans six semaines. Avec plusieurs professionnels médicaux de l'hôpital, il vous fournira ses conseils et son soutien. Mais avant de passer au rôle de l'équipe, laissez-moi vous expliquer un peu la maladie et le protocole de traitement.

Rachel hocha la tête en reprenant une bouchée de sandwich.

— Le traitement varie en fonction du patient. Les types d'insuline et les plannings d'administration sont différents selon les patients.

— Chloe aura donc besoin d'une injection d'insuline chaque jour ?

— Oui.

— Toute sa vie ?

— Oui. Ce n'est pas une maladie qui va disparaître quand elle grandira, elle devra la gérer toute sa vie, admit Jessica, avant de marquer une pause. Je suis navrée de vous donner tant de choses à penser, je croyais qu'on vous avait déjà tout expliqué hier.

— Oui, oui, c'est le cas, et je sais que le diabète est une maladie à vie, répondit Rachel, l'air extrêmement las. Seulement, j'étais trop perturbée pour entendre quoi que ce soit. Ça s'est abattu sur moi comme un tsunami, j'essayais juste de garder la tête hors de l'eau pour me concentrer sur les besoins immédiats de Chloe et ne pas craquer devant elle.

— C'est compréhensible. Vous vous en sortez admirablement. Je vous réexpliquerai tout ce qui est important pour maintenant, et le reste pourra attendre. Je suppose que vous avez hâte de retourner au chevet de Chloe ?

Et le Dr Wainwright devait probablement repartir aux urgences.

Passer le moins de temps possible avec lui, tel était son objectif pour le temps de son séjour à Armidale. Cet homme risquait de lui compliquer la vie, et elle n'avait pas besoin de ça. Pourvu qu'il s'en aille dès qu'elles arriveraient dans la chambre de Chloe, qu'elle puisse éviter une situation embarrassante ! Elle avait eu sa dose pour aujourd'hui.

— Harrison a promis de m'envoyer un SMS si elle se réveille, répondit Rachel, avant de prendre une longue inspiration. Je pense que je me sens un peu plus forte aujourd'hui. Vous avez le temps de m'expliquer tout ça ? Je crains que Harrison ne me dise pas tout pour ne pas m'inquiéter outre mesure. Mais moi, j'ai besoin de tout savoir.

Jessica avait le reste de l'après-midi libre et était peu pressée de retrouver le Dr Wainwright. Elle était donc toute disposée à expliquer à Rachel ce qu'elle avait besoin de savoir.

— Chloe va devoir recevoir des injections d'insuline afin de stabiliser ton taux de glucose dans le sang, commença-t-elle. C'est-à-dire la quantité de sucre qu'elle a dans le sang.

— Elle n'aura besoin que d'insuline, ou est-ce qu'il y aura d'autres choses à gérer quand elle ira à l'école ?

— Si l'école a une infirmière, celle-ci pourra aider Chloe jusqu'à ce qu'elle soit en mesure de le faire par elle-même. Et l'hôpital vous fournira une assistance au long cours.

Rachel avait l'air peu convaincue.

— Ça me rassure de savoir que je ne serai pas seule pour m'occuper de tout, admit-elle en ramassant dans son assiette quelques graines germées d'alfalfa pour les grignoter.

— N'hésitez pas à demander plus d'aide si besoin. Ne restez surtout pas seule, Rachel.

La jeune femme hocha la tête.

— Promis. Et avec toute cette aide, je pourrai me reposer moins sur Harrison à l'avenir.

La seule mention de son prénom forma un nœud dans l'estomac de Jessica.

— Il doit vivre sa vie aussi. Il a déjà tant à gérer… Il n'a pas besoin que je vienne me rajouter à ses soucis. C'est un homme merveilleux, poursuivit Rachel avec un sourire penaud, il mérite de trouver quelqu'un pour partager sa vie, or il n'y réussira pas s'il passe son temps à m'aider.

Jessica déglutit, irrémédiablement catapultée hors de sa zone de confort.

La dernière chose qu'elle avait envie de savoir, c'était que

Harrison Wainwright était célibataire et apparemment pas aussi redoutable qu'elle en était venue à le croire. Sans compter qu'il était, d'après ses premières impressions aux urgences, un médecin hautement qualifié doublé d'un professionnel compatissant tant avec les enfants que les adultes. Tous les ingrédients réunis pour un désastre vu à quel point, pour une raison incompréhensible, elle se sentait vulnérable en sa présence.

Elle avait peur.

De lui mais aussi de ses propres sentiments.

6

Les jours suivants passèrent vite. Jessica faisait son possible pour éviter Harrison. Sa charge de patients lui permettait de rester en pédiatrie, loin des urgences. Quand elle le croisait dans un couloir, elle lui adressait un hochement de tête poli. De cette façon, cela pouvait fonctionner, et elle espérait que la situation resterait en l'état.

Les nuits, c'était différent : pour une raison qui lui échappait, le visage du beau médecin apparaissait devant ses yeux avant qu'elle ne s'endorme. Tous les soirs.

Elle était parvenue à la fin du quatrième jour sans trop l'approcher, jusqu'à ce qu'elle tombe sur lui dans la chambre de la petite Chloe, au moment où la fillette allait quitter l'hôpital.

— Bien, vous avez le numéro de l'hôpital et les numéros individuels de chaque membre de l'équipe spécialisée dans le diabète, rappela Jessica en signant les papiers de sortie.

— Oui, répondit Rachel en tapotant son énorme sac à main. Tout est là.

Sur quoi elle hissa Chloe sur sa hanche, et la fillette s'accrocha à sa mère comme un bébé koala.

— Tout ira bien. Une infirmière libérale va passer demain pour vérifier comment ça se passe, ainsi vous n'aurez pas à perturber Chloe en la ramenant ici.

— Et n'oubliez pas que je suis là, moi aussi, tonna la voix de Harrison depuis la porte de la chambre.

Jessica se tourna pour découvrir sa haute silhouette dans

l'encadrement. Sa blouse blanche, ouverte sur un pull fin couleur caramel qui mettait en valeur son torse musclé, ne parvenait pas à cacher son physique avantageux. Un pantalon bleu marine et des souliers marron complétaient un tableau qu'elle se serait bien dispensée d'admirer.

— Regarde, Chloe, c'est oncle Harry, s'exclama joyeusement Rachel. Il est venu te dire au revoir.

— Il part en voyage ?

Rachel éclata de rire.

— Non, ma chérie. C'est plutôt nous. On rentre à la maison. Et il viendra nous y rendre visite très bientôt, j'en suis sûre.

Harrison traversa la chambre en quelques enjambées.

À chacun de ses pas, Jessica sentait ses joues s'échauffer. Tout à coup, l'espace était confiné, trop petit.

— Je viendrai te voir le week-end, promis, dit-il à la fillette.

Il lui donna un baiser sur le sommet du crâne avant de prendre son petit visage entre ses grandes mains.

— Tu vas devoir être très sage et te reposer, et surtout bien écouter ta maman.

— Je vais avoir des piqûres tous les jours, oncle Harry ?

Harrison marqua un temps d'hésitation et tourna les yeux vers Jessica. À son grand étonnement, elle le vit un peu perdu. Jamais elle ne se serait attendue à ça, et contre toute attente, cela lui serra le cœur.

C'était le parrain de Chloe, elle ressentait le besoin de le soulager d'une pression que, bizarrement, il semblait mal gérer à cet instant. Si elle annonçait la mauvaise nouvelle, il pourrait consoler la petite...

— Oui, répondit-elle, volant instinctivement à son secours.

— Mais ça fait mal !

— Je sais, oui. Mais ça ne dure qu'une minute, et après le picotement disparaît. Tu as besoin des médicaments pour rester en forme et courir et jouer comme les autres enfants. Et puis, ta maman a besoin que tu sois en pleine santé pour l'aider à la maison. Je parie que tu l'aides beaucoup.

La petite fille s'anima.

— Je fais mon lit et je nourris Flocon, notre chat… Et aussi je donne de l'eau aux poules. On a sept poulets filles mais pas de garçons, parce qu'ils font du bruit et qu'ils nous réveillent le matin, poursuivit-elle en secouant sa petite tête. Dans ma classe, les garçons font trop de bruit aussi.

Jessica sourit.

— Oui, les garçons peuvent être bruyants parfois. C'est très bien tout ce que tu fais pour aider ta maman. Alors tu vois, c'est important que tu prennes bien tes médicaments, parce que autrement tu serais trop fatiguée et maman devrait tout faire toute seule et…

— Et elle pleurerait, comme quand papa est mort, l'interrompit Chloe.

Que répondre à ça ? À force de se focaliser sur Chloe, sa santé et les obligations que sa maladie allait entraîner, ils avaient un peu laissé de côté Rachel et son état émotionnel.

Aussitôt, comme s'il avait senti que Jessica cherchait ses mots, Harrison intervint.

— Oui, Chloe. Il se peut que ta maman soit fatiguée aussi, parfois. Alors tu dois faire de ton mieux pour être forte. Mais si certains jours tu te sens moins forte, dis à maman de m'appeler, que je vienne vous aider avec le chat et les poules. Je ne suis jamais qu'à dix minutes de la ferme.

Jessica se tourna vers lui au moment où il posait les yeux sur elle. Et ils échangèrent un regard dans lequel elle reconnut de la gratitude et… Et autre chose sur quoi elle ne parvint pas à mettre de mot.

— Je vous accompagne à la réception pour les derniers papiers, intervint Rosie, l'infirmière, qui emmena Rachel et Chloe, la laissant seule avec Harrison.

Elle ne savait trop si elle en était contente ou pas. En tout cas, elle était perturbée de ne pas mettre de nom sur ses émotions, c'était sûr. Il ne s'agissait pas d'un vague intérêt comme elle l'avait espéré. La proximité de Harrison provoquait une réaction qui la mettait sens dessus dessous.

— Je vous demande à nouveau pardon pour l'autre jour, dit-il en se passant une main sur le front. Vous nous avez aidés et, au lieu de vous en remercier, j'ai été ignoble. Il faut croire que je suis trop habitué à tout gérer. Mais ça n'est pas une excuse.

— Vous m'avez déjà présenté vos excuses, et je les ai acceptées. Restons-en là, répondit-elle, pressée de s'éloigner de l'homme qui lui faisait battre le cœur et réveillait des papillons dans son ventre quand elle aurait souhaité nourrir des sentiments négatifs à son encontre.

Elle n'avait pas besoin de ce genre de complications durant son court séjour à Armidale. Que leur relation reste purement professionnelle, c'était tout ce qu'elle voulait. Pas de bavardages inutiles, pas de raison d'en apprendre plus sur lui et par voie de conséquence de le trouver encore plus attirant. Un bel homme contrit, c'était la dernière chose dont elle avait besoin.

— D'accord, dit Harrison, l'air surpris de la froideur de sa réponse.

Immédiatement, elle se sentit mal.

— Pardon, c'est à mon tour de m'excuser, je...

Leur bipeur sonna au même moment, coupant court à la conversation. Ils baissèrent les yeux ensemble : ils étaient appelés aux urgences.

Une jeune infirmière fit irruption dans la chambre.

— Docteur Wainwright, docteur Ayers... Il y a eu un accident sur l'autoroute de Nouvelle-Angleterre. Un car scolaire a quitté la route. Quatre ambulances sont en chemin. On a neuf blessés sérieux, onze blessures mineures et un nombre inconnu de coupures et autres abrasions qui risquent d'être transportés ici plus tard. Arrivée prévue des ambulances dans huit minutes.

— Le chauffeur ? demanda Harrison, tandis que Jessica et lui suivaient l'infirmière jusqu'à l'ascenseur.

— Déclaré mort sur place. Apparemment, il a eu une crise cardiaque, c'est ce qui aurait causé la perte de contrôle du véhicule.

Jessica poussa un soupir et ferma les yeux une fraction de seconde tandis que la cabine les amenait au rez-de-chaussée, où ils ressortirent d'un même pas pour se diriger vers les urgences.

— Il a eu le temps d'appeler les professeurs quand il a senti la douleur à la poitrine, poursuivait l'infirmière. Dans leur déclaration à la police, les enseignants ont dit qu'il avait fait tout son possible pour empêcher la sortie de route. Mais les professeurs étaient à l'arrière du bus, le temps qu'ils se précipitent pour prendre le volant, c'était trop tard.

— Quel tragique concours de circonstances, commenta Jessica alors qu'ils poussaient les portes des urgences.

— Vous avez une idée de l'âge des enfants ? demanda Harrison, qui enfilait déjà des gants jetables et une tunique chirurgicale après s'être lavé les mains.

— Il s'agit de deux classes de cours moyen en excursion, ils doivent donc avoir entre neuf et dix ans.

— Et les blessures, précisément ? s'enquit Jessica tout en imitant Harrison.

— On a deux suspicions de blessure à la moelle épinière, de multiples fractures, des lacérations, et tous sont examinés pour vérifier d'éventuels saignements internes.

— D'autres victimes décédées, en plus du chauffeur ?

— Pas pour le moment.

— On a moins de deux minutes avant l'arrivée des ambulances, lança Harrison au personnel des urgences. On s'assure que tous les box sont libres dans la mesure du possible. Les patients dont la vie n'est pas menacée sont envoyés en salle d'attente.

Au vu des lits qui roulaient déjà dans les couloirs, l'opération avait dû commencer avant l'arrivée du donneur d'ordres. C'était une machine bien huilée que dirigeait Harrison.

Une minute en avance sur l'heure estimée, deux brancards émergèrent. Sans doute les blessés les plus sérieux. Les deux patients étaient maintenus dans une minerve, bandés, et l'un d'eux avait une attelle à la jambe. Un homme, la quarantaine, marchait à côté du premier brancard.

Jessica supposa qu'il s'agissait du professeur de l'enfant. Elle investit le box 5 avec le premier patient tandis que Harrison prenait la deuxième civière au box 4.

— Garçon, neuf ans, annonça l'ambulancier. Suspicion de fractures aux deux jambes, potentielle blessure au cou et trauma crânien — n'ayant pas bouclé sa ceinture de sécurité, il a heurté le siège de devant et a été projeté au sol sous l'impact. On lui a passé une perf en route et administré des analgésiques car il souffrait. Pas de signe de saignements internes. D'après la douleur, on pense à une lésion au niveau des vertèbres C1-C2. On l'a placé sur une planche et mis sous minerve par précaution.

— Super boulot, commenta-t-elle. On le transfère sur le lit.

Les ambulanciers et les infirmières œuvrèrent rapidement et tout en délicatesse afin d'opérer le transfert, puis les urgentistes transmirent leurs notes et quittèrent les lieux avec leur brancard.

— Il s'appelle Trevor Saunders, ajouta l'homme. Je suis son instituteur, Gavin Watson, de l'école élémentaire de Tamworth. Nous étions en excursion à Armidale.

Peu après, deux autres brancards arrivèrent, qui furent envoyés dans les box adjacents, puis un troisième suivit, qui fut parqué dans le seul box encore vide. Toutes les infirmières et le personnel des urgences, en plus de Jessica, étaient occupés, et quatre autres cas sérieux étaient encore en route.

— Vous avez été examiné par les ambulanciers, monsieur Watson ? demanda-t-elle à l'enseignant avant d'enfiler un masque chirurgical et de se pencher sur l'enfant.

— Oui, on m'a ausculté sur place, tout va bien. J'avais ma ceinture de sécurité. Comme les enfants, du moins je le pensais, car nous avons des règles de voyage très strictes. Seulement, certains garçons se sont crus autorisés à désobéir. Je m'en suis rendu compte après l'accident.

— Êtes-vous en mesure d'aider à identifier les élèves que nous traitons ? Si vous vous rendez au bureau d'accueil en expliquant ce que je viens de vous demander, une infirmière vous accompagnera. Ne vous éloignez pas, pour que nous puissions vous appeler en cas de besoin. Je suppose que les parents ont été contactés ?

Le professeur hocha la tête.

— Ma collègue, Mme Forbes, est toujours sur les lieux de l'accident avec les élèves qui n'ont pas été blessés, et l'école a appelé les parents, répondit-il, avant de suivre ses instructions et de s'éloigner.

Jessica concentra toute son attention sur son jeune patient inconscient mais qui respirait régulièrement.

— Trevor, commença-t-elle d'une voix douce et apaisante, je m'appelle Jessica, je suis docteur. Tu ne me vois pas, mais tu m'entends peut-être. Tu as eu un accident quand le bus a quitté la route, et tu as été transporté à l'hôpital d'Armidale.

Pas de réaction visible.

— On va installer des moniteurs sur toi. Si tu m'entends, reste bien tranquille. Tu t'es blessé au dos et aux jambes, alors évite de bouger.

Les infirmières mesurèrent le pouls de l'enfant, sa température et sa respiration.

— Le pouls augmente, annonça l'une d'entre elles en consultant les notes des ambulanciers. Il est à quatre-vingt-dix par quarante-cinq, alors qu'il était à quatre-vingt par quarante dans l'ambulance.

Les paupières du garçonnet se mirent à papillonner. Il reprenait conscience.

— Bienvenue, Trevor.

Il referma les yeux, et les mouvements oculaires cessèrent.

— Le patient passe de la conscience à l'inconscience. Il me faut un appareil à radios portatif afin d'évaluer les dégâts sur les membres inférieurs, indiqua-t-elle à l'autre infirmière sur le même ton calme, mais à voix plus basse. D'après les notes, on a une suspicion de fracture du tibia et du fémur gauches, mais pour moi, le problème majeur, c'est le risque d'endommagement de la moelle épinière.

— Le pouls a remonté, la saturation en oxygène augmente, annonça l'infirmière.

— Bien, la douleur doit avoir disparu, mais il reste un risque de dommage à la moelle lombaire s'il bouge, donc on reste concentrés.

Heureusement, le risque de tétraplégie était écarté. Le jeune garçon rouvrit les yeux quelques secondes.

— Trevor, tu dois être perdu, et peut-être que tu as peur, mais tu ne risques rien. Tu es dans un hôpital et tes parents sont en chemin. Ils devraient être là d'ici à ce qu'on ait terminé tes examens. Ton cou est dans une minerve, c'est pour ça que tes mouvements sont limités, mais il faut aussi que ton corps reste immobile. Si tu peux garder les yeux ouverts, fais-le, mais si c'est trop dur, ferme-les et repose-toi quand tu en ressens le besoin. Je te tiendrai au courant de tout ce qu'il se passe au fur et à mesure. Tu es allongé sur une planche, car tu t'es cogné la tête dans le bus. On va te passer des radios des jambes. Bon, je vais m'éloigner un moment, et puis je reviens. Tu n'es pas seul.

Jessica et les infirmières se retirèrent le temps que le radiologue prenne les clichés. À leur retour, l'enfant avait toujours les yeux grands ouverts, fixés devant lui.

— Tu t'en sors très bien, Trevor, reprit Jessica. Je sais que tu me vois à l'envers, mais je dois me tenir ici derrière ta tête afin de vérifier ta réaction aux lumières. Je vais projeter la lumière d'une petite torche dans tes yeux, ça ne fera pas mal. En revanche, ne la regarde pas, garde les yeux fixés à mon nez.

Elle effectua des mouvements de côté avec la torche, puis des cercles lents devant le champ de vision de Trevor.

— Maintenant, je vais te couvrir un œil et recommencer, puis la même chose de l'autre côté.

Une fois l'examen terminé, elle se tourna vers l'infirmière.

— Les pupilles sont de taille régulière et réactives, ce qui est bon signe, mais l'œil droit est un peu lent, ce qui peut poser problème. Y a-t-il un neurologue parmi le personnel de l'hôpital ?

— Non, mais notre médecin des soins intensifs descend. On a contacté un neurologue de Sydney pour le patient du Dr Wainwright, chez qui on soupçonne un souci au niveau des vertèbres C1-C2. Il vient en hélico pour l'examiner, le garçon aura peut-être besoin d'être évacué au General Memorial de Sydney.

Jessica opina du chef en lisant les badges des deux infirmières.

— Trevor, les infirmières Jan et Gayle vont rester avec toi. Moi, je reviens dans un moment. Si tu as des questions, pose-les. Et si tu as mal, dis-le. On attend un autre docteur, un spécialiste, qui va venir te voir aussi. En attendant, je vais aller aider un autre de tes camarades de classe qui a été touché aussi.

Sur quoi, elle jeta ses gants et se précipita dans le box suivant, où un interne s'occupait d'une autre victime. Elle ne savait pas où était Harrison, mais elle entendait sa voix et en déduisit qu'il se déplaçait de box en box afin de soigner chacun de leurs petits patients.

La journée promettait d'être longue, la nuit aussi. Tout ce qu'elle espérait, c'était qu'aucun parent ne perde son enfant à la fin.

Alors que Jessica signait les papiers de sortie d'une patiente, laissant la fillette aux soins de parents soulagés et reconnaissants, Harrison s'approcha.

— Merci, dit-il.

C'était bref, mais ça venait du cœur, elle le vit dans ses yeux.

À l'évidence, la pression des heures écoulées, le flux incessant des patients et la gestion du personnel l'avaient épuisé physiquement et émotionnellement.

— Pas besoin de me remercier, dit-elle en ôtant son masque, son bonnet et ses gants jetables, maculés du sang de sa dernière patiente, une petite qui avait été entaillée aux avant-bras par des fragments de vitres. Heureusement, aucune artère importante n'avait été touchée. Avec l'aide d'une infirmière, elle avait retiré les échardes une à une et recousu les blessures.

Ils avaient travaillé sans relâche jusqu'aux blessures mineures, traitées en dernier. Certains des petits blessés devraient passer pas mal de temps à l'hôpital, mais au moins tous avaient été sauvés. Ces patients-là seraient transférés à l'hôpital de Tamworth le lendemain pour faciliter les visites des familles. En revanche, au moins deux jeunes garçons devraient rester à Armidale pour une période indéfinie, ceux qui ne portaient pas leur ceinture. En conséquence, ils souffraient de problèmes au cou et au dos qui nécessitaient une surveillance constante aux soins intensifs. Les déplacements, à moins d'être obligatoires, étaient hors de question pour eux.

— Il est 1 heure du matin, commenta Harrison, s'adressant à ceux qui travaillaient au-delà de la fin de leur service. Vous avez fait du super boulot. Rentrez chez vous maintenant, et si vous êtes de garde demain, ne venez pas. On va s'organiser avec le reste du personnel de l'hôpital pour vous faire remplacer. Et pour ceux qui rentrent d'habitude en transport en commun, prenez un taxi, l'hôpital vous remboursera.

Les membres du personnel le remercièrent et se mirent en route, fatigués mais satisfaits de l'issue de ce terrible accident. Ils étaient tristes pour le chauffeur du car mais soulagés pour les enfants.

— Et vous, docteur Ayers ? Vous avez un moyen de transport ? demanda Harrison à Jessica alors qu'elle s'apprêtait à partir.

— Oui, merci. J'ai ma voiture de location au parking.

— Quand vous aurez récupéré vos affaires dans votre bureau, je suis tout disposé à vous accompagner. Le parking est un peu isolé, derrière, et pas très bien éclairé par endroits.

— Merci, oui, je veux bien. C'est très gentil de votre part.

— Alors, c'est dit. Je passe récupérer ma veste, et je vous retrouve ici dans dix minutes.

Elle retourna à son bureau, prit son manteau et son sac à main. En partant, elle passa s'enquérir du personnel de nuit en pédiatrie, qui la renseigna sur ses patients. Heureusement, il n'y avait rien à signaler.

À son retour aux urgences, Harrison l'attendait comme annoncé, et une chaleur inattendue l'envahit à sa vue.

C'était bon d'avoir quelqu'un qui se souciait d'elle ! Elle se débrouillait seule depuis presque un an et ça ne la dérangeait pas, mais la haute stature de Harrison lui donna un sentiment de sécurité qu'elle n'avait plus ressenti depuis longtemps.

Ils franchirent les portes ensemble et furent plongés dans le froid glacial.

— Je ne crois pas avoir connu nulle part des températures aussi basses, commenta-t-elle en enfonçant les mains dans les poches de son manteau de laine.

Son souffle se transformait en buée quand elle parlait.

— Il est 1 heure du matin, et on est au beau milieu de l'hiver, c'est le meilleur moment pour venir faire du tourisme ici ! s'amusa Harrison alors qu'ils accéléraient le pas pour gagner le parking des médecins. Et au cas où vous ne le sauriez pas déjà, Armidale est à l'altitude la plus élevée de toutes les villes d'Australie.

— Je comprends mieux pourquoi on voit une énorme pile de bois devant toutes les maisons. Les gens savent ce qui les attend en hiver, par ici.

— Oui, et rien ne vaut un feu de cheminée.

Elle sourit. La conversation était fluide et elle se sentait à l'aise... Peut-être même un peu trop.

— Au moins, il ne pleut pas et vous n'avez pas loin à conduire, ajouta Harrison.

— C'est l'avantage de vivre dans une petite ville. À Sydney ou à Melbourne, on peut rouler des heures pour rentrer à la maison après une longue garde, alors qu'on n'a qu'une envie, s'effondrer sous sa couette parce qu'on reprend tôt le lendemain.

— Vous n'êtes pas une grande fana des grandes villes, alors ?

— Oh ! je n'ai rien contre ! Ça a ses avantages. Mais ici, on n'a pas cet inconvénient, et c'est un plus. Je serai rentrée dans cinq minutes.

L'autre plus, c'était de se faire raccompagner à sa voiture par un beau collègue. Mais ça, évidemment, elle ne le dirait pas à Harrison. Quelle que soit sa détermination à ne rien avoir à faire avec les hommes, elle en avait assez de contrôler les sentiments qu'il lui inspirait. Plus elle passait de temps avec lui, et plus il devenait difficile de ne pas voir le respect qu'elle éprouvait pour le médecin, le parrain et le collègue qu'il était.

— Armidale serait-elle en train de séduire la fille de la ville ?

— Je ne sais pas encore, répondit-elle en fouillant son sac en quête de ses clés. Je ne suis pas ici depuis assez longtemps. Mais d'après ce que j'en ai vu, la vie y est agréable, et la communauté est très soudée.

Il lui sourit, et elle ne sut pas deviner si c'était par fierté pour sa ville ou pour autre chose. En tout cas elle préféra en rester là et appuya sur la télécommande électronique pour déclencher l'ouverture des portières.

— Merci de m'avoir accompagnée, Harrison. J'apprécie.

— C'était le moins que je puisse faire, quand vous venez d'enchaîner seize heures de travail.

— Comme vous et tous les autres. Je ne mérite pas plus de compliments.

Sur quoi, elle ouvrit sa portière et grimpa dans la voiture après lui avoir souhaité une bonne nuit.

Harrison lui souhaita bonne nuit aussi, et elle le regarda s'éloigner à longues enjambées vers un gros 4x4. Elle aurait voulu détourner les yeux, mais, si fou que ça paraisse, elle en était incapable. À cause de ce lien qui l'attachait à lui et qu'elle ne pouvait ni nier ni définir plus précisément.

Bientôt, le 4x4 démarra et disparut.

Bien, elle allait enfin pouvoir partir et cesser de penser à lui. Elle devait remettre les choses en perspective : il l'avait raccompagnée à son auto, pas sauvée d'un incendie.

Elle posa son sac à main sur le siège passager et tourna la clé de contact.

Rien.

Elle essaya encore, mais toujours rien. Rien du tout.

Tout à trac, elle sentit les larmes lui monter aux yeux. La journée avait été éprouvante, et elle n'avait qu'une envie : se glisser dans un lit bien chaud. Harrison était parti, et elle se trouvait dans la partie la plus sombre du parking, avec personne en vue !

Elle tenta de mettre en action son cerveau fatigué : elle pourrait retourner à l'intérieur en courant, mais si Harrison avait insisté pour l'accompagner, ce n'était peut-être pas la meilleure idée. Elle pourrait appeler un dépanneur, s'il y en avait un. Mais on n'était pas à Sydney, les gens ne travaillaient pas vingt-quatre heures sur vingt-quatre.

Alors qu'elle se penchait pour regarder dans la boîte à gants si elle trouvait des informations utiles, on frappa au carreau. Elle sursauta et, se redressant, découvrit une haute silhouette près de la portière. Son cœur bondit dans sa poitrine. L'inconnu tapa à nouveau et éclaira son visage à l'aide de son téléphone portable.

Sauf qu'il ne s'agissait pas d'un inconnu.

— Oh ! mon Dieu, Harrison ! s'exclama-t-elle en entrouvrant sa portière d'une main tremblante. Qu'est-ce que vous faites encore ici ? Je croyais vous avoir vu partir...

— J'étais parti, mais ne voyant pas vos phares dans mon rétroviseur, j'ai fait demi-tour. Je me suis dit qu'il devait y avoir un souci. Je crois que, au lieu de vous secourir, je vous ai flanqué la frousse de votre vie, non ?

— Si, admit-elle avec un sourire penaud. Mais je suis contente de vous voir. Je crois que ma batterie est à plat, il ne se passe rien quand je tourne la clé.

Elle prit une profonde inspiration pour encourager son cœur à ralentir.

Harrison sifflota, l'air pensif.

— Comme je n'ai pas de câbles sur moi pour recharger votre batterie, il reste deux options : soit on appelle l'assistance en espérant qu'ils ne soient pas déjà occupés ailleurs, ce qui pourrait bien être le cas vu qu'ils ne sont pas très nombreux à travailler hors des heures de bureau, soit je vous dépose chez vous et reviens vous chercher demain matin. Et là, on appellera la dépanneuse.

Elle hocha la tête.

— La seconde option me paraît en effet meilleure, si ça ne vous dérange pas.

— Pas du tout. En fait, si vous aviez choisi la première, j'aurais essayé de vous dissuader, histoire de ne pas perdre mes doigts à cause du froid.

Dix minutes plus tard, ils arrivaient devant chez elle.

Toutes les maisons voisines étaient plongées dans l'obscurité, et Harrison insista pour l'accompagner jusqu'à sa porte.

— Je vais me préparer un chocolat chaud avant d'éteindre les lumières, annonça-t-elle en sortant les clés de son sac. Je peux tout aussi bien en faire pour deux, si ça vous tente.

Elle se figea au moment où les derniers mots franchissaient

ses lèvres, sidérée que cette proposition lui soit venue aussi naturellement.

Harrison était un homme comme elle n'en avait jamais rencontré, et si une partie d'elle ressentait le besoin d'élever des barrières protectrices, une autre partie se sentait à l'aise et détendue en sa présence. Malgré l'heure tardive, quelque chose la poussait à passer du temps avec l'homme qui s'était montré aussi galant à plus d'une occasion. Il semblait sincèrement gentil, c'était un médecin génial même sous la pression, et elle devait bien avouer qu'elle brûlait d'en savoir plus sur lui. C'était tout simple, et rien dans sa vie n'avait été simple depuis bien longtemps.

Harrison marqua un temps d'hésitation, puis il se tourna pour verrouiller son 4x4 à distance.

— Avec plaisir, mais je ne reste que dix minutes, vous avez besoin de sommeil.

— Et vous aussi, répondit-elle en lui ouvrant sa porte.

Une heure plus tard, Harrison se leva.

Non qu'il ait envie de partir, mais il le devait. Même si Bryce passait la nuit chez ses grands-parents comme c'était souvent le cas quand il travaillait, il voulait être là pour petit-déjeuner avec son fils. Que ce soit chez eux ou chez ses parents, partager le petit déjeuner était un rituel auquel il ne dérogeait qu'en cas d'impossibilité absolue. À cause de son récent voyage à Los Angeles, il avait raté six de ces moments privilégiés, alors pas question d'en rater un de plus.

Il était 2 heures du matin, car les dix minutes annoncées s'étaient changées en soixante. Avec le chocolat au lait étaient venus des *crumpets* au miel, et il ne se rappelait pas s'être senti aussi à l'aise ailleurs que chez lui.

Jessica était assise à côté de lui sur le canapé, les jambes repliées sous elle. Après s'être excusée, elle était revenue en pantalon de survêtement et pull confortable.

Plus la conversation avançait, et plus il s'était ouvert à elle.

Chacun d'eux avait évoqué leur chemin vers la médecine, les raisons de ce choix et leurs expériences, bonnes et mauvaises, y compris la manière de gérer les familles qui perdaient un être cher. Tous les deux étaient tombés d'accord : c'était l'aspect le plus compliqué de leur métier.

En revanche, ils avaient l'un comme l'autre évité volontairement le sujet des relations personnelles. Jessica ne l'avait pas questionné sur son passé, et lui non plus. Sans doute avait-elle estimé comme lui que leur soirée s'en trouverait plus agréable. Aborder l'existence de la mère de Bryce aurait tout gâché en le ramenant brutalement à la réalité. De plus, il était encore trop tôt pour qu'il parle de Bryce. Jessica était charmante, mais à moins d'un miracle, elle n'était en ville que pour une courte période, et il devait protéger son fils.

Malgré son épuisement, il n'avait vraiment pas envie de s'en aller, mais il devait aussi penser à Jessica.

— Je vous ai tenue éveillée bien trop longtemps, et si je ne pars pas maintenant, je risque de m'endormir sur le canapé, ça ne ferait pas très bon effet auprès des voisins, dit-il en ramassant les tasses et les assiettes, prêt à les emmener à la cuisine.

Il ne put s'empêcher de remarquer la rougeur qui monta aux joues de Jessica à l'idée qu'un quasi-inconnu passe la nuit chez elle.

Cette femme superbe était décidément un mystère fort attirant. Au travail, elle n'avait aucune hésitation à exprimer ses opinions, à donner les instructions. Elle avait une façon bien à elle de mettre à l'aise tout le monde sans effort apparent. Sans qu'il puisse l'empêcher, le Dr Jessica Ayers le poussait à remettre en question sa résolution de ne sortir qu'avec des femmes qui ne l'attiraient que pour une nuit de plaisir sans attaches supplémentaires. Il soupçonnait Jessica de vouloir plus, mais, bizarrement, il ne fuyait pas pour autant. Elle, en revanche, elle partirait bientôt. Il devait se rappeler cette vérité comme un mantra.

À bien y réfléchir, l'idée d'une relation avec elle, même de courte durée, lui semblait attrayante. Il faudrait juste ne pas impliquer Bryce, c'est-à-dire séparer sa vie privée de sa vie de famille.

Ils allèrent ensemble déposer la vaisselle dans l'évier, puis Jessica le poussa hors de la cuisine, déclarant qu'elle laverait le tout le lendemain matin.

— Encore merci de m'avoir ramenée à la maison, dit-elle en le raccompagnant à la porte.

— Et de vous avoir flanqué la frousse de votre vie dans le parking, ajouta-t-il.

Elle rit.

— C'est vrai qu'on se serait presque crus dans un film d'horreur.

— Je vous promets de ne plus vous prendre par surprise comme ça.

— Espérons que ma voiture ne retombera pas en panne.

Quand elle lui tendit sa veste, leurs mains s'effleurèrent, et ce contact renversa la situation du tout au tout. Au lieu d'enfiler son pardessus, il s'immobilisa.

Non, il ne voulait pas partir. Au contraire, il voulait par-dessus tout goûter la douceur de ses lèvres. L'attirer contre lui, la serrer dans ses bras. Naturellement, sans questions. Ses lèvres n'étaient qu'à quelques centimètres au-dessus de sa bouche sensuelle...

À ce moment, Jessica se couvrit la bouche pour bâiller.

Il recula d'un pas.

— Oh... Je crois que c'est le signal de départ.

— Oh ! là, là, désolée, dit-elle en bâillant de plus belle. Ce n'est pas vous, c'est juste...

— Juste que vous avez travaillé seize heures d'affilée, et moi...

Il s'interrompit au milieu de sa phrase et se passa une main dans les cheveux. Il n'allait tout de même pas lui avouer qu'il avait failli l'embrasser. Pourtant ils le savaient tous les deux.

— Et moi, je vous retarde encore, conclut-il, penaud.

Elle battit des cils.

— Non, pas du tout. J'ai beaucoup apprécié cette occasion de vous découvrir un peu, dit-elle, d'une voix si basse qu'il crut avoir mal entendu. Non, j'ai passé un très bon moment.

— Moi aussi.

Bâillement ou pas, son envie de l'embrasser était toujours bel et bien là. Et forte.

Sans réfléchir plus avant, il l'attira doucement contre lui et, alors qu'il approchait la bouche de ses lèvres, elle inclina la tête et ferma les yeux. Leurs lèvres se rencontrèrent avec une tendresse et une familiarité merveilleuse, de celle que partagent les amants. Cette intimité qui ne s'explique pas.

Jessica se colla contre lui, et il la serra un peu plus fort. Il ne voulait pas que ça s'arrête. Emporté par les émotions qui le submergeaient, il ne voulait plus qu'une chose... Ou deux : sentir la chaleur de sa bouche et la garder dans ses bras. En douceur. Pour une raison qu'il ignorait encore, il sentait que Jessica avait besoin qu'ils y aillent lentement.

Soudain, il la sentit se crisper dans ses bras.

Relâchant son étreinte, il recula et contempla la plus belle femme qu'il ait jamais vue de sa vie. Dans ses yeux, il perçut quelque chose qui n'était pas de la peur, mais tout comme.

Il avait vu juste.

— Tout va bien ? demanda-t-il.

— Oui, c'est juste que... Il faut qu'on dorme. Vous devez encore conduire jusque chez vous, et une longue journée nous attend demain, avec tous les patients à transférer à Tamworth.

Il ne savait pas trop ce qui avait provoqué ce soudain changement d'attitude, car le courant passait bien entre eux, mais il obtempéra.

Il n'allait pas la questionner. D'ailleurs, elle avait sûrement raison de mettre un terme à leur étreinte. En la ramenant chez elle, il n'avait pas imaginé cette issue, ni qu'il franchirait aussi rapidement les limites. C'était une collègue de travail, et il avait toujours jusqu'à présent séparé sa vie privée de l'hôpital. Cette soirée allait à l'encontre de tout bon sens et des règles qu'il s'était toujours imposées. Son geste allait à l'encontre de ses principes. D'autant que Jessica n'était pas là pour rester...

Il sentait pointer une sensation de déjà-vu qu'il ne tenait pas à revivre. Non, pas ce cauchemar à nouveau. Pas question que ses émotions prennent le dessus. Cette erreur, il l'avait commise par le passé, il s'était laissé emporter, il était tombé amoureux très vite, et ensuite il s'était retrouvé impuissant quand cela s'était effondré aussi vite. Pas question de reprendre ce chemin.

Mais était-ce le même ? Sa tête lui conseillait de fuir, son cœur lui soufflait quelque chose de tout à fait différent.

Jessica avait été honnête quant à ses intentions : rester six semaines et repartir. Pas de tromperie, pas de fausses promesses. Il devait immédiatement la ranger dans la case « collègue » et remettre de la distance entre eux. Il n'avait pas le choix, pour son propre bien.

Sauf que, après ce baiser, il n'était pas sûr d'en être capable.

— Je vous enverrai un taxi demain matin vers 10 h 30, si cela vous convient.

— Un taxi ?

— Oui, vous méritez une nuit digne de ce nom. Moi, j'irai au travail plus tôt afin de rendre visite à nos patients avant leur transport pour Tamworth.

— Je peux vous assister…

— Vous en avez assez fait.

Assez pour le déstabiliser, en tout cas. Assez pour lui donner encore envie, malgré les circonstances et ses résolutions, de la reprendre dans ses bras et de l'embrasser à nouveau.

Il était complètement perdu tout à l'heure, mais la réaction de Jessica l'avait ramené sur terre. Maintenant, il devait se comporter de façon rationnelle.

— Je vais envoyer un mail à l'administration de l'hôpital en rentrant pour leur dire de vous remplacer jusqu'à 11 heures. Ça ne vaut pas une journée de repos, mais vous pourrez au moins vous reposer le matin. J'ai fait pareil avant de quitter l'hôpital pour le reste du personnel présent aujourd'hui. Et puis, j'aurai le neurochirurgien de Sydney à partir du milieu de la matinée, qui examinera les deux suspicions de lésions de la moelle.

— Eh bien, vous avez tout prévu, je vois.

— C'est mieux ainsi pour tout le monde.

Même s'il avait perdu son contrôle avec elle.

Et dire qu'il pensait avoir enfin repris le contrôle de sa vie !

Visiblement, son changement de ton n'était pas passé inaperçu de Jessica. Il était déchiré, il ne comprenait pas ce qu'il avait vu dans ses yeux tout à l'heure. Ça le perturbait.

À cet instant, avec ses magnifiques cheveux blonds qui lui retombaient en désordre autour du visage, elle ressemblait moins à une remplaçante en pédiatrie accomplie de la grande ville qu'à une petite fille de la campagne. Et elle était si proche qu'il pourrait aisément poser les deux mains sur ce si joli visage et l'embrasser encore...

Mieux valait partir avant qu'il ne devienne fou !

Ouvrant la porte, il sortit dans le froid polaire de la nuit sans prendre le temps d'enfiler sa veste ni de dire au revoir.

7

Allongée sur son lit dans le noir, Jessica se demandait encore ce qu'il venait de se passer. Le sommeil lui échappait depuis près d'une heure, remplacé par une excitation inquiète.

Elle se tourna, replia les genoux sous les épaisses couvertures bien chaudes et, portant les doigts à ses lèvres, revécut une énième fois ce baiser inattendu.

Si elle n'avait pas mis un terme à leur étreinte, qu'est-ce qu'il serait arrivé ?

Quand Harrison s'était penché vers elle, elle avait su qu'il allait l'embrasser. Pourtant, elle avait accueilli son baiser. Sa présence si proche l'avait rendue incapable de penser rationnellement. De dire non, de s'écarter. Elle avait rejeté toutes les résolutions qu'elle s'était faites au sujet de cet homme.

Qu'est-ce qu'il lui était passé par la tête, de l'inviter à entrer boire un chocolat ? Et s'il avait demandé à rester ? Auraient-ils cédé à leur désir mutuel ? Seraient-ils revenus à la raison ?

Autant de questions sans réponse qui lui tourbillonnaient dans la tête.

Une seule chose était sûre, rien dans ce remplacement ne tournait comme prévu : la perte de ses bagages, la rencontre impromptue avec Harrison à l'aéroport, la façon dont il l'avait envoyée paître dès son premier jour… Oh ! pourquoi diable s'intéressait-elle à un homme capable de souffler le chaud et le froid comme ça ?

Pourtant, il lui suffisait de repenser à ce baiser pour que son cœur se mette à battre plus vite qu'il ne devrait.

Enfin elle succomba à un sommeil agité, peuplé de rêves du beau visage ciselé de Harrison penché sur le sien. Puis de rêves de ce fichu coup de fil récurrent où une femme furieuse lui enjoignait de laisser son mari tranquille. Et enfin un cauchemar où elle se noyait dans un tsunami qui l'emportait loin d'Armidale.

Harrison se réveilla de bonne heure, se doucha et se rendit chez ses parents pour prendre le petit déjeuner à 8 heures.

Il avait réussi à dormir cinq heures malgré ses pensées hantées par Jessica et par le baiser qu'ils avaient échangé.

Le plaisir de la tenir dans ses bras...

Les choses allaient peut-être trop vite, mais il doutait de sa capacité à ralentir maintenant. Et de son envie de le faire.

— Papa !

Il souleva son petit bonhomme de cinq ans surexcité et le fit tournoyer dans la vaste cuisine.

— Attention, l'avertit sa mère. Vous allez casser quelque chose.

Il déposa un baiser au sommet du crâne de son fils avant de le reposer à terre.

— On ferait mieux d'écouter mamie, sinon on va avoir des problèmes.

— Ah, ça oui ! acquiesça une voix dans la véranda. Je l'ai appris à mes dépens il y a plus de quarante ans.

— Bonjour, papa.

— Bonjour, Harrison, répondit son père en arrivant dans la cuisine, son journal sous le bras.

— Bryce a été sage hier soir ?

— Un ange, comme toujours, intervint Anthea, sans attendre la réponse de son mari.

Elle déposa sur la table une assiette de gaufres toutes chaudes, ainsi que des pots de confiture, de beurre et de crème, plus des fruits frais.

— C'est super, maman, mais tu sais, on se serait contentés de flocons d'avoine. Tu en fais trop.

— Ne sois pas ridicule, mon fils. Bryce adore les gaufres de mamie, pas vrai, mon grand ? ajouta-t-elle à l'attention du garçonnet.

— Ouiiiii ! s'exclama celui-ci en tendant la main vers l'assiette.

— Alors, je n'ai pas perdu mon temps.

Sur quoi Anthea dénoua son tablier et sortit de la pièce en annonçant qu'elle allait se préparer.

Harrison et son père secouèrent la tête.

Inutile de discuter avec une grand-mère gâteuse.

— Si ça devient trop lourd à gérer, poursuivit Harrison en se servant de fruits sur sa gaufre, il faut me le dire, hein, papa ?

— Mais non, il est facile, ton fils, le rassura son père.

— Vous allez encore le garder ce soir à cause du gala de charité à l'Art Museum. Je ne voudrais pas qu'il vous empêche de dormir.

— On adore l'avoir ici, tu sais. Même si je perds toutes les parties de Go Fish contre lui. En revanche, il s'est plaint d'un petit mal de ventre avant d'aller au lit. Mais comme il a l'air en forme ce matin, je suppose que ce n'était rien.

Harrison se tourna aussitôt vers son fils, occupé à étaler de la confiture sur sa gaufre, afin de le ramener dans la conversation.

— Tu te sens comment, Bryce ? Papi dit que tu avais mal au ventre hier soir ?

— Oui, mais plus maintenant, répondit l'enfant en entamant la dégustation de sa gaufre.

Harrison se retourna vers son père.

— À en juger par son appétit, je pense que ça va, mais je l'examinerai ce soir. Appelez-moi si la douleur revient. Il se pourrait que ça vienne d'un reste d'anxiété suite à mon absence. Bon, reprit-il en se levant pour porter son assiette à l'évier, je vais devoir y aller. On a eu de multiples blessures à traiter hier, et il y a des transferts pour Tamworth aujourd'hui.

— Tu t'en vas, papa ?

— Oui, je pars à l'hôpital. C'est mamie qui va te déposer à l'école.

— Tu viendras me chercher après l'école ? demanda l'enfant, un air plein d'espoir dans ses grands yeux bleus.

« Les mêmes que son père », lui disait-on souvent.

— Oui.

— Youpiii !

— Et on aura quelques heures à passer ensemble, ensuite je devrais repartir à une fête pour l'hôpital. Donc tu passeras encore la nuit chez papi et mamie.

— C'est une fête d'anniversaire ? Je peux venir ?

Harrison sourit.

— Non, il n'y aura ni gâteau ni clown. Tu sais, c'est une fête spéciale où on discute beaucoup et on collecte de l'argent pour aider l'hôpital à acheter de nouvelles machines pour soigner les gens. Ce sera plus amusant pour toi de rester ici.

Bryce inclina sa petite tête sur le côté.

— D'accord.

— Mais il faudra le dire à papi et mamie si ton ventre te fait encore mal, OK ?

— OK.

Après avoir embrassé son fils, Harrison salua son père et s'en alla, non sans lui avoir répété de surveiller d'éventuelles douleurs.

Jessica arriva à temps pour visiter les trois derniers patients encore en attente de transport pour leur ville.

Leur état s'était amélioré durant la nuit, et elle était confiante : quelques jours d'hospitalisation à Tamworth, et ils pourraient regagner leur foyer.

Les deux garçons les plus sérieusement touchés, dont un avec une suspicion de lésion de la moelle épinière, avaient été admis au Memorial d'Armidale, ainsi que quatre autres enfants dont les parents préféraient qu'ils restent ici jusqu'à ce qu'ils soient assez remis pour sortir, soit parce qu'ils travaillaient sur place, soit parce qu'ils avaient de la famille en ville.

Elle ne vit Harrison nulle part, ce qui lui convenait. Cela s'était terminé bizarrement la veille, et après une nuit agitée et des émotions mitigées, elle s'était demandé sur le trajet qui la conduisait à l'hôpital si son bâillement n'avait pas été un signe que ce baiser n'aurait pas dû avoir lieu.

Seulement il avait eu lieu, et maintenant elle ne savait pas si les choses pourraient en rester là. Mieux valait donc qu'elle se tienne à l'écart de Harrison le temps de prendre une décision.

Cette idée en tête, elle se dirigea vers l'unité des soins intensifs pour voir leurs deux patients.

— Je vois que leurs constantes sont stables. Comment ont-ils supporté la douleur, cette nuit ? demanda-t-elle à l'infirmière de l'USI.

L'hôpital comptait onze services spécialisés, mais aucun ne traitait les lésions de la moelle, d'où la présence des enfants aux soins intensifs.

— Ils sont sous antidouleur par intraveineuse, indiqua l'infirmière en ajustant celle du patient à la blessure au crâne et aux jambes cassées. Le neurochirurgien, le Dr Jeffries, devrait arriver d'ici une heure.

— Toujours pas de sensation ni de mouvement des membres chez le patient blessé au niveau des vertèbres C1-C2 ?

L'infirmière secoua la tête.

Un peu soulagée à l'idée que le neurochirurgien serait bientôt là, Jessica retourna en pédiatrie où elle rendit visite à ses patients.

Tous progressaient de manière positive, et par chance il n'y avait pas de changements.

Elle se rendit compte alors qu'on était vendredi, et si elle travaillait jusqu'à tard ce soir, elle n'était pas au tableau pour le week-end. Elle était de garde en cas d'urgence, mais pas présente physiquement sur place.

Qu'y avait-il à faire dans la campagne de Nouvelle-Galles du Sud un week-end ? Un cinéma ? Un dîner ? Ou bien rester à la maison et regarder le câble ?

Tout lui allait, y compris dormir pendant deux jours non stop. La semaine avait été lourde et la nuit passée épuisante, puis déstabilisante. D'où son envie de ne rien programmer de précis pour les deux jours à venir.

— Docteur Ayers, l'appela Rosie au moment où elle passait devant le bureau de l'administration.

— Oui, Rosie ?

— Vous allez au gala de levée de fonds de l'hôpital, ce soir ?

— Non, je ne suis pas au courant.

— C'est bien ce que je me disais, répondit l'infirmière, qui contourna son comptoir pour la rejoindre. C'est une soirée assez chic au NERAM. Organisée pour récolter des fonds pour le service de dialyse rénale. Une cause méritante.

— Le NERAM ?

— Le New England Region Art Museum, notre plus grand musée d'art de la région. Un très bel endroit, et pas loin d'ici. Disons dix minutes de voiture et plein de stationnements sur place.

Souriante, Jessica hocha la tête.

Rosie faisait manifestement de son mieux pour lui vendre la soirée.

— C'est sans aucun doute une cause louable, mais je n'ai commencé mon service qu'à 11 heures ce matin, je ne vais donc pas quitter en avance pour aller à une soirée pour laquelle, par ailleurs, je n'ai pas de billet d'entrée.

— Ce n'est pas un problème. Je fais partie du comité, et il reste quelques tickets. Si vous pouvez vous libérer pour la soirée, je peux arranger ça.

— Je ne pense pas, non. Ma place est ici, d'autant qu'une bonne partie du personnel va assister au gala.

— Effectivement, et vous en faites partie, intervint une voix masculine derrière elle.

Elle se retourna pour découvrir le Pr Langridge, une enveloppe à la main.

— C'est votre entrée pour la fiesta de ce soir. J'aurais dû vous le donner dès votre premier jour, toutes mes excuses. Ma femme m'a réprimandé. Apparemment, c'est un truc de femme de choisir sa tenue de soirée bien en avance.

— Professeur, je suis ravie de vous voir, mais je ne peux vraiment pas me permettre de quitter mon service plus tôt. Je ne l'ai pris qu'il y a deux ou trois heures...

— Et vous avez travaillé seize heures hier, la coupa-t-il. Je ne sais pas comment ils travaillent dans les grandes villes, mais ici on se repose après une journée pareille. On aime garder nos médecins en vie et en forme, c'est important d'équilibrer entre la vie et le travail. En plus, j'aimerais que vous soyez présente, cela me permettrait de vous présenter aux membres du personnel que vous n'avez pas encore rencontrés.

— Oh ! mais... Je ne sais pas trop. Je n'ai rien apporté de mettable pour un gala de charité.

— Docteur Ayers, c'est un gala de campagne, nous n'attendons aucun membre de la famille royale, intervint Rosie, tout sourire. Donc, rien de trop habillé. Une jolie robe ou un tailleur, cela ferait tout à fait l'affaire.

— Eh bien, dans ce cas c'est décidé, conclut le professeur en posant l'enveloppe sur laquelle « Dr Jessica Ayers » était écrit en lettres majuscules. Je vous dis à ce soir, vous rencontrerez ma charmante épouse, et cela vous donnera l'occasion de discuter avec les collègues. Je peux vous procurer un second ticket, si vous souhaitez venir accompagnée.

Jessica se rendit, sachant qu'elle n'arriverait pas à les dissuader.

— Merci, Errol. Un ticket suffira. Je n'ai personne à emmener.

Jessica travailla jusqu'à 18 h 15.

Le gala ne commençait pas avant 19 h 30, et elle ne risquait pas de rester coincée dans les embouteillages entre l'hôpital et la maison, ni de chez elle au musée. Ce genre d'avantage de la vie dans une petite ville commençait à lui plaire. Pas de trajets interminables, des collègues et une communauté très agréables et une sensation de sécurité partout — hormis la veille au soir, quand elle s'était crue attaquée dans son auto.

À ce propos, elle était plutôt contente de n'avoir pas croisé Harrison de la journée, car ce qu'il s'était passé entre eux l'inquiétait.

Ce baiser avait tout changé. La façon dont elle se sentait proche d'un homme, la perspective qui s'ouvrait. Jusqu'où cela les mènerait-il ? Harrison était célibataire, mais elle, était-elle prête à aller plus loin ? Tout cela était extrêmement perturbant.

Une fois rentrée chez elle, elle se fit un thé et un toast fromage tomate.

À ce genre de pince-fesses, si le buffet est souvent délicieux, on n'a pas forcément la possibilité de manger correctement entre deux conversations. Elle n'était pas une grosse buveuse, et un verre d'alcool pouvait suffire à lui tourner la tête, alors autant partir avec quelque chose dans l'estomac.

Son assiette dans une main et sa tasse de thé dans l'autre, elle se dirigea vers sa chambre pour sélectionner une tenue adaptée à l'événement.

Toutes ses affaires étant suspendues et rangées, ce ne fut pas long. Elle était ravie d'avoir emporté cette petite robe noire en laine fine, à manches longues et col haut. Elle la porterait avec des collants et une paire de boots noirs de marque, plus la parure de turquoise qui lui venait de sa mère et une petite pochette assortie en guise de sac à main. Un ensemble tout sauf tape-à-l'œil, mais chic. Un léger maquillage là-dessus, et le tour serait joué.

Vingt-cinq minutes plus tard, elle abandonnait son manteau caramel au vestiaire, à l'entrée du musée.

L'endroit était magnifique. Tout compte fait, elle était largement mieux ici que chez elle. Elle aurait tout le temps de profiter de soirées de solitude à la maison quand elle quitterait Armidale.

— Quel plaisir que vous ayez pu vous libérer ! s'exclama Errol Langridge, en l'accueillant à l'entrée de la salle déjà grouillante de conversations.

— Je suis contente d'être ici pour cette bonne cause !

— Laissez-moi vous présenter ma femme. Jessica, voici Grace. Et Grace, chérie, voici le Dr Jessica Ayers, notre remplaçante en pédiatrie, qui fait un travail merveilleux.

— Enchantée, dit Jessica, la main tendue vers Grace Langridge.

— Ravie de vous rencontrer, Jessica, répondit la femme d'une petite soixantaine d'années.

— Et merci, Errol, reprit Jessica. J'adore travailler au Memorial d'Armidale. Vous avez un personnel et du matériel parfaits, sans compter que le trajet de la maison à l'hôpital, si court, c'est un plaisir de tous les jours. Un rêve !

— En parlant de remplacement, reprit le professeur en tendant à son épouse une coupe de champagne proposée par un serveur élégamment vêtu, je préfère vous avertir que nous allons sûrement essayer de vous garder parmi notre personnel. Vos collègues en seraient ravis. Souhaitez-vous du champagne, mon petit ?

Elle hocha la tête, et Errol lui fit passer une flûte de bulles au rebord glacé au sucre de framboise.

— Et tiens, quand on mentionne votre fan-club, regardez, en voici le chef, ajouta Errol avec un sourire.

Se retournant, elle découvrit Harrison dans l'entrée.

Il était beau à couper le souffle en costume gris anthracite, chemise blanche et cravate au motif sombre. Et son sourire était parfait tandis qu'il saluait un par un les gens qu'il connaissait dans la salle.

Lui, « le chef de son fan-club » ?

Elle détourna la tête en espérant ne pas être trop rouge, car elle sentait ses joues échauffées.

— Vous êtes de la région d'Armidale, ou est-ce qu'Errol et vous avez emménagé ici ? demanda-t-elle à Grace pour se calmer.

— Errol est originaire d'Uralla, une petite ville non loin d'ici. Il a étudié la médecine à Sydney, et il est revenu au Memorial d'Armidale comme interne. C'était il y a longtemps. À l'époque, j'étais physiothérapeute dans une clinique renommée de Melbourne. J'adorais ce métier, et je prévoyais d'ouvrir mon propre cabinet avant mes trente ans. Bref, j'étais une fille de la ville avec des rêves de grande ville, et puis, voilà que je rencontre un gars de la campagne lors d'une soirée entre amis. Errol était venu pour une conférence. En une soirée, il a complètement chamboulé mes projets. Et en quelques semaines, j'ai tout abandonné pour venir m'installer ici.

— Waouh ! C'est très romantique. Je croyais que ça n'arrivait que dans les films ou les livres.

— C'est vrai que c'était extraordinaire. Mes amis et ma famille m'ont prise pour une folle, vous savez, ajouta Grace en baissant la voix. Je dois bien admettre que j'ai eu quelques craintes moi-même, mais une fois ici je n'ai plus pu imaginer ma vie ailleurs. Je suis une femme heureuse et chanceuse d'avoir rencontré Errol. Il est mon âme sœur.

— Effectivement, vous avez pris un gros risque, je suis ravie que cela ait marché pour vous. Pour ma part, je ne me verrais pas tout lâcher pour quelqu'un que je connais à peine.

Grace lui tapota la main.

— Oh si ! Vous le ferez pour l'homme de votre vie.

— Ah, Harrison ! Quel plaisir de vous voir, annonça Errol.

L'interpellé s'approcha, il salua le professeur d'une poignée de main ferme, puis Grace d'un chaleureux baiser sur la joue.

Jessica sentit son ventre se contracter alors qu'elle se demandait comment il allait la saluer, elle. Elle prit une gorgée de champagne pour se donner une contenance.

La réponse arriva sous la forme d'un délicat baiser sur la joue. Un baiser tendre, qui lui permit de sentir la douceur de sa peau et la fraîcheur de son eau de toilette. Et cela suffit à éveiller son corps tout entier. Comme la veille.

— Bonsoir, Jessica.

— Bonsoir, Harrison.

Le temps s'arrêta l'espace d'une seconde tandis qu'il reculait. Leurs regards restèrent noués. Soudain, la salle était vide, il n'y avait plus qu'eux. Elle sentait battre son cœur, elle avait du mal à respirer. Il fallait absolument qu'elle se ressaisisse, qu'elle s'empêche de tomber dans quelque chose qui l'effrayait au plus haut point.

Elle se hâta de boire une autre gorgée de champagne.

— Vous êtes superbe, Jessica, et vous aussi, Grace.

— Je suis d'accord, acquiesça Errol avant que l'une ou l'autre n'ait eu le temps de répondre. Nous avons les deux plus belles femmes de la soirée, mon cher.

Grace partit d'un rire délicat, et Errol prit la main de sa femme dans la sienne pour y déposer un baiser.

— Souhaitez-vous goûter des canapés au kangourou et gros sel du bush ? proposa un serveur en s'arrêtant près d'eux.

— Oh ! ça a l'air délicieux ! s'exclama Grace en se servant.

Harrison posa les yeux sur Jessica, et de nouveau elle sentit son pouls s'accélérer.

— Je tenterais bien quelque chose d'inédit ce soir, si vous êtes partante, Jessica ?

Le bleu de ses prunelles semblait briller plus encore que d'habitude, et elle s'y sentait attirée comme un papillon de nuit par la lumière.

— J'ai goûté pas mal de nourriture du cru. Il y avait un étal au marché non loin d'un des hôpitaux où j'effectuais un remplacement il y a quatre mois. Les indigènes qui le tenaient proposaient tout un tas d'herbes et de mets délicieux. Et ils expliquaient comment les préparer.

Sur quoi elle prit un petit toast recouvert d'une mince tranche de kangourou et de quelques cristaux de sel du bush. Elle mordit dedans et vit Harrison avaler le petit canapé d'une bouchée.

— C'est incroyable, ce mélange de textures et de saveurs. Est-ce que je peux me permettre d'en prendre un second ? demanda-t-il au serveur qui attendait leur réaction.

— Mais oui, au contraire, c'est toujours flatteur.

Tous les quatre se resservirent avec plaisir, avant que Grace et Errol ne s'excusent pour aller discuter avec d'autres convives, laissant Jessica seule avec Harrison.

Difficile d'oublier que, quelques heures plus tôt, ils s'embrassaient. Et pire, qu'ils auraient pu aller plus loin. D'ailleurs, rien ne garantissait qu'ils ne recommenceraient pas s'ils se retrouvaient seuls…

— Vous ne cessez de me surprendre, fit-il remarquer en s'adossant au mur, un verre de vin rouge à la main.

Elle sourit pour tâcher de masquer sa nervosité.

— Comment ça ?

— Une fille de la ville qui aime les plats du bush et sait comment accommoder les herbes, ce n'est pas banal. Je n'ai pour ma part pas la moindre idée de la manière de cuisiner de la nourriture aborigène. À la limite, je ferais griller une saucisse de crocodile au barbecue, mais c'est tout.

— Moi, j'adore cuisiner, et ce n'est pas si compliqué quand les gens vous apprennent ce qu'ils savent faire, répondit-elle.

— Vous êtes une femme pleine de surprises.

— Mais non, arrêtez ! Vous savez, je suis une personne tout à fait banale.

— Je ne suis pas d'accord. Mais que diriez-vous que je vous apporte une autre coupe de champagne avant le début de la vente aux enchères ? Je pourrais vous faire visiter le musée, vous présenter aux gens que vous ne connaissez pas et vous éclairer sur l'histoire de la Nouvelle-Angleterre, histoire de vous impressionner un peu.

Manifestement, il ne se rendait pas compte qu'il l'avait déjà impressionnée à de multiples reprises depuis leur première rencontre accidentelle. Et en dernier lieu quand il l'avait prise dans ses bras pour l'embrasser.

Elle se laissa volontiers escorter dans le musée, et ils s'arrêtèrent en chemin pour saluer des membres du personnel de l'hôpital et leurs conjoints respectifs. Et Harrison lui prouva sans effort qu'il en connaissait long sur l'art et sur l'histoire de la région. Très vite, elle se surprit à passer un excellent moment en sa compagnie, voire à oublier sa timidité. Leurs échanges étaient légers, fluides, et à l'occasion elle sentait sa grande main chaude au bas de son dos tandis qu'il la guidait à travers les petits groupes. Elle s'autorisa à admettre que ce contact lui plaisait. Pour une fois qu'on prenait soin d'elle, c'était agréable, même pour quelques minutes. D'autant que les attentions de Harrison n'étaient ni forcées ni feintes.

La vente aux enchères débuta, et il enchérit sur le troisième prix, une escapade de quatre nuits dans l'un des plus beaux hôtels de Sydney, vols inclus — une généreuse dotation de l'agent de voyages local. Un à un, les dix autres compétiteurs échouèrent à renchérir, et Harrison se trouva face à un dernier opposant.

Si les offres allaient à une bonne cause, Jessica ne pouvait s'empêcher de discerner une sorte de rivalité masculine à l'ancienne dans cette joute.

— J'offre dix mille dollars, annonça l'autre homme.

— Quinze mille, histoire qu'on en finisse pour passer à l'item suivant, contra Harrison.

La foule éclata de rire.

— Bien vu, acquiesça son adversaire de bonne grâce.

En revenant après être allé payer son prix et récupérer l'enveloppe contenant les vouchers, Harrison se pencha vers elle.

— Étant donné que je ne connais pas Sydney et vous si, il se peut que je fasse appel à vous pour me servir de guide, lui murmura-t-il.

Elle en resta sans voix.

Est-ce qu'il venait de payer cette somme faramineuse juste pour passer du temps avec elle ? À la façon dont il l'observait, elle soupçonnait que oui. Peut-être que le baiser de la veille signifiait autre chose pour lui ?

Pour sa part, elle n'était sûre de rien, hormis qu'elle se rapprochait un peu plus de cet homme de minute en minute. Pourtant, il représentait tout ce qu'elle ne cherchait pas en arrivant à Armidale, tout ce qu'elle fuyait, même. Et maintenant, elle ne désirait que lui…

— Il n'est que 20 h 30, je me demandais si ça vous tenterait qu'on rentre chez moi. La perspective de discuter sans la voix du commissaire-priseur pour noyer tout ce qu'on dit me plaît assez. Pas vous ?

Elle prit une inspiration. Son cœur battait à une vitesse ridiculement élevée.

Elle n'imaginait rien de mieux et à la fois de plus risqué que de se retrouver seule avec Harrison Wainwright. Et ça l'excitait.

— Allons récupérer nos manteaux et filons. Votre voiture est garée devant ? ajouta-t-il.

— Oui.

— Si vous voulez, suivez-moi avec votre auto, ma maison est littéralement à deux pas d'ici.

Comme annoncé, la maison était à trois minutes du musée. C'était une vaste bâtisse à un étage, en brique rouge, avec une allée qui sinuait dans un jardin magnifiquement entretenu. Elle fut sidérée par la taille et l'élégance des lieux. N'étant encore jamais passée dans ce quartier, elle n'avait pas eu l'occasion de la voir.

Harrison se gara dans le grand garage double et sortit à sa rencontre tandis qu'elle s'arrêtait devant la terrasse ornée d'une vieille balancelle à l'ancienne.

Une vision de carte postale.

— Entrons au chaud, dit-il en lui tendant la main.

Elle la prit sans hésiter. Elle tremblait un peu, non pas de peur mais d'excitation. Quoi qu'il doive se passer entre eux, elle avait envie d'oublier le passé et de vivre l'instant présent.

Sitôt la porte refermée et la lumière allumée, Harrison porta sa main à ses lèvres et lui embrassa l'intérieur du poignet. Tendrement, il dessina le contour de sa joue jusqu'à son menton, qu'il souleva vers lui. Et dans ses yeux, elle lut tout ce qu'elle avait besoin de savoir : il la désirait autant qu'elle le désirait.

— Je brûle d'envie de t'embrasser à nouveau, Jessica.

Elle battit des paupières en signe d'assentiment, et quand sa bouche rencontra la sienne, ce fut cette fois avec une urgence qu'elle n'avait jamais ressentie de la part de personne. Elle accueillit sa passion, lui signifiant par son ardeur qu'elle était d'accord pour la nuit qui s'offrait.

— Tu es sûre ? Sûre et certaine ?

Le regard de Harrison lui perçait l'âme, et sa voix était rauque.

— Oui, souffla-t-elle.

Harrison n'avait pas besoin de plus d'encouragement. Il allait passer la nuit avec cette femme merveilleuse, la choyer comme elle le méritait, la faire sienne.

Il l'enleva dans ses bras. De nouveau, leurs lèvres se trouvèrent, et la passion de son baiser, tandis qu'il la portait jusqu'à sa chambre, montrait à Jessica à quel point il avait envie d'elle.

Il poussa du pied la porte derrière eux.

Cette nuit était à eux deux, rien ni personne ne leur prendrait cela. Personne ne l'obligerait à se détourner de la femme la plus désirable qu'il ait rencontrée de sa vie. Le soleil ne se lèverait pas avant de longues heures, et il avait bien l'intention d'en savourer chaque seconde.

Harrison se réveilla avec Jessica dans ses bras, ses cheveux blonds éparpillés sur son torse nu et le contact de son souffle chaud sur sa peau. Confortablement lovée contre lui, elle dormait.

Il la contempla, émerveillé. Il avait l'impression qu'un ange venait d'entrer dans sa vie.

Soudain, pourtant, il remarqua la lumière clignotante indiquant l'arrivée d'un nouveau message sur son téléphone portable.

Inquiet à l'idée que ce soit l'hôpital ou ses parents, il se faufila hors du lit et partit avec l'appareil dans la salle de bains. Fermant la porte pour ne pas risquer d'éveiller sa belle endormie, il toucha l'icône de ses mails.

Aussitôt, il fut ramené à la réalité avec une violence inattendue.

Harrison,

En tant que membre du Conseil, il me semble que vous devez savoir que je viens de recevoir un appel de courtoisie d'un collègue de l'hôpital Eastern Memorial à Adelaïde. Jessica Ayers était censée y effectuer un remplacement au bout de ses six semaines à Armidale, mais ils vont apparemment lui proposer le rôle de chef du service de pédiatrie avec possibilité de contrat à durée indéterminée, à condition qu'elle soit disponible dans une semaine. Je serai triste de la perdre, mais il s'agit d'une énorme opportunité pour elle dans une structure de cette taille. Hélas, nous ne faisons pas le poids. Il va falloir trouver un autre remplaçant aussi vite que possible.

Bien à vous,
Errol

Il se figea.

Jessica allait partir bien plus tôt que prévu. S'ils avaient pu passer le reste de ces six semaines ensemble, ils auraient peut-être pu envisager un avenir, du moins voir comment cela évoluait, poser les fondations de quelque chose. Mais en une semaine... Impossible. C'était fichu. Elle ne pouvait pas décliner cette offre d'un grand hôpital universitaire. Si Adelaïde n'était pas à l'autre bout du monde, il était réaliste. Avec ce nouveau poste et sa charge de travail à lui, sans compter son fils, les occasions de se voir et d'avancer dans une relation étaient réduites à néant.

De toute façon, il ne prendrait pas le risque de tenter quelque chose qui devrait se terminer en queue de poisson. Surtout pas avec une femme comme Jessica, car il sentait que plus il passerait de temps à ses côtés, plus il s'attacherait à elle. Leur connexion était hélas destinée à ne durer qu'une nuit fabuleuse, et il n'avait d'autre choix que d'accepter la fatalité.

Plus que tout, il rêvait de retourner au lit pour lui faire l'amour encore et encore, mais mieux valait effacer les souvenirs de cette nuit. Il n'avait pas le droit de lui demander de rester, il fallait donc traiter avec légèreté ce qu'ils avaient partagé. Il ne pouvait pas laisser son cœur régner sur sa tête.

Le bâillement de Jessica se changea en un large sourire. Elle s'étira dans la chaleur du grand lit, les bras au-dessus de la tête, le dos cambré et les orteils pointés.

Délicieux. Elle ne se rappelait pas avoir jamais été plus heureuse.

Son esprit retourna à la tendresse des baisers de Harrison. À leur ardeur aussi. Il avait réveillé le moindre centimètre carré de son corps. Au souvenir de la passion partagée, des picotements lui parcoururent la peau.

Harrison était le genre d'homme dont elle pourrait tomber éperdument amoureuse. Et, étonnamment, ça ne l'effrayait pas. Quelques mois en arrière, elle aurait bondi hors du lit, de la maison et sans doute de la ville si elle avait imaginé un instant nourrir de tels sentiments pour un homme.

Harrison Wainwright avait changé ça. Elle ne savait pas trop comment c'était arrivé, mais il réussissait à lui donner un sentiment de sécurité suffisant pour qu'elle baisse sa garde, au point qu'elle se demanda au passage si elle n'aurait pas trouvé son prince charmant.

En tout cas, elle avait hâte de passer beaucoup de nuits semblables à celle-ci dans les bras du beau médecin.

Elle repensa à sa conversation avec l'épouse du professeur.

Qui sait ce que l'avenir leur réservait ? Pourrait-elle abandonner la vie de citadine pour la campagne ? Elle n'en était pas certaine mais, au vu de ce qu'elle éprouvait en cet instant, elle n'excluait rien.

Harrison était un amant merveilleux. Généreux et tendre, exigeant et fort à la fois. Il était aussi complexe au lit qu'en dehors, et elle adorait ça. Cette nuit avait été spéciale, géniale, et rien ne devait la lui gâcher. Ni la tristesse de son passé ni les points d'interrogation suspendus au-dessus de son avenir. Elle voulait profiter de ce qu'ils partageaient, quoi que ce soit, sans rien se refuser par peur de la suite.

En entendant la douche couler, elle éprouva une pointe de déception. Harrison ne reviendrait pas au lit avec elle ?

Se réveiller dans ses bras et refaire l'amour aurait rendu la matinée aussi parfaite que la nuit. Mais il devait prendre son service à l'hôpital, sa réaction était donc compréhensible. Elle espérait bien s'éveiller dans son lit le lendemain, et cette fois ils y resteraient pendant des heures à batifoler.

À contrecœur, elle sortit du lit chaud, repoussant les draps froissés, et ramassa ses affaires éparses.

Elle se doucherait chez elle. Elle aimait l'idée de garder l'odeur de son amant sur sa peau.

— Désolé, j'ai dû me lever car je dois filer au travail et... Et j'ai un truc à faire avant.

Harrison était apparu dans l'encadrement de la porte de la salle de bains, une serviette grise nouée bas sur les hanches. Dangereusement bas. Dans la lumière douce du petit matin, son torse sculpté lui faisait une silhouette impressionnante. Une statue de dieu grec. Elle dut faire appel à tout son self-control pour ne pas se redéshabiller et lui suggérer de se faire porter pâle au travail afin qu'ils restent sous les couvertures une heure ou deux de plus.

— Je comprends, dit-elle à la place, en détournant le regard.

Elle ne savait pas trop ce qu'il entendait par « un truc à faire avant ». Un patient à qui rendre visite en chemin ?

— J'aimerais te demander de rester, mais je dois...

— Aller au travail, je sais, le coupa-t-elle, soudain nerveuse.

Ce qu'ils avaient partagé lui paraissait tout à coup à des années-lumière. Dans un monde parfait, il serait venu l'embrasser ou l'aurait soulevée pour la poser sur le lit, et il lui aurait avoué qu'il était en train de tomber fou amoureux d'elle. Sauf qu'ils ne vivaient pas dans un monde parfait.

— Pas de souci, j'ai un million de choses à faire aujourd'hui, je dois y aller aussi, de toute façon.

— C'était une nuit géniale.

— Oui, absolument, répondit-elle.

Pourtant, le ton de la voix de Harrison la mettait mal à l'aise. Elle sentait qu'il avait hâte de mettre de l'espace entre eux. Émotionnellement et physiquement. Peut-être cette douche matinale était-elle sa manière à lui de rompre leur intimité. Se réveiller dans les bras l'un de l'autre aurait donné un tout autre aspect à la situation. Il semblait mal à l'aise aussi, et elle avait l'intuition que ça n'avait rien à voir avec sa nudité. Lui qui était si sûr de lui la veille, aujourd'hui il avait presque l'air de regretter. Une fois de plus, son comportement la déroutait.

— Je te trouve extraordinaire, Jessica, murmura-t-il, brisant le silence tendu, mais sans pour autant combler la distance qui les séparait.

Elle sentit son cœur se serrer.

L'instant d'avant, elle était au bord de tomber amoureuse de lui, mais apparemment il ne voyait pas les choses de cet œil. Et dire qu'elle avait baissé sa garde !

— Tu veux petit-déjeuner ? Un café ? demanda-t-il en se dirigeant vers son armoire. Je peux te préparer des œufs brouillés dès que je serai habillé.

— Non, je pense que je vais y aller tout de suite, se hâta-t-elle de répondre après un soupir.

— OK.

Et il entreprit d'enfiler un jean sombre, une chemise en flanelle à carreaux et un pull beige.

Elle n'avait jamais vu un homme se vêtir aussi vite. Même après une nuit sans lendemain, la chose paraissait particulièrement rapide. Et gênante aussi, sachant que quelques minutes plus tôt elle se trouvait nue dans son lit.

— On se voit à l'hôpital lundi alors ? demanda-t-elle en espérant qu'il lui proposerait de se voir le soir même.

Elle saurait alors qu'elle ne s'imaginait pas des problèmes qui n'existaient pas. De tout son cœur, elle souhaitait qu'il lui prouve qu'elle avait peur pour rien.

— Oui, bien sûr, répondit-il. Lundi.

Il allait donc la laisser partir comme ça. Après cette nuit...

Elle se sentit soudain très vide. Encore plus vide qu'avant de le rencontrer. Elle était mortifiée. Et ce sentiment montrait qu'elle lui avait donné au moins un morceau de son cœur. Elle avait espéré qu'il le méritait, mais elle commençait à penser que non. Si seulement ça ne lui faisait pas aussi mal de s'en rendre compte !

La douleur dans sa poitrine s'intensifia lorsqu'elle arriva

devant la porte : l'endroit où il l'avait embrassée la veille, la passion de ce baiser, la façon dont il l'avait portée dans son lit, l'amour qu'ils avaient fait... Tout avait disparu. Il la laissait partir comme si ça ne signifiait rien. Au bout du compte, ce ne serait qu'une nuit, rien de plus. Allongée dans ses bras, elle avait cru à plus, mais peut-être n'était-ce pas intentionnel, peut-être était-ce sa manière de se comporter avec toutes les femmes. Évidemment, elle n'avait pas à attendre plus, Harrison ne lui avait rien promis. N'empêche, ça paraissait déplacé qu'il lui demande presque de partir.

Est-ce qu'elle avait raté quelque chose ? Y avait-il chez Harrison Wainwright quelque chose qu'elle ignorait ? En tout cas, coucher avec lui était sans doute la pire erreur qu'elle avait faite depuis longtemps. Elle n'avait pas besoin qu'on lui brise encore le cœur. Or, la sensation qu'elle éprouvait y ressemblait péniblement.

Harrison se tourna vers elle en déverrouillant la porte. Son visage était empreint d'une émotion indéfinissable.

— Je repenserai toujours à cette nuit, Jessica. Elle était spéciale.

Elle ne trouva rien à répondre, ayant déjà toutes les peines du monde à refouler ses larmes.

— Je sais que tu ne prévois pas de rester en ville, reprit-il, et, crois-moi, je n'irai jamais attendre de toi ou te demander que tu changes tes projets après une nuit passée ensemble. Je tiens juste à ce que tu saches que je te trouve merveilleuse. N'importe quel homme serait chanceux de t'avoir dans sa vie. Je suis vraiment navré que cet homme, ça ne puisse pas être moi.

8

Jessica effectua le trajet du retour à la maison sous le choc, comme dans un brouillard. Ses pensées étaient tout entières occupées par l'homme qui venait de mettre fin à leur relation avant qu'elle n'ait eu une chance de débuter.

Elle était en colère, triste, perdue... Une dizaine d'émotions bataillaient en elle, toutes causées par Harrison Wainwright.

Pourquoi diable l'avait-il invitée chez lui ? Dans le seul but de passer une nuit avec elle ? Avait-il prévu d'emblée de la mettre dehors au matin sans aucune raison avouable ? De la raccompagner à sa porte sans idée de la revoir ? En lui servant des phrases ridicules qui auraient sonné faux même dans un mauvais film ?

Ces derniers mots, elle se les repassait en boucle sans parvenir à y trouver un sens.

Jetant son manteau sur le canapé, elle en fit autant dans sa chambre avec le reste de ses vêtements avant de se diriger vers la salle de bains, pressée de laver toute trace de cet homme sur sa peau. L'odeur de son eau de toilette, celle de son corps, elle n'en voulait plus.

Ouvrant le robinet, elle passa sous l'eau brûlante et se frotta au gant de crin, repoussant de son esprit des images de Harrison en même temps qu'elle effaçait sur sa peau le contact de ses bras autour d'elle.

Qu'est-ce qui avait mal tourné, enfin ? N'était-il vraiment qu'un énième homme infréquentable ? Et elle, était-elle un aimant à hommes qui ne pensaient à rien d'autre qu'à l'utiliser pour assouvir leurs désirs ?

En se shampouinant, elle songea à la fois où, le premier jour à l'hôpital, elle avait annoncé à Harrison qu'elle n'était pas du genre à se marier. En avait-il déduit qu'elle était du genre à coucher sans lendemain ? Pourtant, à la façon dont Rachel Naughton parlait de lui, le parrain attentionné de sa fille, il semblait plutôt du type à vouloir une femme bien avec qui partager sa vie. Rien à voir avec celui qui l'avait plus ou moins mise dehors après l'avoir séduite.

Sans doute aurait-elle mieux fait de refuser de le suivre chez lui. Peut-être s'étaient-ils tous les deux précipités, et voilà pourquoi cela avait fini en eau de boudin...

Elle allait devenir folle si elle continuait avec les « peut-être » et les « si ». Il fallait juste accepter que cette nuit partagée fût à la fois le début et la fin de l'histoire. Et trouver le moyen de tout effacer.

Le week-end de Jessica se passa entre les regrets et l'acceptation et vice versa. Il lui fallut beaucoup de crème glacée et des tas de coups de fil à Cassey, qui la consola et ne fit heureusement pas mention des sites de rencontre comme solution possible. Elles finirent par décider de se revoir dès qu'elle serait de retour à Sydney ou que Cassey passerait à Adelaïde.

Il était près de 22 heures le dimanche soir quand elle reçut un mail inattendu.

Il concernait justement son remplacement d'ici quelques semaines au Memorial Hospital d'Adelaïde, qui se transformait, suite à un désistement, en une offre pour le poste de chef du service de pédiatrie si elle s'avérait intéressée. Elle aurait une période d'essai de trois mois, et si elle donnait satisfaction, il s'agirait d'un poste définitif. En revanche, une condition n'était pas négociable : elle devait être à Adelaïde dès le lundi de la semaine suivante.

Ce poste, elle l'attendait depuis si longtemps que, même en

rêve, elle n'aurait osé espérer une opportunité pareille. Pourtant, au lieu de sauter au plafond, elle lut et relut le message en le considérant purement et simplement comme une échappatoire.

Quitter un poste sans préavis, ce n'était ni dans ses habitudes ni dans son caractère, mais elle espérait que le professeur Langridge et le comité de l'hôpital comprendraient. Ce qu'en penserait le chef des urgences, en revanche, elle s'en fichait. Depuis deux jours, il n'avait pas repris contact avec elle. Rien. Comme si rien ne s'était passé entre eux.

Si tentée qu'elle soit d'accepter le poste sur-le-champ, elle décida d'annoncer son projet à Errol au préalable.

— Je ne vais pas vous mentir, lui dit Errol le lendemain, je suis très triste de vous voir partir. Nous étions en train d'essayer de lever des fonds afin de vous garder ici parmi nous, figurez-vous, tellement tout le monde vous apprécie. En l'espace d'une semaine, vous avez fait belle impression sur tous vos collègues, y compris sur Harrison Wainwright. C'était le plus enthousiaste à l'idée de vous garder à bord.

Elle jeta un regard contrit au professeur mais s'abstint de tout commentaire.

Quelle ironie ! L'homme que l'on pensait son meilleur avocat était en fait celui qui avait hâté sa décision de partir.

— Eh bien, je suis triste à bien des égards aussi, seulement je dois penser à ma carrière. À ce stade de ma vie, l'opportunité est trop belle pour ne pas la saisir.

Sans compter que ça lui fournissait une excellente excuse pour fuir Harrison.

— Effectivement, c'est une opportunité extraordinaire. Trop belle pour la refuser, dit derrière elle une voix qu'elle ne connaissait que trop bien.

Elle sentit son cœur se serrer.

— Avec vos talents et vos objectifs, Jessica, vous n'étiez pas destinée à rester ici très longtemps, conclut Harrison, avant de tourner les talons aussi vite qu'il était apparu.

— Nous pouvons compter sur vous jusqu'à vendredi, alors ? demanda Errol, une touche d'espoir dans la voix.

— Je peux même travailler jusqu'à samedi, si ça vous est utile. Je ne commence que lundi à Adelaïde.

— C'est très aimable, mais ça va faire juste, non ?

— Pas du tout. Je suis vraiment navrée de vous quitter en avance, mais encore une fois, c'est mieux ainsi.

Sur quoi elle quitta le bureau d'Errol, déchirée.

Partir comme une voleuse n'avait pas fait partie de ses plans initiaux, pas plus que d'avoir le cœur brisé, d'ailleurs. Il lui restait donc six jours à travailler ici, et elle espérait que Harrison lui accorderait l'espace dont elle avait besoin pour ménager sa dignité. Elle ne souhaitait pas lui dire en face ce qu'elle pensait de lui ni demander d'explication autre que les excuses vides qu'il lui avait fournies. Cela reviendrait à lui révéler la place qu'il avait prise dans son cœur en si peu de temps et l'erreur qu'elle avait commise en croyant que c'était réciproque.

La semaine s'écoula rapidement. Elle envoya son acceptation signée à l'Eastern Memorial puis réserva ses vols pour le dimanche matin : un premier avion à 9 heures d'Armidale à Sydney, puis un à 11 heures de Sydney à Adelaïde. Elle n'eut pas de mal à trouver un logement proche de l'hôpital, ce qui lui éviterait de louer une voiture. Les transports publics ou le taxi feraient l'affaire.

C'était apaisant de s'organiser. Cela lui donnait l'impression de reprendre un peu le contrôle de sa vie. Si la perspective de rester au même endroit l'inquiétait un peu après une année passée à se déplacer tout le temps, les trois mois de période d'essai la rassuraient. Après tout, elle aimerait peut-être s'installer, du moment que ce n'était pas dans la même ville que Harrison. Et puis, si elle n'aimait pas cette nouvelle vie, elle déclinerait le poste permanent et reprendrait son existence nomade.

C'était son avant-dernier jour, et elle était passée voir tous les membres du personnel afin de les remercier, étant donné que tous ne seraient pas en service le week-end. Ils voulaient organiser une fête d'adieu, mais elle avait décliné. L'intention était charmante, mais la perspective de voir Harrison et de recevoir ses bons vœux ne l'enchantait guère, pas plus que celle de constater qu'il aurait choisi de ne pas assister à la fête. Pas besoin d'ajouter de la tristesse à la tristesse. En revanche, le vendredi soir, elle trouva dans son bureau un très joli foulard et une carte signée par beaucoup.

Elle leur répondrait par une carte de remerciement depuis Adelaïde. Le nom de Harrison figurait au nombre des signataires, mais son message était assez bref pour que personne n'y voie plus qu'un simple au revoir.

En regagnant sa voiture, ce soir-là, elle était submergée par un mélange d'émotions où prédominaient la tristesse et la perplexité.

Plus qu'un jour, et elle quitterait cette ville où elle savait qu'elle ne remettrait plus jamais les pieds.

— Jessica, attends...

Harrison se tenait à quelques mètres d'elle.

— Je ne veux pas que ça se termine comme ça, ajouta-t-il.

Elle dévisagea l'homme qui lui avait brisé le cœur.

— Et tu voudrais que ça se termine comment ?

— Que ça ne se termine pas, pour être honnête. Mais je savais que ça arriverait. Tu mérites mieux que cette petite ville, tu mérites cette opportunité à Adelaïde.

Maintenant, elle ne croyait plus à ses belles paroles, alors pourquoi avait-il pris la peine de la rattraper ?

Elle secoua la tête.

— Je t'en prie, ne viens pas m'expliquer ce que je mérite, après ce qu'il s'est passé.

— J'ai agi comme je pensais être le mieux...

— Pour toi. Une nuit avec moi, et adieu. Moi, bêtement, j'avais pensé que toi et moi, on était important l'un pour l'autre...

Elle laissa sa phrase en suspens.

— Oui, c'est le cas. Seulement, quoi qu'il arrive, tu étais destinée à partir tôt ou tard.

— Je n'ai plus envie d'en parler, fit-elle en retenant ses larmes.

— Peu importe ce que tu penses maintenant, je voudrais que tu comprennes avant de t'en aller que la nuit que nous avons partagée signifiait bel et bien quelque chose pour moi.

Mais apparemment pas assez pour lui demander de rester, songea-t-elle.

Elle pivota et s'éloigna.

À 22 heures passées, le lendemain soir, son dernier jour à Armidale, Jessica regardait la télévision et envisageait d'aller se coucher.

La journée s'était bien passée, elle n'avait pas revu Harrison. Ce qui la soulageait en même temps que ça la chagrinait : ce chapitre de sa vie était clos.

Sa valise et son bagage cabine étaient prêts, sa vie recommençait à s'organiser. Un pantalon confortable mais élégant, un chemisier et une veste étaient suspendus dans son armoire pour le voyage. Si jamais sa valise se perdait de nouveau, au moins elle ne se pointerait pas en jean et pull pour son premier jour à Adelaïde. Elle avait retenu la leçon. Celle-là et une autre : son cœur était verrouillé à jamais.

Son téléphone se mit à vibrer sur la table. En le consultant, elle constata que c'était l'hôpital.

Avait-elle oublié quelque chose ?

— Docteur Ayers, c'est Jane, des urgences.

— Oui, Jane, il y a un problème ?

— Nous avons un jeune garçon qui s'est présenté avec une suspicion d'appendicite. Je suis navrée de vous déranger, je sais que vous ne faites plus partie du personnel de l'hôpital et que vous partez demain, mais c'est une urgence.

— Le Dr Wainwright n'est pas de garde aux urgences, ce soir ?

— Si, c'est justement lui qui m'a demandé de vous contacter, vous en particulier. Il est conscient qu'il est tard, mais il espère que vous pourrez vous libérer. Il a dit qu'il vous attendra dans le parking, que vous ne finissiez pas le trajet seule dans le noir.

— Il n'a à m'attendre nulle part. En revanche, moi, j'ai besoin de comprendre. Il y a des complications ?

— Je vais vous passer le Dr Wainwright.

— Non, non...

La dernière chose dont elle avait envie, c'était d'entendre sa voix juste avant de se coucher. De recommencer à penser à lui alors qu'elle faisait son possible pour l'oublier.

— Jessica, tu es là ?

Trop tard.

— Oui, Harrison. Qu'est-ce qu'il se passe ? Je ne comprends pas pourquoi tu as besoin de moi. À cette heure-ci, en plus. Tu as toute l'expérience requise pour opérer une appendicite.

— Oui, seulement ce cas est différent. Crois-moi, je ne te dérangerais pas si ce n'était pas urgent... Jessica, il s'agit de mon fils.

Médusée, elle faillit lâcher le combiné, et une nausée l'envahit.

Harrison avait un fils ? Ils avaient longuement discuté, mais jamais il ne l'avait mentionné. Pourquoi lui avait-il caché cette information ? Décidément, elle avait eu tout faux du début à la fin avec cet homme. Elle ne savait absolument rien de lui. Encore une fois, elle s'était entichée d'un homme qui lui avait menti en lui cachant une information capitale de sa vie. Il choisissait ce qu'il voulait révéler et gardait le reste secret. L'histoire se répétait.

— Jessica ?

La voix de Harrison la ramena à l'instant présent.

— Où était ton fils l'autre nuit ?

— Chez mes parents. Ils s'occupent de lui quand je...

— Ramène une femme chez moi, termina-t-elle à sa place. Ce qui est arrivé entre nous était donc prémédité ?

— Non, je n'avais rien prévu de ce qui est arrivé. Et je ne regrette rien non plus, d'ailleurs.

— Pendant qu'on y est des révélations, tu as une femme aussi ?

Un silence assourdissant lui répondit au bout du fil.

— Oh ! mon Dieu, tu es marié !

Son pire cauchemar se répétait. Elle avait couché avec un

homme marié. *Encore.* Et dire qu'elle ne pensait pas pouvoir être plus mal que le lendemain de leur nuit torride...

— La mère de Bryce vit à l'étranger.

— Et du coup, ça te donne le droit de coucher avec moi ?

— Arrête, ce n'est pas ce que tu crois. Tu n'as pas couché avec un homme marié, le divorce sera finalisé d'ici quelques jours.

— Je ne te crois pas.

— C'est pourtant vrai. Je ne te mentirais pas.

— Ah non ? Tu as tout de même omis de mentionner que tu avais un fils. Tu m'as induite à penser que tu étais célibataire.

— Je suis un père célibataire, Jessica. Enfin, je le serai officiellement la semaine prochaine.

— Ça devient trop compliqué. Et même si c'est vrai, pourquoi ne pas m'avoir parlé de ton fils ? Tu as eu des tas d'occasions de le faire.

— Sans doute que je cherchais à le protéger.

— Tu le protégeais d'une pédiatre ?

— Je sais, ça paraît ridicule... J'avais mes raisons, qui sont peut-être stupides, mais...

— Laisse tomber, je suis passée à autre chose, Harrison.

— On y reviendra. Pas question de te laisser croire que ce que j'ai pu te dire ou pas était lié à toi. C'est entre moi et moi. J'essaie de me détacher de mon passé. Je fais des efforts.

Elle n'était pas convaincue.

— Bon, dis-moi plutôt ce que tu veux.

Il lâcha un soupir.

— Mon fils est ici, aux urgences. J'ai besoin d'un second avis médical d'une pédiatre de ton calibre. Je suis désolé de te mettre la pression, mais tu es le meilleur médecin que je connaisse, et je suis très inquiet.

— Je me mets en route. Et sache que je fais ça pour ton fils, pas pour toi.

Sur quoi elle raccrocha et attrapa ses clés de voiture et son manteau.

Quoi qu'elle ressente envers Harrison, elle serait là pour son fils.

Harrison l'attendait dans l'obscurité du parking, mais elle refusa de le remercier pour ce geste. À la place, elle se contenta de le questionner sur les faits, à savoir l'état de son fils.

— Merci d'être venue.

Elle se dirigea d'un bon pas vers l'entrée principale de l'hôpital.

— Encore une fois, je le fais parce que j'aime les enfants, c'est d'ailleurs pour ça que j'ai choisi de me spécialiser en pédiatrie. Ça n'a rien à voir avec ce que je peux ressentir pour toi. Car en ce cas, je ne serais certainement pas ici.

— Je sais que je mérite ta réaction, admit-il. Et dès que j'en aurai la possibilité, je tiens à t'expliquer pourquoi je me suis comporté comme je l'ai fait. Je te dois bien ça.

Elle prit une inspiration impatiente.

Pas question d'écouter ses excuses, elle n'avait rien à y gagner. Elle avait cru ne plus jamais avoir à poser les yeux sur cet homme, ce qui lui convenait parfaitement. À présent, elle avait du mal à s'exprimer, comme si se tenir si près de lui suffisait à convoquer des émotions contre lesquelles elle bataillait. Or, elle devait contrôler sa colère afin de surmonter ce qui l'attendait.

— Je te l'ai dit, Harrison, je suis passée à autre chose. Je me fiche de tes raisons. Ça ne m'importe plus, désormais. Tout ce qui m'importe, là, c'est ton fils. Point barre.

— Je te suis extrêmement reconnaissant…

— Assez ! Je ne veux rien entendre de ce style venant de ta part. Et maintenant, explique-moi le contexte, lui intima-t-elle en accélérant encore le pas.

Il commençait à pleuvoir, et elle n'avait pas envie que Harrison tente un autre geste de galanterie inutile comme ôter sa veste pour la lui poser sur les épaules. Plutôt se noyer.

— Bryce se plaignait de douleurs au ventre le week-end dernier. Et puis, il a perdu l'appétit. À tort, j'ai pensé que c'était dû au stress de la rentrée scolaire, ajouté à mon absence récente quand je suis parti à l'étranger pour m'occuper du divorce.

— Quoi d'autre ? demanda-t-elle, filtrant les informations superflues.

L'adrénaline montait. La vie d'un petit garçon était potentiellement en jeu.

— La douleur a baissé durant la semaine, j'ai donc pensé que ce n'était rien, mais elle a recommencé hier matin et n'a fait que grimper tout au long de la journée.

— C'est compréhensible. Les douleurs stomacales ne sont pas inhabituelles à cet âge, mais tu ne m'aurais pas appelée ici à cette heure si ça n'était pas sérieux. Alors, décris-moi tous les symptômes en détail avec les heures et les jours. Des diarrhées ?

— Ma mère l'a récupéré à l'école quand on l'a appelée, vers l'heure du déjeuner. Il avait souillé son pantalon et était très gêné. L'infirmière scolaire l'a nettoyé et changé avec ce qu'elle avait sur place, mais il demandait à rentrer à la maison, expliqua-t-il tandis qu'ils franchissaient les portes automatiques et avançaient à toute allure dans les urgences. Il a passé deux nuits chez mes parents, comme toujours quand je suis de garde le soir ou la nuit, ils n'ont pas voulu me déranger. Ils ont cru que ça venait de quelque chose qu'il avait mangé. Mon père a fini par m'appeler il y a deux heures quand il a vu Bryce peiner à sortir du bain et à marcher pour regagner sa chambre. Mon père était médecin dans l'armée, il a donc su que quelque chose n'allait pas.

Elle le toisa des pieds à la tête sans chercher à cacher son dédain.

Ainsi, il avait toute une famille dans cette ville, et il n'avait jamais jugé bon de lui en toucher un mot ! Certes, ils ne se connaissaient pas depuis longtemps, mais dans une relation ouverte et honnête, ces informations auraient dû venir sur le tapis. À moins qu'il n'ait voulu les lui cacher à dessein.

— Jessica, je sais que j'ai tout gâché entre nous. J'essaierai de m'en expliquer le moment venu et si je peux de me rattraper auprès de toi, mais là, j'ai besoin de ton aide.

— Tu l'as. Je suis là pour ça, s'entendit-elle répondre d'une voix étrangement dénuée de toute émotion parasite. Il a cinq ans, c'est bien ça ?

— Oui, cinq ans et trois mois.

— Des antécédents médicaux ?

— Non, c'est un petit garçon normal. Poids et taille équilibrés. Comme la douleur était intense, je l'ai fait mettre sous antidouleur par intraveineuse.

À présent, enfin, Harrison imitait son attitude et cessait toute allusion à eux deux. Le professionnel l'emportait dans un cas pareil. Or, ils étaient tous deux des professionnels.

Elle se désinfecta rapidement, enfila une tunique et des gants, puis elle pénétra dans la salle où elle découvrit une version miniature de Harrison allongé sur le lit dans une minuscule tunique d'hôpital.

La ressemblance était incroyable, au point d'être un peu déstabilisante.

Calmement, elle s'approcha du garçonnet.

— Bonjour, Bryce. Je suis le Dr Jessica. Je travaille ici à l'hôpital avec ton papa, et j'ai entendu dire que tu avais mal au ventre.

— Oui. J'avais mal, mais avec les médicaments, ça va mieux.

— Ça faisait très mal ?

— Oui, très, très mal, répondit Bryce, son petit visage tout triste.

— Tu veux bien que je regarde et que j'essaie de trouver pourquoi il te fait mal, ce petit ventre ?

Bryce opina du chef, agitant sa tignasse noire, la même que celle de son père.

— Tu as eu mal ailleurs ? poursuivit Jessica, pressée de se concentrer uniquement sur l'enfant.

— Juste là, à côté du nombril.

Elle se tourna vers l'infirmière.

— Il a de la fièvre ?

— Sa température est légèrement élevée. Trente-neuf cinq.

— Très probablement à cause de l'infection, commenta-t-elle en sortant son stéthoscope.

Elle en chauffa l'extrémité métallique dans le creux de sa main, avant de la poser sur la poitrine de Bryce. Satisfaite de ce qu'elle entendait, elle se retourna de nouveau vers l'infirmière.

— Vous avez effectué des prélèvements sanguins pour savoir si le taux de globules blancs est élevé ?

— Oui, on attend les résultats du labo.

— Il se peut qu'on n'ait pas le temps d'attendre, vous voulez bien aller leur mettre la pression pour qu'ils accélèrent ?

L'infirmière se précipita dans le couloir, les laissant seuls, Harrison et elle, avec Bryce.

— Il peut lever la jambe droite ?

— Pas sans douleur, répondit Harrison. C'est le signal qui m'a incité à t'appeler en renfort.

Délicatement, elle souleva la tunique de Bryce et entama un examen externe.

Le côté droit du bas-ventre était particulièrement sensible, contrairement au reste de l'abdomen.

Une fois que l'infirmière fut revenue, elle fit signe à Harrison de la suivre dans le couloir.

— Bryce présente de nombreux symptômes d'appendicite : température élevée, diarrhée et sensibilité du bas-ventre. Ça n'est pas commun à son âge, mais ça arrive. Je pense qu'il faut envisager une appendicectomie en urgence plutôt que de risquer une rupture pendant la nuit, annonça-t-elle en retirant ses gants jetables.

— Ça ne peut pas attendre demain matin ?

— D'après ce que tu m'expliques, les symptômes sont présents depuis quelques jours, sinon déjà une semaine, donc on ne dispose pas de beaucoup de temps pour nous décider. Les bactéries se multiplient rapidement, et avec cette pression, l'appendice de Bryce risque de rompre.

— Il reste la possibilité que ça ne soit pas une appendicite.

— Avec tout diagnostic il y a une possibilité, mais pour moi, en l'occurrence, elle est trop faible.

Elle percevait la peur dans la voix de Harrison et comprenait ses doutes, mais elle devait insister. Dans ce cas précis, tergiverser était plus risqué que d'opérer.

— Je crains que la décision ne nous soit retirée très vite, et alors on se retrouvera avec tout un tas d'autres problèmes, notamment le risque induit par une péritonite sur les autres organes. Et là, l'opération d'urgence sera bien plus complexe.

— Qu'est-ce que tu ferais à ma place ?

— Je viens de te dire...

— Jessica, l'interrompit-il avant de continuer d'une voix plus posée, je veux savoir ce que tu ferais si tu n'étais pas son médecin mais sa mère. Quelle décision prendrais-tu ? Je ne veux pas perdre mon enfant. Je n'ai jamais eu aussi peur de ma vie, et je pourrais me tromper. J'ai besoin de ton aide.

Elle dévisagea Harrison, déstabilisée par son honnêteté et sa vulnérabilité.

Quelques heures plus tôt, elle ignorait qu'il avait un fils, et voilà qu'il lui demandait quelle décision elle prendrait si elle était la mère de l'enfant ! Question difficile, surtout venant de lui.

En tant que pédiatre, ce n'était pas la première fois qu'on la mettait face à ce genre de question. Toutefois, c'était différent cette fois-ci, car cela venait de cet homme dont elle avait cru, quelques jours auparavant, qu'il pouvait faire partie de son avenir, de sa vie.

Cet homme qui l'avait amenée l'espace d'un moment à croire en l'amour et en son propre jugement était aussi celui qui lui avait ensuite tourné le dos et lui avait brisé le cœur. Elle aurait voulu le haïr. Pourtant là, en voyant sa détresse, elle avait bien du mal à y parvenir.

Elle prit une inspiration.

— Harrison, je sais que c'est dur de prendre une décision pour une personne qu'on aime, mais tu es le seul à pouvoir le faire. Et s'il était mon fils... Je déciderais de l'opérer ce soir.

Harrison hocha la tête. Elle voyait à ses poings serrés et à sa mâchoire crispée que ça bataillait dans son esprit et dans son cœur.

— Alors, on va faire ça, conclut-il.

— Tu as pris la bonne décision, acquiesça-t-elle.

Sans réfléchir, elle avait posé la main sur son bras en un geste rassurant.

— Je l'espère, dit-il en recouvrant sa main de la sienne.

Elle se figea.

Elle ne s'était pas attendue à ce contact. De la part d'un parent, elle aurait compris et n'aurait pas réagi, mais la chaleur de la paume de Harrison convoquait des souvenirs... Des souvenirs dont elle ne voulait pas. C'était elle qui avait besoin d'espace, cette fois.

Elle se libéra.

— On a un chirurgien de garde ? demanda-t-elle.

— Normalement, on en a deux. Hélas, le Dr Franklin a la grippe, et le Dr Douglas est à Tamworth pour la nuit. Il doit rentrer demain matin. Ce qui ne pose pas de problème, car en temps normal je peux les remplacer.

— OK, ça change la donne, effectivement. Cependant, en l'absence d'autre choix, on dirait que nous allons devoir opérer ton fils ensemble. Ça n'est pas très orthodoxe, mais c'est la meilleure opportunité pour Bryce. Tu as pratiqué une appendicectomie récemment ?

— Une, il y a quelques mois, dans des circonstances similaires.

— Le patient avait quel âge ?

— Vingt-neuf ans.

Mentalement, elle se prépara à la tâche qui l'attendait : sauver le fils de Harrison avec l'aide de ce dernier.

— Et Bryce en a cinq. La procédure sera donc la même... et très différente à la fois. Bref, je prendrai les rênes. D'accord ?

— Bien sûr.

— Bryce, commença Harrison d'une voix douce quand ils retournèrent dans le box de son fils, ton mal de ventre ne va pas s'améliorer sauf si le Dr Jessica t'opère pour te retirer ton appendice.

— Qu'est-ce que c'est ?

— Un petit morceau de ton ventre dont tu n'as pas besoin mais qui est malade, il contient des microbes qui te donnent mal au ventre.

— L'opération, ça va faire mal ?

— Non. Tu seras endormi, et ensuite les infirmières te donneront des médicaments pour aller mieux.

— Ben alors, pourquoi elles ne me donnent pas des médicaments tout de suite, papa ? Comme ça, je n'aurai pas besoin d'opération.

Harrison sourit de la logique imparable de son fils.

— J'aimerais bien, seulement ça ne s'arrangera pas avec juste des médicaments. Le vilain appendice te fait mal parce qu'il est malade, et on doit l'enlever de ton ventre.

— Ils vont le mettre dans un bocal, comme les amygdales de Toby ? Il a apporté le bocal à l'école pour les montrer à la classe, et la maîtresse a expliqué.

— Peut-être, on en parlera plus tard. Le plus urgent, c'est de te débarrasser de cet appendice malade. Je vais rester auprès de toi tout du long.

— Tu promets de ne pas me laisser ?

Harrison s'accroupit au niveau de son fils.

— Je te le promets, Bryce. Je ne m'en vais nulle part.

Quinze minutes plus tard, la salle d'opération était prête, et l'anesthésiste, le Dr Martin Barry, arriva. Jessica vit avec lui comment ils allaient procéder pour l'opération, elle lui précisa qu'elle prévoyait une procédure standard par laparoscopie d'environ trente minutes, mais cela pouvait durer un peu plus longtemps en cas de complications, et ils devaient tenir compte de cette éventualité.

Pendant que l'on apprêtait Bryce, Harrison et elle allèrent se préparer en vue de l'opération chirurgicale la plus importante qu'effectuerait Harrison de toute sa vie. Ils se lavèrent soigneusement les mains sous l'eau puis enfilèrent avec l'aide du personnel opératoire tunique, gants, bonnet et lunettes.

— Si ça devient trop dur psychologiquement, n'hésite pas à quitter la salle, lui indiqua-t-elle. Je peux me débrouiller seule, même si c'est mieux que tu débutes au moins la procédure avec moi, car je ne suis pas certaine à cent pour cent de ce qui nous attend. Avec un peu de chance, l'exploration nous permettra de repérer un organe juste un peu infecté qui sera facile à prélever, et Bryce gambadera de nouveau comme un petit lapin dès le week-end prochain.

— Espérons-le.

— À ce stade, c'est tout ce que l'on peut faire.

Sur quoi, ils pénétrèrent dans la salle où Bryce somnolait déjà sous l'effet du médicament relaxant préopératoire, tandis que le reste de l'équipe de nuit s'affairait à tout mettre en place. Le Dr Barry avait ajusté la dose d'anesthésiant en fonction de la taille, du poids et de l'âge notés dans le dossier du petit patient.

— Papa est là, comme je te l'ai promis, souffla Harrison au garçonnet à demi endormi. Avec le Dr Jessica. Et nous serons encore là quand tu te réveilleras.

Lentement, Bryce dériva dans l'état d'inconscience induit par l'anesthésie.

— Vous pouvez y aller, indiqua le Dr Barry à Jessica.

— Allez, c'est parti. On retire ce vilain appendice et on remet ce jeune homme sur pied, lança-t-elle en prenant le trocart laparoscopique intra-abdominal des mains de l'infirmière.

Elle débuta l'opération minutieuse par une incision au niveau de l'orifice ombilical. Une fois le trocart inséré dans cet orifice, on envoya une petite dose de gaz dans l'abdomen de Bryce afin de gonfler la zone et de permettre de voir plus clairement de quoi il retournait.

Sitôt que Harrison inséra le laparoscope, elle constata que l'appendice était rouge et inflammé.

— Tu avais raison..., commenta Harrison, avant de s'interrompre.

Car si elle avait vu juste au sujet de l'appendicite, il y avait autre chose, et ça n'était pas bon. Tout le personnel présent pouvait constater sur l'écran que l'appendice était perforé et qu'il répandait son contenu infecté sur les autres organes de l'abdomen.

Jessica se concentra aussitôt sur la tâche à accomplir. Elle était soucieuse, mais pas question de le laisser paraître devant Harrison.

— Est-ce que vous optez pour une chirurgie ouverte ?

demanda l'infirmière du bloc, prête à approcher le chariot avec les instruments chirurgicaux.

— Non, je continue comme prévu. Je vais insérer les deux autres trocarts et les utiliser comme point de passage vers la cavité pour les autres instruments. De là, je sectionne l'appendice rompu et je le mobilise.

Délicatement, elle écarta l'appendice sur un côté à l'aide du préhenseur, afin de poursuivre son investigation du petit abdomen.

— J'ai repéré le point de rupture, les tissus sont nécrosés et noircis par l'infection, expliqua-t-elle.

— Ça ne date donc pas de récemment, commenta Harrison d'une voix blanche. L'infection remonte à plus longtemps.

— Tu sais, les enfants sont doués pour cacher leurs symptômes, dit-elle, sentant poindre sa culpabilité de père. Je vais agrafer juste au-dessous de la rupture, ça divisera l'appendice, et il restera une rangée d'agrafes sur le moignon.

Elle s'exécuta, séparant bien l'appendice du côlon à l'aide des agrafes.

— La seconde rangée d'agrafes va diviser l'apport en sang, poursuivit-elle en même temps qu'elle agissait. Ces agrafes ne se dissoudront pas, mais elles ne lui causeront à l'avenir ni douleurs ni soucis.

Toujours avec les pinces, elle s'assura de la bonne tenue des agrafes le long du moignon, et qu'il n'y avait pas de fuite ou de saignement du côlon.

— Je laisse l'appendice dedans un moment pendant que j'examine le bassin.

— Il y a beaucoup de pus et d'épanchements troubles, fit remarquer Harrison, visiblement stressé, mais qui parvenait à garder son calme. Il a dû souffrir le martyre.

— En effet. Ça m'a l'air d'être un petit garçon costaud. Sitôt qu'on aura retiré tous ces fluides, il va se sentir comme neuf.

Elle inséra un aspirateur et vida la cavité des sucs infectés.

— Pour m'assurer qu'il n'y aurait pas autre chose que nous

ne voyons pas, je vais placer un drain dans le bassin et le faire ressortir par la peau. Il faudra le lui laisser pendant quatre jours.

Elle vérifia que tout était conforme à ce qu'elle pensait et qu'il n'y avait pas de mauvaises surprises.

— Voilà. Maintenant, j'extrais l'appendice par l'incision.

Une fois l'opération terminée, l'infirmière attacha le drain à une pompe à réservoir, puis Jessica procéda au retrait des trois trocarts et entreprit la suture des trois petites plaies.

Harrison l'observait, comme hypnotisé.

Normal, il admirait ses qualités professionnelles. Et sans doute aussi lui était-il reconnaissant d'avoir sauvé la vie de son enfant.

— Je conseille de laisser la valve d'entrée en place durant deux jours, ainsi que le drain, afin que les gaz puissent s'échapper, fit-elle. Sinon, c'est l'opération qui lui causera des douleurs.

Sur quoi elle s'écarta et sortit du bloc, laissant les infirmières et l'anesthésiste faire leur travail et emmener Bryce en salle de réveil avec Harrison.

Sa mission était accomplie, à présent elle allait pouvoir partir. Pourtant, ses jambes étaient soudain lourdes.

Elle ne savait plus si elle prenait la bonne décision, elle n'était plus sûre de rien. En voyant la profondeur de l'amour qui attachait Harrison à son fils, la confiance et la foi qu'il avait placées en elle, elle se retrouvait tout à coup avec plus de questions que de réponses.

Est-ce qu'elle ne quittait pas la ville trop vite ? Et si Harrison avait dit la vérité ? Ne faudrait-il pas tout de même qu'elle écoute ses explications ?

Il avait pris sa décision au sujet de l'opération de Bryce en fonction de ce qu'elle avait dit qu'elle ferait, elle, si elle était la mère de l'enfant. Cela amenait une perspective inattendue, qui lui faisait voir les choses différemment.

Comment la considérait-il ?

9

Jessica trouva Harrison devant la chambre de Bryce à 6 heures le lendemain matin, les cheveux ébouriffés après cette nuit qu'elle le soupçonnait d'avoir passée dans un fauteuil d'hôpital. Comme promis au petit, il n'avait pas quitté son chevet. Elle n'en était pas étonnée, l'amour qu'il vouait à son fils était indéniable.

Elle-même avait passé la nuit dans son lit, mais elle avait à peine dormi. L'état de Bryce l'inquiétait, et son père la perturbait. Deux raisons pour se tourner et se retourner, à se demander si elle devait toujours prendre son avion et s'éloigner de l'homme qui lui avait fait tant de mal, ou si elle ferait mieux de rester afin de voir s'il n'y avait pas ici quelque chose qui vaille la peine de se battre.

Il avait les yeux baissés, la tête entre les mains.

— Harrison, murmura-t-elle pour ne pas le faire sursauter, en s'asseyant sur le siège voisin du sien.

Relevant la tête, il la contempla.

Son expression douloureuse lui vrilla le cœur malgré elle. Elle aurait voulu trouver des raisons de le haïr, ou du moins de s'en ficher. Au contraire, assise à côté de lui, elle ne pouvait s'empêcher de le plaindre. Sincèrement. Il était vulnérable, et elle souffrait pour lui.

Cependant, il restait des tas de choses qu'elle ne comprenait pas.

— J'ai dû sortir. J'avais besoin de quelques minutes...

— Et d'un café noir, compléta-t-elle en lui tendant celui

qu'elle avait pris pour lui à la cafétéria. On m'a dit que tu avais passé toute la nuit ici.

— Je ne pouvais pas rentrer, Bryce avait besoin de moi. Et moi, j'avais besoin d'être là.

— Il va s'en sortir. C'est un petit guerrier.

Elle savait qu'ils avaient pris la bonne décision en l'opérant, et un coup de fil aux soins intensifs lui avait confirmé que le pronostic pour Bryce était optimiste.

Le pronostic n'était pas aussi certain en ce qui les concernait, Harrison et elle. Pourtant, elle ne pouvait pas laisser les choses en l'état, avec tant de questions et de non-dits. Au minimum, elle avait besoin de tourner la page, ou bien cette histoire la hanterait jusqu'à la fin de ses jours.

— Bryce est tout ce que j'ai, Jessica. Toutes les décisions que j'ai prises depuis sa naissance ont été basées sur ce qu'il y avait de mieux pour lui. Je veux le protéger de la souffrance aussi longtemps que je pourrai. Il en a déjà connu assez dans sa courte vie, même s'il n'en est pas encore conscient. En grandissant, il aura beaucoup de questions à me poser, et certaines réponses seront douloureuses à entendre.

Elle écoutait attentivement, espérant que certaines de ses questions à elle trouvent des réponses. L'une des décisions que Harrison venait de mentionner avait-elle été de décréter qu'une nuit suffisait entre eux ? Mais ça n'expliquait pas pourquoi il ne voulait pas tenter d'aller plus loin ensemble. Craignait-il que son fils la fréquente, et si oui, pourquoi ? Elle adorait les enfants et avait dévoué sa vie à leur donner les meilleurs soins possible.

— Tu fais passer Bryce en priorité, c'est ce que font les bons parents, commenta-t-elle.

L'envie était forte de passer un bras autour de lui et de le réconforter, mais elle ne pouvait pas. Pas question de lui manifester quelque familiarité ou intimité que ce soit.

— Je me bats depuis cinq ans pour obtenir la garde de mon fils, avoua-t-il en se passant une main dans les cheveux. L'idée que je puisse le perdre me rend fou.

Voilà une nouvelle qui avait de quoi surprendre. Cinq ans ?

Le petit n'avait que cinq ans. Elle commençait à comprendre l'attitude protectrice de Harrison : il était père célibataire depuis le début de la vie de son fils.

— Et maintenant que j'obtiens enfin sa garde, je manque de le perdre. Il souffrait le martyre, et moi j'ai hésité. Je voulais attendre jusqu'à ce matin. Quel genre de père agit comme ça ?

— Un père qui réfléchit soigneusement et pèse le pour et le contre. Un père qui ne se précipite pas inconsidérément.

— Oh ça, pour me précipiter, je me suis précipité par le passé !

— Et tu as peut-être appris la leçon de façon brutale, et c'est pour ça que tu ne voulais pas te précipiter cette fois ?

Harrison leva les yeux au plafond et prit une profonde inspiration songeuse.

— Peut-être. Mais parfois, il faut effectuer un choix rapidement en espérant que ce soit le bon.

— Parfois, oui, acquiesça-t-elle.

Comme ce matin, quand elle avait décidé de venir à l'hôpital.

— Si tu n'avais pas été là pour m'enjoindre à l'action, la péritonite se serait installée pendant la nuit, et… Je ne veux même pas penser à ce qu'il aurait pu arriver. Si seulement j'avais réagi plus tôt !

— Les remords, ça ne sert à rien, l'interrompit-elle. Ça, je l'ai appris il y a longtemps. Il faut accepter la situation à laquelle on est confronté et prendre la bonne décision le moment venu avec les informations dont on dispose. Et par la suite, il ne sert à rien de regretter, car on ne peut pas revenir en arrière. C'est exactement ce qu'on a fait hier soir quand on a opté pour l'opération.

— Si seulement j'avais prêté plus attention à ses symptômes depuis deux jours…

— Harrison, arrête avec ça. Regarde-moi. Rappelle-toi que tu ne peux pas revenir en arrière. Bryce est un petit garçon costaud, il a réussi à cacher cette appendicite. Continuer avec les « si » ne t'avancera à rien. Je suis bien placée pour le savoir, j'ai passé quasiment une année à me questionner sur les erreurs que j'ai commises. Ça ne défait pas ce qui est fait, crois-moi.

Harrison releva la tête et la regarda. Ses yeux étaient fatigués et emplis de peur. Et d'autre chose qu'elle ne savait définir.

— Jessica, ce n'est pas à toi d'avoir des regrets. C'est à moi. En particulier te concernant. N'importe quel homme serait un veinard de t'avoir, et moi j'ai tout gâché. Je n'arrivais pas à penser droit, disons.

Tout en parlant, il approcha la main.

Instinctivement, elle écarta la sienne.

Elle ne le faisait pas par colère, plutôt par besoin de rester sur ses gardes.

— Je pensais que je devais te repousser, pour ton bien et pour le mien, admit-il enfin dans un soupir.

— Je ne suis pas sûre de comprendre, Harrison. J'entends bien que tu es engagé dans une bataille pour la garde de Bryce, mais ça n'a rien à voir avec moi.

— Rien du tout à voir avec toi, je sais. Seulement, mon inquiétude, c'est qu'il n'y a rien dans cette ville pour te retenir professionnellement. Or, je ne souhaite pas entamer quelque chose si c'est pour que ça finisse presque aussitôt parce que ce n'est pas ce qui te convient.

— J'adore cette ville, elle est géniale, et l'hôpital est aussi bien équipé que ceux dans lesquels j'ai travaillé auparavant. Qu'est-ce qui peut bien t'amener à dire une chose pareille ?

— J'en ai assez de passer mon temps à essayer de convaincre quelqu'un que c'est la vie qui lui convient. J'ai fait ça par le passé, et ça s'est mal terminé.

Les yeux perdus dans le vague, il se tordait les mains.

Elle hésita, avant de décider que, après tout, elle n'avait rien à perdre à connaître la vérité.

— Tu parles de la mère de Bryce ?

— Oui. Je ne pense pas être capable de revivre ça. Persuader une femme de rester, de voir où notre histoire pourrait conduire, alors qu'au fond elle brûle d'être ailleurs, n'importe où plutôt qu'ici. Car si tel est le cas, quand tu t'en iras au bout de quelques mois, ce ne sera pas juste un morceau de mon cœur que tu emporteras, il y aura aussi celui de Bryce. Ce ne serait pas juste qu'il paie de nouveau le prix parce que son père est tombé amoureux trop vite.

Elle se laissa aller contre le dossier dur de la chaise de l'aire d'attente.

« Tombé amoureux » ? Harrison venait de dire qu'il était tombé amoureux d'elle ? Ses sentiments étaient-ils aussi forts pour elle que les siens à elle l'avaient été pour lui ?

Elle le regarda sans piper mot, attendant d'en savoir plus.

— J'ai rencontré la mère de Bryce, et on s'est précipités dans une relation. Elle était artiste maquilleuse, de passage en ville pour un tournage de six semaines. On s'est croisés, ça a accroché tout de suite, et on a cru au coup de foudre. Une chose en amenant une autre, elle a découvert qu'elle était enceinte...

Il s'interrompit pour prendre une longue, longue inspiration.

— Ça n'aurait pas dû arriver, on avait pris nos précautions, mais rien n'est efficace à cent pour cent. Maintenant, j'ai Bryce et je ne changerais le cours des événements pour rien au monde, mais sa mère ne l'entendait pas de la même façon. Je l'ai convaincue de rester à Armidale, de m'épouser et d'élever notre fils.

— Voilà qui était très chevaleresque et un peu démodé.

— C'était ce qu'il fallait faire, et je croyais qu'on pourrait être heureux. D'ailleurs, j'ai cru pendant un moment qu'on l'était. On avait nos différences, mais dans l'ensemble, je trouvais que tout allait bien. Jusqu'à ce que Bryce ait trois mois et qu'elle m'annonce qu'elle en avait « jusque-là de la vie à la campagne ». Et de moi. Je cite ses paroles, elles me sont restées. Elle détestait tout de sa vie ici et affirmait qu'elle deviendrait dingue si elle restait ne serait-ce qu'une semaine de plus. Voilà, c'était fini, elle partait.

— C'est très cruel, de dire une chose pareille.

— C'était ce qu'elle ressentait.

— Elle a essayé de prendre Bryce ?

— Non. Elle ne voulait pas de lui. Bizarrement, si j'étais content que nous ne nous opposions pas pour lui au départ, ça me faisait mal de constater qu'elle ne voulait pas de lui. Je ne le comprenais pas. Au fil des années, néanmoins, elle menaçait de temps en temps de le reprendre. Si je lui demandais de faire l'effort de venir le voir pour maintenir un semblant de contact maternel qui serait bénéfique à Bryce en grandissant, elle me rétorquait qu'alors elle allait l'emmener vivre avec elle. Sauf qu'il n'aurait pas été élevé par elle, mais par ses parents qui vivent à San Diego. Alors j'ai cessé de lui mettre la pression pour qu'elle inclue son fils à sa vie.

Jessica secoua la tête.

— Je ne sais pas quoi dire. Je ne comprends pas qu'elle n'ait pas voulu de son bébé et qu'en même temps elle l'utilise pour manipuler la situation à son avantage.

— Elle croyait qu'un enfant la freinerait dans sa vie et dans sa carrière. Elle passait son temps à me rappeler qu'elle était une citadine, née à Los Angeles où elle avait passé toute sa vie, et que la petite ville d'Armidale ne ferait jamais le poids. Elle rabaissait tout et n'a jamais fait aucun effort pour s'intégrer. La vie ici avec notre fils ne serait jamais assez bien. Elle ne voulait pas gâcher sa vie comme femme d'un médecin de campagne. Une maison, un jardin et un chien, une vie de famille plan-plan, très peu pour elle.

Jessica écarquilla les yeux.

Enfin, elle comprenait un peu mieux. Tout commençait à s'assembler dans sa tête.

— Et moi, je t'ai tenu le même discours à mon arrivée !

— Tu as tous les droits de vouloir autre chose que cette ville. Jamais je ne voudrais que tu restes à un endroit où tu ne souhaiterais pas vivre.

— Ce que je t'ai dit, ça n'avait rien à voir avec cette ville ni avec toi ! C'était à cause de quelqu'un d'autre. Quelqu'un que j'aimais et qui m'avait menti de la pire des façons. Il m'avait conduite à penser qu'on avait un avenir devant nous, alors que pendant tout ce temps il savait pertinemment le contraire. Je croyais tenir ma grande histoire d'amour, et tout était tombé en lambeaux. Il avait détruit ma confiance dans les hommes, dans le mariage et dans l'engagement.

Harrison se tourna face à elle.

— C'est pour ça que tu ne voulais pas t'installer au même endroit trop longtemps ?

Elle hocha la tête.

— Je ne voulais pas qu'on puisse me mentir à nouveau. Il était marié et ne me l'avait jamais dit. Je vivais dans l'ignorance quand j'ai découvert qu'il avait déjà une femme et des enfants. Tout ce que je pensais partager avec lui, il l'avait déjà ailleurs. Alors, disons que j'avais abandonné tout rêve de vie de couple.

— Je suis désolé de ce qu'il t'est arrivé.

— Moi aussi, parce que ça m'a abîmée.

— J'espère qu'il a payé pour ce qu'il t'a fait subir, ce salopard.

— Pas seulement à moi, à sa famille aussi. C'est sa femme qui m'a appelée pour me demander de m'écarter.

Harrison secoua la tête à nouveau, et elle lut sur son visage une compassion à laquelle elle ne s'était pas attendue.

— Tu mérites mieux que cela, Jessica. Et sa femme aussi. Deux femmes innocentes ont souffert entre les mains d'un homme calculateur. Il devrait brûler en enfer pour ses actes. Ce qu'il a fait est impardonnable, et je ne suis pas surpris que tu aies ressenti ce qu'il t'a inspiré.

Elle n'en revenait pas : les mots de Harrison ne contenaient pas une once de jugement !

Soudain, elle eut l'impression qu'un poids glissait de ses épaules. La culpabilité qu'elle portait depuis ce temps-là avait envahi tous les aspects de sa vie, mais cet homme était parvenu à l'en débarrasser, rien qu'en la regardant comme il la regardait.

— Je me sentais responsable… Je pensais que, après ça, je ne méritais plus l'amour. Je ne voulais plus me rapprocher de quelqu'un pour risquer d'avoir le cœur brisé, car je savais que je n'y survivrais pas une seconde fois.

— Et c'est exactement ce que j'ai fait. Je t'ai attirée vers moi, et ensuite je t'ai repoussée, commenta Harrison d'un ton plein de remords. Je suis vraiment désolé. J'ai été stupide.

— Nous avions tous les deux nos raisons pour ce que nous avons dit et fait.

— Je n'aurais pas dû précipiter les choses avec toi, cette

fameuse nuit… Mais je ne pouvais pas résister, et si je suis navré au-delà de ce que les mots peuvent exprimer de la manière dont je t'ai blessée par la suite, je ne regrette pas une minute de notre nuit. Je n'ai jamais été plus heureux de toute ma vie.

Elle ne pouvait qu'être en accord avec tout ce qu'il venait de dire. Elle aussi regrettait d'avoir été trop vite, mais ça restait la meilleure nuit de sa vie. Soudain elle avait l'impression de comprendre enfin l'homme qui était assis à côté d'elle. C'était l'homme en qui son cœur lui avait soufflé de croire. Pas l'homme que son passé avait tenté de lui montrer sous un jour biaisé.

— Après tout ce que j'ai fait, tout ce que je t'ai fait subir, je n'en reviens pas que tu sois ici. Tu n'étais pas censée prendre un avion, Jessica ?

— Si, mais certaines choses sont plus importantes qu'un boulot.

— Tu as raté ton avion pour revenir voir comment allait Bryce ?

— Et toi.

— Pourquoi ? Tu ne savais pourtant rien de tout ce que je viens de t'expliquer, dit-il sans la quitter des yeux. Tu as mis en péril ton nouveau poste sans être sûre de rien.

— Eh bien, disons que j'ai fait une sorte d'acte de foi. J'ai vu la profondeur de ton amour pour ton fils, et je me suis dit que tu devais avoir une raison pour avoir agi envers moi comme tu l'avais fait. Que peut-être tu avais besoin, toi aussi, qu'on raccommode ton cœur. Et si je m'étais trompée, alors j'aurais appris une autre leçon de façon brutale.

— Et moi qui pensais que si je continuais à te fréquenter, ce serait moi qui allais souffrir quand tu ferais tes bagages pour t'en aller ailleurs !

— Je n'ai pas envie de partir ailleurs, Harrison. Je n'aurais jamais pensé dire ça, mais je me sens chez moi ici…

— Avec moi ? la coupa-t-il.

— Oui, avec toi.

L'infirmière des soins intensifs apparut par les portes à battant.

— J'ai de bonnes nouvelles, annonça-t-elle en baissant son masque. L'état de Bryce est stabilisé. Sa température est redescendue à trente-six cinq, et il respire sans assistance. Votre petit garçon va se remettre très bien.

Harrison bondit, l'air aussi heureux que si on venait de lui annoncer qu'il avait remporté la super-cagnotte du loto. Toutefois, avant de se précipiter dans la chambre de son fils, il prit la main de Jessica.

— S'il te plaît, viens avec moi ! Je voudrais présenter à mon fils la femme la plus merveilleuse au monde et le médecin qui lui a sauvé la vie.

— On l'a fait ensemble, Harrison.

— Oui, et j'espère que ce n'est qu'un commencement. Je veux passer le reste de mes jours auprès de toi. Je veux m'endormir chaque nuit avec toi dans mes bras et me réveiller pareillement.

Incapable de dire un mot, elle hocha la tête en riant, sans même tenter d'essuyer les larmes de bonheur qui lui montaient aux yeux.

— Je suis conscient que c'est beaucoup demander, Jessica. Je suis un garçon de la campagne, et je tiens à ce que mon fils grandisse ici avec ses grands-parents. Mais je pourrais faire les trajets pour te voir à Adelaïde, et toi pareil dans l'autre sens certaines semaines, peut-être, parce que je ne veux pas que tu abandonnes ton rêve de devenir chef du service de pédiatrie à Adelaïde. Ça ne serait pas juste pour toi. Et jamais je ne te demanderai d'abandonner quoi que ce soit pour moi, de peur que tu ne regrettes ta décision...

— Je ne regretterai rien, le coupa-t-elle. Je refuserai ce poste sans problème et sans remords pour rester ici avec toi, si tu me le demandes.

— Oui, mais...

— Mais rien. Si tu veux de moi auprès de toi, alors je veux être ici avec toi plus que tout au monde. Et jamais je ne regretterai quoi que ce soit, lui promit-elle, des larmes de joie dans les yeux. En plus, qui a dit que je devais abandonner mon rêve pour toujours ? Cet hôpital est en train de se développer, et j'ai le sentiment qu'on risque d'avoir bientôt besoin d'un chef du service pédiatrie ici aussi, à Armidale.

Harrison lui tenait toujours la main, qu'il serrait aussi fort que si elle était sa bouée de sauvetage et lui la sienne. Il l'attira dans ses bras et l'embrassa aussi passionnément que cette fameuse nuit où leur univers avait été changé pour toujours.

— Je t'aime, Jessica Ayers.

— Je t'aime, Harrison Wainwright.

Épilogue

— Quelle vue fantastique !

— C'est vrai, acquiesça Harrison en admirant la silhouette de sa magnifique épouse.

La chevelure blonde de Jessica était balayée sur un côté à l'aide d'une pince ancienne, cadeau d'Anthea à sa future belle-fille. C'était le « quelque chose de vieux ». Le décolleté de sa sublime robe de mariée en satin blanc, tout de dentelle, effleurait ses épaules nues. C'était le « quelque chose de neuf ». Sur la table, il avait reconnu sur-le-champ la petite pochette en satin, blanche elle aussi : c'était celle que Rachel portait le jour de son mariage avec Sam, son meilleur ami. Il le savait, parce que c'était lui qui l'avait offerte à Rachel. C'était le « quelque chose d'emprunté ». Il baissa les yeux vers le bracelet qui scintillait dans la lumière chaque fois que Jessica agitait son poignet. Un cadeau de Bryce. Avec l'aide de son grand-père, le petit avait confectionné un bracelet en perles de verre bleues pour sa nouvelle maman. C'était le « quelque chose de bleu ».

Harrison ne voyait pas le paysage urbain de Sydney sur lequel Jessica s'émerveillait. Il n'avait d'yeux que pour elle. Elle était tout ce qu'il aurait jamais pu demander, et même plus, et il se savait l'homme le plus chanceux au monde. D'ailleurs, il n'était pas le seul à le penser. Sa famille adorait Jessica, et tout le monde l'avait accueillie les bras ouverts.

Elle se tourna face à lui.

— Cela dit, à ce prix, on ne s'attend pas à moins beau, s'esclaffa-t-elle.

— Ah, tu parles de ce qui se trouve de l'autre côté du carreau, dit-il en traversant la pièce pour l'attirer dans ses bras. C'était pour la bonne cause. Cette vente aux enchères a levé assez de fonds pour financer deux unités de dialyse et une grande partie de la nouvelle aile de l'hôpital.

— Oui... Enfin, maintenant qu'on a un bébé en route, tu vas peut-être te calmer un peu sur les extravagances comme un séjour à quinze mille dollars dans la pollution de la grande ville ?

Il tomba à genoux et embrassa le renflement à peine visible qui, dans six mois, serait un nouveau Wainwright.

— Je connais le prix des écoles de médecine. Avec quatre enfants, on va finir sur la paille.

— Quatre ? hoqueta-t-elle.

— Tu as raison. Bryce plus celui qui est en route, cela ne fait que deux pour l'instant, admit-il en souriant.

Il adorait la vitesse avec laquelle Jessica s'était faufilée dans leur vie, le lien rapide et puissant qu'elle avait tissé avec Bryce, gagnant l'amour et la confiance de son fils d'une façon qui n'avait fait que le rendre encore plus amoureux d'elle.

— En plus, reprit-il, si on en a quatre, ils ne voudront peut-être pas tous devenir médecin.

Rieuse, elle s'abandonna à son étreinte.

— Je t'aime, docteur Wainwright.

— Je suis heureux de l'entendre, parce que moi, je suis raide dingue de toi, docteur Wainwright. Et je vais passer le reste de ma vie à te montrer à quel point.